湯けむり食事処　ヒソップ亭

秋川滝美

講談社

目次

湯けむり食事処　ヒソップ亭

妻の思惑

「ありがとさん。また来るよ！」

十月初旬のある朝、昨夜泊まった客が、足取り軽く玄関を出ていった。

彼の名前は鈴原《すずはら》、この『猫柳苑《ねこやなぎえん》』にかれこれ十年もの間、二ヵ月から三ヵ月に一度はやって来ている常連中の常連である。

荷物は肩から提《さ》げたトートバッグのみ、服装も薄手のカーディガンにポロシャツ、チノパンという至って気軽なもので、迷いもなく駅に向かって歩いていく様子が、この宿を使い慣れていることを表していた。

『猫柳苑』は昭和二十年代に建てられた温泉旅館で、七十年続いてきた老舗《しにせ》である。駅から徒歩で来られ、駅前には飲食店も多数。また、少し離れたところに城跡があるのだが、かつての城主が名将の誉れ高い人物だったため、歴史愛好家の人気も高いらしい。

温泉そのものを目当てに来る人、歴史探訪がてら寄る人と客層は様々ではあるが、この町そのものが使い勝手のいい温泉町ランキングの上位に入り続けていることもあって、訪れる客は多かった。

温泉旅館と言えば、上げ膳《ぜん》据え膳《ぜん》が売り物と思われがちな中、四年ほど前から夕食の提供を廃止し、その分安価で温泉を堪能《たんのう》してもらう形に変更した。当初戸惑う客も多かったが、今では夕食については徒歩圏にある飲食店で好きなものを食べ、二十四時間入浴可能な風呂を楽しむための宿として評価も定着している。

古い温泉町、しかも旅館の数が多いとあっては、特色が出せず、人気を失って閉業する旅館も少なくない。そんな中『猫柳苑』は、設備こそ老朽化しているが、丁寧な掃除を心がけているせいか、不潔な印象はない。泉質がよく、料金も格安とあって、鈴原のように繰り返し訪れる客がたくさんいるおかげで『猫柳苑』はそれなりに営業を続けられていた。

「お疲れさん」

『猫柳苑』の一階にある食事処《どころ》『ヒソップ亭』の店主、真野章《まのあきら》は、鈴原を見送って戻ってきた望月勝哉《もちづきかつや》に声をかけた。

勝哉は『猫柳苑』の経営者かつ支配人であり、章の幼《おさな》なじみでもある。小学校入学以来の付き合いだから、かれこれ三十七年、気心の知れまくった仲だった。

「そっちもお疲れさん。鈴原さん、今回も大満足でお帰りだ。朝飯も旨《うま》かったってさ」

「そりゃどうも。旨かったって言われても、飯とみそ汁、干物に佃煮《つくだに》ぐらいの簡単なものだし、褒められるようなもんじゃねえよ」

そんな答えを返しつつも、章は自分の鼻の穴が少々ふくらんでいそうだ、という自覚がある。

厳選した米をしっかり吸水させて炊《た》きあげた白飯は、噛《か》みしめるとほのかな甘みが染みだし、どんなおかずにもぴったり……いや、おかずなどなくても十分楽しめる味わいとなっている。なにせ勝哉が、この飯の真価は塩むすびでこそ発揮される、と言うぐらいである。

干物は客から褒められることが多いが、特に今日提供したアジは章が自ら捌《さば》いて干した一品だ。

たまたま空き時間があり、なおかつ、新鮮な魚が安く手に入ったときは、章は干物まで手作りしている。もちろん、時間がないときは市販品を使わざるを得ないが、それでも海が近いだけあって、スーパーで売られているものとは段違いだった。

佃煮も、漬け物も可能なときは手作り、市販に頼るにしても厳選している。昨今、素泊まりを謳《うた》いながらも簡単な朝食を提供する宿泊施設が増えているが、『猫柳苑』つまり『ヒソップ亭』はそれらのどこにも負けていない。いや、一品一品のレベルは、有料で朝食を出す旅館にだって劣らない、と章は考えていた。

けれど、そういう自負をストレートに表すのは照れくさい。だからこそ章は、客や勝哉に褒められても、努めて『どうってことない』という顔をしているのだ。

「ま、あの人は呑兵衛《のんべえ》だし、昨日も相当呑《の》んだみたいだから、みそ汁さえあればいいんだろう」

だが、そんな照れ隠しの台詞《せりふ》は幼なじみにはお見通しらしく、勝哉はにやにや笑いながら言う。

「またまた……。その呑兵衛に合わせて、わざわざシジミのみそ汁を用意したんだろ？　そりゃ喜んでくれるに決まってるよ」

「別にあの人のためってわけじゃない。とりあえず今日は貝が駄目って客はいなかったし、シジミは身体《からだ》にいいし……」

「貝が駄目な客がいるかどうか、わざわざ確かめるところが立派。鈴原さんが褒めてくれるのは、そういうとこだよ」

「そんなに褒めてくれるんなら、夜だってうちに来てくれてもよさそうなもんじゃないか。三ヵ月に一度、どうかすれば一月《ひとつき》ごとに来てくれるのに、晩飯は外ばっかりなんだぞ」

「居酒屋のはしごと温泉三昧《ざんまい》が趣味なんだよ。それが両立できるからこそうちに来てくれる」

駅から徒歩圏とはいえ、『猫柳苑』は駅前の飲食店街から十分ぐらいはかかる。しかも、近隣は旅館ばかりではしご酒は難しい。荷物を置いた鈴原が駅近くに戻って呑み歩きたくなるのは無理もなかった。それぐらいは頭ではわかっているが、そこまで褒めてくれるのなら……と、ついつい愚痴《ぐち》りたくなる気持ちがあった。

そんなことは先刻承知、と勝哉は慰めるように言う。

「今回はシジミのみそ汁だったけど、佃煮だって、和《あ》え物《もの》だって、おまえが素材選びから丹精込めてるのはちゃんとわかってくれてるし、いつだって何かしら褒めて帰っていくよ。それで満足しとけ」

「褒められないよりはマシってことか」

「そういうこと。鈴原さんに限らず、うちの朝飯は評判がいいよ。ビュッフェスタイルの無料サービスっていうから、もっと適当かと思ったたって言われることも多いし」

「それは料理人に対する侮辱だな」

どんな料理であろうと、できる限りの趣向を凝《こ》らす。無料かどうかなんて関係ない、とふてくされる章を、勝哉は見慣れた笑顔で宥《なだ》める。

「相変わらずへそ曲がりだな。ま、満足しきってあぐらをかかれても困るし、『ヒソップ亭』の夜メニューを楽しみに来てくれる客だっているじゃないか。そういう客により満足してもらえるように頑張ってくれよ」

「言われなくてもやってる。じゃあな」

そう言うと章は、同じフロアにある『ヒソップ亭』に向かった。

勝哉は、これから今日の客がチェックインしてくる午後三時までに事務仕事を済ませなければならない。早く仕事が片付けば、少しは休憩できるだろう。

人手が足りているとは言えない『猫柳苑』では、経営者の勝哉は休日はおろか、満足に休憩も取れていない。これ以上、無駄話に付き合わせるのは気の毒だった。


「大将、宿のほう、急なキャンセルとかはありましたか？」

引き戸を開けて『ヒソップ亭』に入るなり、根谷《ねや》桃子《ももこ》が声をかけてきた。

彼女は『猫柳苑』が夕食を提供していた当時の料理長、根谷貴人《たかひと》の娘である。一度はこの町を離れて就職したのだが、三年ほど前に父親が亡くなったあと、母親をひとりにするのがしのびなくてこの町に戻ってきた。

父親が残したものに加えて、母親の年金もあるものの、それだけでは十分とは言えず、働き口を求めて『猫柳苑』にやってきたところを、ちょうど人手が欲しかった勝哉が雇い入れた。

ただ『猫柳苑』は夕食を提供しないため、人手が必要なのは、主に清掃と次の客を迎える準備で、夕刻以降はすることがない。そのため桃子は、十一時から午後四時までのパート、特別忙しい日は残業、という雇用形態だったが、長年父親が働いていた『猫柳苑』には愛着がある上に、他に適当な働き口も見つからなかったこともあって、『猫柳苑』で働くことにしたそうだ。

子どものころからよく知っている場所で、勝哉夫婦とも面識が深い。もともと働き者の桃子は、至って機嫌よく勤めてくれていたが、収入自体はけっして十分とは言えない。

雇い入れるにあたって、勝哉夫婦もその点を気に掛けてはいたが、『猫柳苑』も大繁盛とまでは言えない状況で、正社員にすることはもちろん、それ以上就業時間を延ばすこともできなかった。

そんな中、桃子が勤め始めて丸一年が過ぎたころ、開業二年を迎えた『ヒソップ亭』の客が増え始めた。素材や味付けにこだわり、客が喜ぶ顔を見ることだけを考えてきた章の努力が実を結んだ形だが、ひとりでは手が回らなくなってきた。

このままでは、せっかくついた客に逃げられかねない、そろそろ人を探さなければ……と考えていたところに、桃子に手伝ってもらってはどうか、と雛子《ひなこ》が提案してきた。ちなみに雛子は勝哉の妻で、こちらも章の幼なじみである。

その時点で、桃子の勤務時間は十一時から午後四時となっていた。けれど、清掃が終わったあと客が到着し始める午後三時ぐらいまでは大忙しというわけではない。勝哉夫婦は、長年『猫柳苑』に貢献してくれた桃子の父親への恩もあって、暇な時間も含めて雇い入れたのだが、桃子自身がいたたまれなくなっていたそうだ。

そこに『ヒソップ亭』の人手不足問題が発生した。雛子は、それなら桃子に働いてもらえばいい、と思い付き、章の意見を諮った。章としても、桃子のように明朗快活で手際のよい従業員は願ったり叶《かな》ったりだったため、その場で了承、桃子に手伝ってもらうことにした。

朝七時半から九時半までは『ヒソップ亭』、その後十二時半までは『猫柳苑』、休憩を挟んで午後三時から午後六時は『猫柳苑』、その後また『ヒソップ亭』……と細かいスケジュールが立てられたが、それを見た勝哉は『面倒くさすぎる』と一刀両断。朝から昼過ぎまでは『猫柳苑』、夕方から夜にかけては『ヒソップ亭』とし、給料に関しては双方で分担、手が足りないときは臨機応変に、と決めてしまった。

勝哉曰《いわ》く、そうしておけば、自由に忙しいほうを手伝うことができるし、桃子としても収入が安定する。日によっては『猫柳苑』ばっかりだったり、『ヒソップ亭』ばっかりだったりするかもしれないが、ロングスパンで見れば一定の割合になるはずだ、とのことだった。

『長い付き合いなんだから、そのあたりはどんぶり勘定で頼むぜ！』

そう言うと、勝哉は大声で笑った。

勝哉が提示してきた人件費の負担方法は、基本的には時給計算だが、『猫柳苑』の仕事時間内でも、手が足りなそうなら『ヒソップ亭』に回り、経費の付け替えはしない。残業が生じた際は全て『猫柳苑』負担というものだ。

『ヒソップ亭』は想定内の人件費で収まるが、『猫柳苑』の負担は増えてしまう。そもそもどう考えても残業が生じるのは『ヒソップ亭』のほうだろう。それで大丈夫なのかと心配する章に、勝哉は『ギリ、いける！』と親指を立てた。

さらに、経理上問題ではないのか、やはりきちんと働いた時間を元に計算したほうがいいのでは？　という疑問を、勝哉は鼻で笑った。

『同じ建物の中で働いてるんだから、今どっちの仕事をしてるかなんて、税務署にだってわかりっこない』

そんなのありか？　と首を傾《かし》げる章に、勝哉はにやりと笑って言った。

『細けえことはいいんだよ！　人間なんだから間違いはある。なにか言われたらすぐ謝って、追徴金でも罰金でも払えばいい。あとのことはそのとき考えるさ』

最後は、そんな言葉で切り捨てられた。切り捨てられたと言えば聞こえが悪いが、勝哉の頼もしさ、そして桃子と自分への思《おも》い遣《や》りを痛感し、章は危うく涙するところだった。

そんな日から二年、客あしらいに長《た》け、明るい気性の桃子は、料理以外に能がなく人付き合いが下手な章にとって、なくてはならない存在となっている。

ただひとつ難点があるとすれば、元気で明るい気性故《ゆえ》のストレートさで、章の痛いところを突きまくるところだが、桃子にやっつけられて閉口する章の姿を楽しむ客もいる。

時折、客にまで鋭い指摘をすることもあり、そのたびに章はひやひやさせられるものの、相手の客は皆、大笑いで受け入れてくれる。桃子は桃子なりに相手を見てやっているようだから、いらぬ心配なのかもしれない。

「大将！　聞いてます？」

あれこれ考えている章を、しびれを切らしたように桃子が急《せ》かす。

本日、急にキャンセルした客はいない。それは先ほど勝哉に確認してきたばかりだった。

「キャンセルはなし。ドタキャンがあるかどうかはわからないけどな」

「ってことは、二十五人ですね。ちょっと少なくないですか？」

「連休が終わったばかりの平日だから、そんなものだろう」

「ですかね。じゃあ、仕込みも少し控えめのほうがいいんじゃないですか？」

「そうだな……。あ、でも、今日はお得意さんが入ってるから……」

「お得意さん？」

「丸田《まるた》さん。予約名簿を見たら名前があった。たぶん、夜はうちに来てくださるんじゃないかな」

「わぁー楽しみ！　丸田さんはお魚好きだから、大将も頑張らないと」

「わかってるよ。あとで港に行ってくる」

「了解です。あ、『魚信《うおしん》』さんによろしく」

桃子ににやりと笑って言われ、章はがっかりしてしまった。

章の趣味のひとつに釣りがあり、時間があるときは港で糸を垂らす。たいていは時間の無駄と言われる結果になるが、運がいいと小振りのアジやサバ、根魚《ねうお》などを釣り上げることもある。数年に一度レベルだが、大物がかかったことだって皆無ではない。

釣ったばかりの魚が客の評判がいいのは当然で、なんとか新鮮そのものの魚を味わってほしい一心で、時間を見つけては港に出かけている。

そして帰りに、港の近くにある魚屋『魚信』に寄る。たまに釣れたときは大威張りするし、まったく釣れなかったとき……というよりも、ほとんどは釣れないのだが、泣き言を聞いてもらう。

『魚信』の店主は大の釣り好きで、章に釣りを教えてくれた人でもある。腕前は、章とは雲泥の差、釣りコンテストに入賞するぐらいなので、自分が釣った魚を商うこともあるし、目利きが確かだから仕入れるにしても間違いがない。よほどの時化《しけ》じゃない限り、彼のところに行けば飛び切り新鮮な魚を手に入れられる。

それがわかっているため、普段から仕入れでお世話になっているが、配達途中の店主とのんびり釣り談義というわけにはいかない。自分の手が空くころには、彼も配達を終えて店に戻っているし、不出来な弟子の泣き言を聞く余裕もあるだろう――

そこまで考えての『港行《ちょうか》き』だが、こんなふうににやにや笑われるとさすがにへこむ。きっと桃子は、釣果自慢なんて論外、『また釣れなかったー！』と嘆く章の姿だけを想像しているのだろう。

「まったく……失礼なやつだな。最近ボウズばっかりだし、そろそろ釣れるかもしれないじゃないか」

不満そうな章の言葉で、桃子は壁に貼ってある潮見表付きのカレンダーに目をやった。今日の日付のところを確かめたあと、ここぞとばかりに頷《うなず》いた。

「そうですね。今日は潮の感じもいいみたいだし、どんくさいアジぐらい引っかかるかも」

「どんくさいって……」

「どんくさくても間抜けでも、新鮮ならそれでよし。ていうか、どんくさいほうが運動不足気味で脂が乗ってるかも」

桃子はケラケラと笑って言う。

歯に衣着せぬとはこのことだ、と苦笑しつつ、章は大急ぎで仕込みを始めようとした。拙《つたな》い腕でも、時間が味方をしてくれることもある。一刻も早く釣り糸を垂らしたい一心だった。

ところが、桃子が腕まくりをする章をカウンターの中から押し出して言った。

「あとは私がやっときます。大将はさっさと港へどうぞ」

「え、いいのか？」

「昨夜《ゆうべ》は暇だったから、大事な仕込みはほとんど終わらせたじゃないですか。あとは直前にしかできないこととか、掃除だけでしょ？　私だけでも大丈夫です」

『暇だった』はよけいだよ。釣りと違って『ボウズ』ってわけじゃない。赤字にならない程度の売上はあった」

「そういえば、飲み物ばっかり、ばんばん出てましたね。いいお酒も多かったし、あれなら利益率は十分か」

「飲み物ばっかりって……それじゃあ料理が売れなかったみたいじゃないか」

まったく一言多いんだから、と呆《あき》れてしまう。

だが、悪いのは口だけで、桃子は極めて気のいい人間だ。念には念を入れねばならない食事処の清掃を全面的に引き受けてまで、章を港に行かせてくれるのがその証拠だった。

「じゃあお言葉に甘えるよ。駄目そうならさっさと見切りをつけて、師匠の世話になってくる」

「脂が乗ったサバが引っかかるといいですね。丸田さんはしめ鯖《さば》がお好きだし」

「あーそうだったな。俺の腕でそんなにいいサイズが釣れるとは思えないけどなあ……」

「そんな弱気でどうするんですか。でもまあ、『魚信』さんが納めてくれたサバだって十分新鮮です。大将の目は厳しいから、これじゃあしめ鯖にはできないって言うかもしれませんけど、かなり上等なのができると思います。どうしても気に入らないなら、せめて小振りのアジでも釣ってきてください。なめろうにできますから」

「なめろうか。丸田さんはなめろうも好物だったな」

「光り物がお好きなんですよ。ってことで、いってらっしゃい！」

さらに桃子に背中を押され、章は白衣を脱いで釣りに行くことにした。

「いらっしゃいませ、丸田さん」

「どうも、どうも」

白地に紺の青海波《せいがいは》、ところどころに『猫柳苑』の文字が散らされた浴衣姿で、丸田が暖簾《のれん》をくぐってきた。時刻は午後八時になるところ、どうやら彼はいつもどおり午後六時半ごろチェックインしたようだ。

彼はたいてい、月曜日の夕方と夜の間ぐらいの時間帯に現れる。そのため章は勝手に、彼は火曜日が定休の仕事をしていて、仕事を終わらせた足でやって来るのだと思っている。

平日だから空いているし、料金も安いので旅行にはもってこいだが、いかんせん到着が六時半では、とりあえず一休みして風呂に浸《つ》かって……とかやっていると、食事の時間が早くて七時半、どうかすると八時を過ぎてしまう。絶対に無理とまでは言わないが、やはり遅い時間の食事を嫌がる旅館も多いらしく、丸田は宿選びに苦労しているのだろう。

その点、もともと夕食は付いておらず、気分次第で外にも行けるし、『ヒソップ亭』を利用してもいいという『猫柳苑』は、丸田にぴったりのスタイルに思える。

それでも、実際に彼が外で食事を取るかというと、そうではない。

以前聞いたところによると、彼は、たとえ温泉町でも浴衣で往来を歩くのはちょっと……と考えているらしい。さらに、温泉に来たからには何はともあれ一風呂浴びたいという気持ちも強く、そのあと着替え直して外に出るのは億劫《おっくう》すぎる、と言っていた。

　つまり、時間を気にする必要がなく、気軽に浴衣で入れる『ヒソップ亭』は、丸田にとって理想的な食事処ということになる。加えて、味も気に入ってくれているようだ。

　そんなこんなで、丸田は『猫柳苑』のみならず、『ヒソップ亭』にとっても大事な常連のひとりとなっていた。

「丸田さん、今日は『しめ鯖』がありますよ。釣り立て新鮮、締め加減も丸田さんのお口に合うように仕上げてあります」

　自慢げに言う章に、丸田はぱっと目を輝かせた。

「『しめ鯖』！　それは嬉《うれ》しいな。釣り立てってことは、今日はボウズじゃなかったんだ」

「今日は、って……」

「あはは！　ごめん、ごめん。だってさ、俺が知る限り、大将が釣ってきた魚がここの品書きに載ってたことなんてないじゃないか」

「丸田さんのタイミングが悪いだけですよ。月に一度ぐらいは俺が釣ったアジかイワシを出してます。一回だけだけど、タイを釣ったことだってあるんですからね」

　自慢げに胸を張ったとたん、桃子の突っ込みが入る。

「嘘《うそ》はよくありません。大将が釣ったのはチヌ。要するにクロダイじゃないですか」

「一回だけ……しかもクロダイ……」

丸田はそこで言葉を切り、必死に笑いを堪《こら》えている。

クロダイだろうとマダイだろうとタイはタイだ。とにかくタイを釣ったことに間違いはないのだから、嘘と言われる筋合いはない。ましてや、こんなふうに笑われることも……

章がむっとしたことに気付いたのか、慌てて丸田が謝った。

「すまない。俺の友だちにも釣りをやってるやつがいるけど、クロダイもけっこう難しいんだってね。クロダイを目当てに出かけても、なかなか釣り上げられないって嘆いてた」

「でもね、丸田さん。クロダイってかなり臭《にお》いがある魚で、捌くときも大変だったんですよ！　大将ってば、ものすごい勢いで帰ってきたと思ったら、『ただいま』も言わずに流し台に突進。ザーザー水を流して鱗《うろこ》を剝《は》ぎまくり、内臓を出しまくり。で、その内臓の臭いときたら……」

忘れたくても忘れられない、と桃子は鼻に皺《しわ》を寄せる。

確かにクロダイの内臓には悪臭がある。それがわかっているからこそ、章は、臭いが身に移らないように最速で処理をしたのだ。臭い消しにレモンとニンニクを入れたタレを使った甲斐《かい》もあって、あのクロダイはかなり旨い付け焼きになった。味見をした桃子だって、『これがチヌ？』と目を見張っていたくせに……

そんな不満が顔に出たのか、丸田が慰めるように言う。

「そう言ってやるなよ、桃ちゃん。普段、もっぱらアジやイワシの人が、クロダイを釣ったら大喜びしたくもなるさ」

「そうですよ。俺にしてみれば大金星です」

「だろうね。ご相伴《しょうばん》に与《あずか》りたかったよ。でも、今日のサバも大将の手釣り。すごく楽しみだ」

「ご期待ください。かなり大きめだし、脂もたっぷりです」

「丸田さん、お飲み物はどうされますか？」

そこで桃子が、地酒の名前がずらりと並んだ品書きを差し出した。

丸田は今朝帰っていった鈴原とは異なり、ものすごく酒好きという感じではなさそうだ。

呑んだとしてもビールか焼酎《しょうちゅう》を一杯程度で、日によってはまったく呑まないこともある。

それでも、他の酒が苦手というわけでもないようで、これぞという肴《さかな》がある日は、日本酒やウイスキーを注文する。今日はお気に入りの『しめ鯖』があるのだから、日本酒を選ぶ可能性は高い。それを見越して、桃子は地酒の品書きを渡したのだろう。

「せっかくだから、酒をもらおうかな。あ、でも小さいグラスで」

『ヒソップ亭』では日本酒は燗酒《かんざけ》なら徳利《とっくり》と猪口《ちょこ》、冷酒や『冷や』の場合は枡《ます》とグラスの組み合わせで提供している。グラスには大小ふたつのサイズがあり、大は一合だが、小さいグラスは九十ミリリットル入りなので、あまり酒が強くないとか、いろいろな種類を試したい場合は小グラスを選ぶことが多かった。

「了解です。銘柄《めいがら》はいかがいたしましょう？」

「おすすめはある？」

そう言いながら、丸田はまた品書きに目を落とした。それを遮《さえぎ》るように、章が言う。

「そこには書いてありませんが、しめ鯖なら『サバデシュ』をおすすめします」

「『サバデシュ』？　聞いたことがない銘柄だね」

「でしょう？　茨城《いばらき》の蔵元が、サバ料理専門に造った酒なんです」

「サバ専用！　それは思い切った造り方だね」

丸田が驚くのも無理はない。

世に酒は数多《あまた》あるが、魚に合うとか肉に合うというのはあっても、魚の一品種、とりわけ『サバ』だけにターゲットを絞った酒なんて聞いたことがない。

特に、日本酒なんて魚ならなんでも合うだろうと思われがちだし、わざわざ『サバ』だけを狙う意味があるのか――初めて『サバデシュ』の話を聞いたとき、章もそう思ったものだ。

ところが、実際に呑んでみると、『サバデシュ』は辛口でしっかりした味わいで、サバに合わせることだけを考えて造ったという意味がよくわかった。

辛口の酒と言えばさっぱりしているものと思われがちな中、『サバデシュ』の濃厚な味わいは、脂に負けないようしっかり味付けされるサバ料理にぴったり。さすがは、サバの水揚げ日本一と謳われる茨城県で造った酒だと唸《うな》らされた。

「二〇一七年に開かれた『鯖サミット』がきっかけで造られたそうです。まだ新しいお酒ですから、ご存じない方も多いでしょうね」

「『鯖サミット』自体を知らないよ。世の中にはいろんなサミットがあるんだねえ……」

つくづく感心した、というふうに頷いたあと、丸田は『サバデシュ』と『しめ鯖』を注文した。

桃子が運んだおしぼりで手を拭きながら、丸田が訊《たず》ねる。

「それはそうと、ちょっと間が空いちゃったけど、元気だった？」

前に丸田が現れたのは、春だった。鯛《たい》の子の煮付けとタケノコご飯を出したから間違いない。

今は秋だからおよそ半年ぶりになるが、町中の居酒屋ならまだしも、温泉宿に泊まりがてらの訪問だから『間が空いちゃった』と言うほどではないはずだ。それでも、その前は冬の最中で三ヵ月経たずの訪問だったから、丸田にしてみれば久しぶりという感覚なのだろう。

「おかげ様で。丸田さんもお元気でいらっしゃいましたか？」

「身体はね。でも、気持ちはちょっと参ってる」

丸田がこんなふうに愚痴を言うのは珍しい。

章はもちろん、桃子も驚いたらしく、ただでさえ大きな目をさらに見張って訊ねる。

「お仕事、そんなにお忙しいんですか？」

「仕事は相変わらずだよ。どっちかっていうと家のほうだな……」

「おうちですか？」

「嫁さん」

「お身体の具合でも？」

「いや、俺の親とちょっとね……」

「もしかして、同居で嫁姑《しゅうとめ》戦争真《ま》っ只中《ただなか》とか？」

「確かにうちは結婚したときからの同居だけど、今までなんとか波風立たずにやってきたんだよ。それが、ここに来て少々気になることが出てきた。あ、戦争ってほどのことはないよ。ただ気になるだけ」

「気になる……たとえば？」

「うちの両親は、昔から旅行が趣味でね。おふくろの身体が弱いこともあって、温泉にもよく行くんだ。それが、親父《おやじ》が六十五で退職して時間ができたせいもあるのか、このところ、ずいぶん頻繁《ひんぱん》になってきたんだ」

妻は特になにも言わないけれど、あんなにしょっちゅう旅行三昧されたら、さすがに面白くないのではないか、と丸田は困ったような顔で言った。

「旅行三昧……。それってどれぐらいの頻度ですか？」

「一ヵ月に一回ぐらいだな。たいていは一泊二日だけど、時々は二泊、三泊……」

それを聞いた桃子の口から、一番に出てきたのは費用の話だった。

「それはお金がかかっちゃいますね」

『猫柳苑』のような素泊まりの宿でもなく、ごく普通の温泉旅館だったとしたら、一泊一万円なら安いほうだ。それを夫婦で、しかも二泊、三泊していたらお金なんていくらあっても足りない。

丸田の両親はそれほど余裕があるのだろうか、と思っていると、桃子がストレートな質問をした。

「ご両親はもう引退されてるんですよね？　交通費とか食事代まで入れたらかなり大変そうですけど、それが苦にならないぐらいゆとりがある感じなんですか？　副収入があるとか……」

「いや全然。退職金はもらったみたいだけど、大きな会社でもなかったからたかが知れてる。蓄《たくわ》えだって威張れるような額じゃないっておふくろも言ってた」

「それでよく毎月旅行できますね」

どんな裏技が……と、桃子はむしろそちらに興味津々の様子だった。

だが丸田は、そこでまたひとつため息を吐《つ》く。

「年金のほとんどは旅費に消えてるんだと思う。家賃はいらないし、親父が退職したあとの生活費は全部俺が出してるし」

「うわー……丸田さん、ご立派ですねえ」

口調によっては皮肉と取られかねない台詞も、桃子の口から出るとちゃんと普通の賛辞に聞こえる。

このあたりは彼女の人柄《ひとがら》のなせる業《わざ》だな、と感心している間にも、会話はどんどん進んでいく。

「まあ、俺は長年、光熱費や食費の折半ぐらいで、家賃もなしに住ませてもらったわけだし、それぐらいは……って思ってたんだけど、もしかしたら嫁さんは違うのかも……」

丸田には子どもがふたりいるが、どちらも下宿をしている大学生で教育費が馬鹿にならないという。

丸田自身は、年寄りふたりにかかる金などたかが知れている、と考えたとしても、これまでよりも出費が増えたことに間違いはない。加えて、妻の両親も健在だが、同じような援助はしていないそうだ。

「そんなこんなで、嫁さんは不満なんじゃないか、旅行三昧するぐらいなら、少しぐらい負担してくれても……って思ってるんじゃないか、って気になってね」

「家計を預かる身としては、そういうことも考えるかもしれませんね」

章が丸田に言えたのは、せいぜいそれぐらいだった。

事実、同居、しかも母親はあまり丈夫ではないということは、費用だけではなく家事全般についても丸田の妻が担っている可能性が高い。生活の面倒を見させて旅行三昧なんて、嫁の立場からすれば面白くないに決まっている。きっと桃子も同感だろう。ただ、章としては、丸田が今まで考えもしなかったことに急に気付いた理由が気になった。

「ところで丸田さん、どうして急にそんなことを考えたんですか？　奥様がなにか文句でもおっしゃったんですか?」

「うーん……はっきり言われたわけじゃないんだけどね。このところ、親父たちが出かけようとすると嫁さんが困ったような顔をするんだ。それを見ると、俺もなんか引っかかってさ……」

「困った顔? 不満じゃなくて?」

「俺が言うのもなんだけど、うちのやつはわりと気立てがいいんだよ。昔はもちろん、引退した今でも親父を立ててくれるし、おふくろともずっとうまくやってきてくれた。そんなやつだから、不満に思っても顔に出せず、ただ困った顔になってるんじゃないかって」

「うわ……丸田さん、のろけるタイプだったんだ」

そこで桃子が、ケラケラ笑って冷やかした。

丸田が『ヒソップ亭』に来てくれるようになってかれこれ三年ぐらいになるが、仕事はもちろん、家庭についても自ら語ることはなかった。いざ話し始めたらこの有様《ありさま》では、桃子が冷やかしたくなる気持ちもよくわかる。

丸田は少し照れたのか、微妙に頰《ほお》を染めて黙ってしまった。このままでは埒《らち》があかない、と判断した章は、素知らぬ顔で話を戻した。

「いくら気立てのいい方でも、『不満』と『困る』は同じじゃないでしょう。困った顔をされてるなら、それはやっぱり困ってるんじゃないですか？」

「そうかなあ……でも、困る理由も思い付かない。だからこそ、金に困ってて、親父たちにちょっとでも家に入れてほしいんじゃないか……とかさ。そこまで逼迫《ひっぱく》した状況じゃないと思ってたんだけど、実際にやりくりしてるのは嫁さんだし」

「もしかしたら、奥様も旅行をしたいとか？　ご両親はもちろん、丸田さんだってこうやって温泉に来てるんだし……」

「え？」

桃子の言葉に、丸田はきょとんとしている。まるで、そんなことを言われるなんて思ってもみなかったという表情に、章と桃子は顔を見合わせる。まさか丸田が、自分のことは棚に上げっぱなしにするタイプだとは思いもしなかったのだ。

ところが、ふたりの啞然《あぜん》とした表情に、今度は丸田が笑い始めた。

「遊びに来てると思われてたのか。まあ、無理もないな。でも、違うんだ」

「違うって？」

「俺が『猫柳苑』にお世話になるのは仕事の一環。正確に言えば出張」

「え、そうだったんですか……。てっきり火曜日がお休みの仕事なんだとばかり……」

「しかも仕事が終わるなり駆けつけてくるってことは、週に一日しか休みがない？

それはかなりハードだ。少なくとも、うちの会社はそこまで過酷じゃない」

相変わらず笑いながら、丸田は自分の仕事について説明してくれた。

「年に何度か、この近くの取引先と打ち合わせがあってね。しかも相手の都合で火曜日の朝一番ってことになってる。だから、月曜日の仕事が終わり次第ここに来て泊まって、翌朝取引先に直行ってパターン」

そういった状況の場合、間に合うように朝早く家を出ろ、しかも、移動時間は業務に含めない、なんて言われてしまうこともある。それに比べれば、丸田の会社は、打ち合わせのためだけに前泊させてくれるのだから、かなりいい会社だろう。

とはいえ、それも日頃から丸田が一生懸命仕事をしているからこそかもしれない。章は、いかにも真面目そうな丸田の印象からそんなことを考えたが、桃子は全然違う感想を漏らした。

「そうだったんですか……。それで外にお出かけにならないんですね。てっきり、それほどうちがお気に入りなんだとばかり……」

桃子は、いかにも腑《ふ》に落ちたというように頷く。顔には『残念』という字が浮かんでいるようだ。

何年も通ってきているのに『ヒソップ亭』一本槍《いっぽんやり》で、まったく浮気をしない。それほど気に入ってくれているのか、と大喜びしていた。だが出張、しかも翌朝一番で打ち合わせに行かなければならないとしたら、外で呑み歩くわけにもいかない。

桃子のみならず、章自身も、大のお得意様と信じて、朝から釣りにまで行ったのに、と少々落ち込む。とりわけ、今日は粘《ねば》りに粘った結果、『魚信』に頼ることなく自ら大型のサバを釣り上げたというのに……

ところが、落胆を隠せない章に、丸田は慌てて言った。

「気に入ってるに決まってるじゃないか。駅前で食事を済ませてから来るって手だってあるのに、空《す》きっ腹《ぱら》を抱《かか》えてここまで来てるんだぞ」

「でも、それについては以前、一風呂浴びてからのほうがゆっくりできるとか、浴衣で外を出歩きたくない、とかおっしゃってましたよね」

「大将、そこまで卑屈にならなくていいだろ。俺は、正真正銘『ヒソップ亭』のファンだよ。大将だって、それがわかってるからこそ、わざわざ俺の好物のしめ鯖を用意してくれるんだろ？　しかも、こんなに脂の乗ったやつを、絶妙の締め加減でさ」

そう言いつつ、丸田は青光りするしめ鯖を一切れ口に運んだ。

身が見えなくなるほどの塩で一気に締めたあと、洗い流してさっと酢に浸ける。丸田はレアな締め加減が好きだからと、酢に入れる時間まで彼がやって来る八時前後に合わせて調整した。

甲斐あって、今日のしめ鯖は『至高』と言える出来だった。

「旨い！　いろんなところでしめ鯖を食ったけど、これはその中でも一、二を争う出来だ。さて、酒のほうはどうかな……？」

そう言いつつ、丸田は『サバデシュ』が入ったグラスをそっと持ち上げる。縁までたっぷり入った酒を零《こぼ》さぬように口に運び、そっと吸う。こういった場合、ずずっ……という音を立てがちだが、丸田はまったくの無音で酒を含む。

躾《しつけ》のいい人なんだな……と思いながら、感想を待っていると、丸田がまたグラスを口元に運んだ。

口の中で転がすようにしたあと、真《ま》っ直《す》ぐに章を見て左手の親指をすっと立てる。

「素晴らしいよ。サバの後味をきれいに流してくれる。サバって独特の味があるだろ？　その味は獲《と》ってから時間が経つとさらに強くなる。このサバは新鮮そのものだし、俺はサバが大好物だから多少独特の味があっても気にならないけど、ちょっと苦手って人はけっこういる。そんな人でも、この酒とならサバ料理を楽しむことができると思う。脱帽だよ、大将。『しめ鯖』も見事なら、この酒を探し出して合わせたのも見事だ」

この人は、俺の仕事をここまで評価してくれる——そう思ったら、落ち込んだ気持ちがふわりと浮上した。

章の様子を見た桃子が、冷やかし口調で言う。

「よかったわね、大将。でも、そこまでにやにやしなくてていいでしょ。ちょっと気持ち悪い……」

「よけいなお世話だ」

口げんかを始めそうになる章と桃子をよそに、丸田がまた口を開いた。

「賑《にぎ》やかでけっこうなことだ」

「すみません。お客様の前でとんだ失礼を……」

慌てて謝る章に、丸田は、いやいや……と笑ってくれた。

「会話もなく、黙々と作業されたらこっちだって気詰まりで仕方がない。そうやって言いたいことを言い合えるのは、関係が良好な証拠なんだよ。うちも普段はそんな感じだから、嫁さんも大した不満もなく暮らしてると思ってたんだけどな……」

いけない、彼の妻の話をしていたのだった、と思い出し、章は丸田に訊ねてみた。

「普段から会話が多くて、言いたいことを言い合えているのなら、そんなに心配する必要はないんじゃないですか？」

「だといいけどね……。そういえば、今、うちは嫁さんがひとりっきりなんだよ。もしかしたら、寂《さび》しがってるかもしれない」

「ひとりっきり？　もしかして、ご両親もお留守なんですか？」

「ああ。たぶん、南東北あたりの温泉に行ってるはずだ」

「それは偶然？　それとも……」

丸田の両親は仕事をしていないのだから、旅行の時期は比較的自由に選べるはずだ。丸田の打ち合わせは定例のようだし、日程はあらかじめわかっている。それなのに、時期が重なるというのは、あえて重なるように旅行の予定を決めたとしか思えなかった。

桃子の言葉に、丸田がわずかに顔をしかめた。

「そうかもしれない。前に別件で出張が決まったときも、同じ日に旅行に出かけた。あのときも、俺の出張の話を聞くまで、旅行に出るなんて一言も言ってなかったのに……。親父たち、わざわざ家が空っぽになるようにしてるのか……」

なんでそんなことを……と丸田は悔《くや》しそうに言う。

捉《とら》えようによっては『嫁いびり』になるようなことを、自分の親がやっているなんて、考えたくもないのだろう。

章は現在独身だが、実の親が自分の妻を虐げているとしたら、やはり今の丸田のような顔をするだろう。

「丸田さん……それだと、やっぱり奥様は寂しいんじゃないですか？　みんなが出かけていく中、自分だけが置いてきぼりですからね」

「せめて時期をずらしてほしい。でも、俺は遊びに行くわけじゃないし、そもそも大の大人が、『寂しい』とは言い出せず、ただただ困った顔になっている、ってことか……」

男ふたりは、それで合点《がてん》がいった、と頷き合う。

だが、桃子は納得がいかない様子で考え込んでいる。しばらくそうしていたかと思ったら、唐突に訊ねた。

「丸田さんの奥様は、お仕事をされていらっしゃるんですか？」

「結婚当時は働いていたけど、子どもができたときに辞めた。おふくろは家事が苦手で、料理はうちの嫁さんのほうがずっとうまかったし、掃除や洗濯の手際も段違い。子どもが生まれたばかりのころはおふくろがやってたけど、いつの間にか家事はすっかり嫁さん任せになってた。今考えたら、それもまずかったのかな……」

妻自身が仕事に生きがいを求めるタイプには見えなかったため、そのまま専業主婦になってもらった。それについての不満は聞いたことはない。むしろ、子どもと一緒にいられて嬉しい、と言っていたぐらいだが、本心は違ったのかもしれない、と丸田はしきりに後悔している。

「やっぱり専業主婦……。それでわかりました。たぶん、丸田さんのご両親は、ものすごく気を遣われる方なんだと思います」

「え？」

丸田が驚いて桃子を見た。

章だって同感だ。旅行三昧、しかも息子の出張に合わせて留守にすることが『気を遣われる方』に結びつく根拠がさっぱりわからなかった。

そんな男ふたりに、桃子はやれやれと言わんばかりだった。

「一ヵ月に二日、もしくは三日、四日。それだけ留守だとしたら、丸田さんの奥様はどう思われるでしょう？」

「そりゃあれだ。遊び人？　もしくは自分たちばっかり旅行してずるい？」

「そうでしょうか……。私は、ちょっと違うと思います」

「というと？」

「一日中、義理のご両親と一緒に生活されているのなら、ひとりになりたいときもあるんじゃないですか？　月に一度でもお姑さんたちがいなかったら、ちょっと息抜きできると思いません？　まあこれは、単なる私の想像ですけど」

実の息子の丸田と違って、彼の妻は赤の他人と暮らしているのだ。いくら夫の親とは言え、丸田の妻はよくできた人のようだし、気を遣うことも多かったはずだ。

そんな彼女にとって、月に一度の義父母の不在は心底ほっとできる時間だったのではないか。しかも、夫まで留守となったら羽を伸ばし放題だ、と桃子は説明した。

「お母様、そんなに丈夫な質《たち》でもなかったんでしょう？　それでも毎月出かけていくのは、お嫁さんに息抜きさせてあげたいって気持ちからかもしれません。しかも、丸田さんまでお留守となったら、奥様は自分のことだけすればいいんですから」

夕ご飯の心配もなく、好きなことに時間を使える。買い物に出かけたり、友だちに会ったり、映画を観に行くこともできる。専業主婦で一日中家にいる人間にとって、ご褒美《ほうび》みたいな時間ではないか、と桃子は言うのだ。

「そして、奥様も丸田さんのご両親の心配りに気付いてらっしゃる。申し訳ないと思う半面、ありがたい気持ちもあって、困った顔になってるんじゃないですか？　無理な旅行で疲れさせてるんじゃないかって」

「考えたこともなかった。丈夫じゃないからこそ、親父が湯治に連れ出してるんだとばかり……。確かに、おふくろは大喜びって感じでもなかったけど、おふくろはおふくろで、親父の旅行好きを知ってるから、湯治を口実に出かけるのに付き合ってやってるって感覚なんだろうなって……」

「お父様は、毎月毎月出かけずにいられないほど、ご旅行がお好きなんですか？」

「いや……そこまでは」

「だとしたら、やっぱりお嫁さんの息抜きのためって可能性はあると思います」

自分を楽にするために、老いた義父母が無理をしているのではないか。そう思ったら、やりきれなくなってしまうだろう。気立てのいい人ならよけいに、である。

「そうなのかもしれない。でも、それなら俺にはどうすることもできないなあ……」

両親が、まったく楽しんでいないとは思えない。いい景色を見て、美味《おい》しいものを食べ、温泉に入るという旅は、誰にとっても楽しいはずだ。だからこそ、移動のあとの疲れを押してでも出かけていくのだ。そこまで気にする必要はないのに、と少し遠い目で言う丸田に、桃子は怒ったように言った。

「気にするな、って言ってあげればいいじゃないですか。その一言があるかないかで、ずいぶん違うでしょ？」

「たとえそう言ってやっても、やっぱりあいつは気にする。そういうやつなんだ。そうなるとどうしようもない」

「だからって……。あ、そうだ！」

そこで桃子は、ぱっと顔を輝かせた。

「ご両親がお疲れになるのが気になるなら、奥様が出かければいいんですよ！」

丸田の妻を家に残すのではなく、彼女を出かけさせる。丸田の両親は家でゆっくりできるし、妻は羽を伸ばせて一石二鳥ではないか、というのが、桃子の考えだった。

「奥様、ご実家に帰ったりしないんですか？」

「そりゃあ行くけど、嫁さんの実家は、うちから電車で三十分ぐらいのところなんだ。わざわざ泊まりがけでは行かないし、目と鼻の先に弟さん夫婦がいるから……」

普段から妻の弟夫婦は、両親を気に掛けて、しょっちゅう顔を見せているらしい。父親には通院が必要な持病もあるが、その際の送迎もやってくれているから、下手に足繁《あししげ》く通ったり、泊まり込んだりすると、弟夫婦に不満があるように見えかねない、と妻は心配するらしい。

「奥様、本当にできた方なんですね……そりゃ大変だ」

気を遣わなすぎるのも困るが、その反対も少々難ありだな、と章はため息が出そうになる。

それでは本人のみならず、夫の丸田も気が気じゃないだろう。

「実家に泊まりに行ったりはしない……じゃあ、やっぱり旅行ですね。奥様はひとり旅とかは？」

「それは無理。電車の乗り継ぎも得意じゃないし、かといって、車も免許はあるけど、長距離の運転は苦手なんだ。今までだって、旅行は全部俺か子どもたちが手配して、はいこちらですよーって連れていく感じ」

「だったら、丸田さんとふたりで行けばいいでしょ」

「それはそうなんだけど、なかなか……」

旅行は無料ではできない。妻も風呂好きだからどうせなら温泉に入れるところがいいが、ふたり分となるとけっこうな金額になってしまう。隠居後の親父たちならまだしも、大学生ふたりを抱える家庭としては、かなり厳しいと丸田は呟《つぶや》いた。

「嫁さんひとり分ぐらいなら、なんとかできなくもないけど『ひとりじゃ無理』なんて言われちゃうとなあ……」

「え、だったら話は簡単でしょ。うちに来てくだされぱいいんです」

あっさり言い切った桃子に、丸田はもちろん章もびっくりだった。

「うち……って『猫柳苑』のこと？」

「そんな顔しないでくださいよ。今、丸田さんはこうやって年に何度か『猫柳苑』に来てくださってるわけでしょ？」

「いや、桃ちゃん、確かに『猫柳苑』は風呂自慢の宿だし、温泉にしてはお値打ち価格だけど、丸田さんは仕事で……」

「それはわかってるけど、たーまたま同じときに、奥様がうちに来てくださることだってあるかもしれないじゃない？」

「『たーまたま』って……」

そんな偶然あるわけがない、と丸田は苦笑する。

だが、桃子は、そんなことは百も承知といわんばかりに、勢い込んで話を続けた。

「なにも本当に偶然を狙う必要なんてないでしょう？　丸田さんの打ち合わせの予定は前もってわかってるんだから、同じ日に奥様もいらっしゃればいいじゃないですか。奥様は昼間のうちに来てゆっくりされてもいいし、ひとりで宿に入るのは……っておっしゃるなら、夕方駅で待ち合わせて一緒にいらっしゃってもいいし」

「それはちょっと……。一緒の電車で来るぐらいは平気だろうけど、ひとり分とふたり分じゃ宿泊代も違う。同じ部屋に泊まるんだから、一目瞭然《いちもくりょうぜん》じゃないか」

丸田は長年会社に勤めているだけあって、そんなことが許されるわけがない、と渋《しぶ》い顔をする。もしかしたら、桃子は飲食業に就いているから、一般的な会社の経理上の決まりなども知らないだろうと思っているのかもしれない。

けれど、桃子はこの町に戻ってくるまでは、それなりの会社に勤めていたと聞く。そのあたりの事情をわきまえていないとは思えなかった。

その証拠に、いかにも感心したというふうに首を左右に振る。

「丸田さんって、本当に正直な方なんですねえ……」

「正直って……普通だろ」

「そうかもしれませんけど、そんなのいくらでもやりようがあるでしょ？」

「やりよう……というと？」

「領収書を分けることぐらいできるでしょ、ってことです」

丸田が会社に提出する領収書は今までどおりの金額にして、彼の妻の分までは含めない。ふたり分の領収書が必要とは思えないから、それで支障はないだろうし、どうしてもというなら差額分の領収書を別に作ればいい。実際に払った金額以上の領収書を発行するわけではないから、経理上も問題ないはずだ、と桃子は言うのだ。

「丸田さんは、もう何年も通ってきてくださってるお得意様なんだから、『猫柳苑』だって少しぐらい融通を利かせてくれるはずです。なんなら私……じゃ無理だから、大将にでも頼んでもらいましょうよ。なんせ大将と支配人は『竹馬の友』ですから！」

そう言うと、桃子は期待たっぷりに章を見た。

「別に俺が頼まなくても、それぐらいのことはしてくれるさ。『猫柳苑』が損するわけでもない。ただ、領収書を二枚に分けるだけのことだ。出張だから酒代やマッサージ代は別にしてくれ、っていうお客さんもいるし、問題ないだろ」

現に丸田も、『ヒソップ亭』での飲食代は別会計にしている。部屋につけてまとめて払うこともできるのに、わざわざ現金精算していくのは領収書の扱いが面倒になると考えているからだろう。

大きな声では言えないが、素知らぬ顔で丸ごと会社に請求する人もいる中、丸田はちゃんと会社と自分のお金を分けているのだから、桃子の言うとおり『正直な方』に違いない。

「ね？『猫柳苑』なら宿泊代もそんなに高くないし、ひとりがふたりになったところで何万円も増えないはず。だったら、一緒にいらっしゃるのが一番じゃない？」

「でも、それだと帰りが……」

そこで丸田は言葉を濁《にご》した。

自分は朝一番で打ち合わせに行かなければならない。九時始業の会社だから、頼み込んで遅らせたところでせいぜい十時がいいところだ。それに間に合わせるためには、九時過ぎにチェックアウトすることになり、妻はゆっくりできない、とでも言いたいのだろう。

いろいろ考えて提案してもらったのに、応《こた》えることができなくて申し訳ない、という雰囲気が滲《にじ》み出ていた。

桃子ではないが、本当に実直な人だと感心させられる。そんな丸田だからこそ、なんとか役に立ちたくて桃子は一生懸命になるのだろうし、章も同様だった。

「丸田さん、奥様はひとりではおうちにも帰れないってことはないんですよね？」

章の問いに、丸田は即座に首を横に振った。

「さすがにそこまでじゃない。慣れたところなら大丈夫。実家にだってひとりで往復してるし、家に帰ることぐらいはできる。特に『猫柳苑』なら、うちの最寄り駅までの乗り継ぎもそんなに複雑じゃない」

「だったら問題ないでしょう。丸田さんが先に出かけられたあと、チェックアウトタイムまでゆっくり温泉でも入ってたらいいんですよ。『猫柳苑』のチェックアウトタイムは十一時、それならかなりのんびりできるんじゃないですか？」

「そうそう。お夕食は揃って『ヒソップ亭』で。なんなら、『特製朝御膳《ごぜん》』もお試しください」

桃子がにやりと笑ってすすめる。

現在『猫柳苑』の朝食は、ビュッフェスタイルで提供されている。味については絶対の自信を持っているし、客の評判も悪くはないが、料理人として少々物足りない。せっかくの旅行なのだから、朝から食を堪能したい人もいるはずだ、という考えが捨てきれなかったのだ。

とはいえ、勝哉は今のスタイルを変える気はないようだし、考えあぐねた章は勝哉に、『ヒソップ亭』で有料の朝食を出してもいいかと訊ねてみた。その結果、勝哉はあっさり承諾、『特製朝御膳』が誕生することになったのである。

『特製朝御膳』はご飯とみそ汁、卵料理、焼きたての魚、湯豆腐、野菜はサラダに加えて煮物か和え物を一皿、漬け物、焼き海苔《のり》に水菓子まで添えられている。素材からこだわり、焼き海苔ひとつ取っても、無料のものよりもワンランク上、どこかの家具販売店ではないが『お値段以上』確約の料理なのだ。

ところが、二千円という価格のせいか、実際に利用する宿泊客は少なく、むしろ

『たまの贅沢《ぜいたく》』として訪れる近隣住民のほうが多い。桃子はその現状を気にして、なんとか宿泊客の利用を増やそうと頭を捻《ひね》ったに違いない。

丸田は破顔一笑だった。

「なるほど、それが狙いか。確かにひとりよりもふたりのほうが売上は増えるし、嫁さんと一緒なら、無料の朝食じゃなくて『特製朝御膳』を奢《おご》るだろう、って算段だな」

「あら、バレちゃいました？」

「バレバレだよ。実は俺も、毎回ここの朝御膳は気になってたんだ。サービスの朝飯ですらこんなに旨いんだから、有料の『特製朝御膳』ならどんなに旨いんだろうって。一度食べてみたかったんだけど、さすがにひとりで朝からそんな贅沢は、嫁さんに申し訳ないって思ってさ。一緒に食うなら、良心の呵責《かしやく》もない」

「是非ともご賞味ください！　『ヒソップ亭』の『特製朝御膳』は、ご飯はひとり用の釜炊《かまだ》き。基本的にはおかずに合うように白いご飯ですが、夜のうちにおっしゃっていただければ、炊き込みご飯に替えられます。タケノコ、鮎《あゆ》、キノコ、牡蠣《かき》、栗……具は季節によっていろいろ、干物の種類も選べますし、なんなら西京焼きや粕漬《かすづ》けもご用意できます。お野菜は新鮮な生野菜サラダと煮物、湯豆腐は手作りのお豆腐。お漬け物だって、自家製のぬか漬けです。あと、アレルギーや好き嫌いにも柔軟に対応いたしますので、なんなりとお申し付けください！」

桃子の淀《よど》みない宣伝文句に、丸田は大笑いだった。

「いや、大した商売上手だ！　大将も、こんな人がいてくれると心強いんじゃないか？」

「おかげ様で、と言いたいところですが、これがなかなか諸刃《もろは》の剣なんです。時々、やりすぎてお小言を頂戴《ちょうだい》するんじゃないかとひやひやしてます」

「ひどーい！」

こんなに一生懸命なのに、とふくれる桃子を見て、丸田がまた笑う。

「じゃあ、次は是非とも『特製朝御膳』をご馳走《ちそう》になろう。いや、楽しみだ！」

この分だと、次に彼が来てくれるときは、ふたり分の魚を用意する必要がありそうだ。丸田の妻なら魚好きの可能性は高いし、たとえ苦手でも新鮮そのものの魚なら考えが変わるかもしれない。

『しめ鯖』の最後の一切れを食べ終わり、次の注文を出そうと品書きを目で追う丸田の横に、うっすらと彼の妻が見えるような気がする。

次の機会——おそらく冬の終わりごろ、カウンターに並んで舌鼓を打つ丸田夫婦を想像して、章は満足の笑みを漏らした。

　翌朝、丸田がチェックアウトしたのは、午前八時を少し過ぎたころだった。おそらく、この足で仕事先に向かうのだろう。

　朝食ビュッフェに料理を追加しに行ったときにも姿を見かけたが、忙しい朝に迷惑だろうと話しかけもしなかった。だが、章に気付いた彼は小さく手を振ってくれた。いかにも満足、そして安心したような表情だったから、昨夜のうちに奥様に電話でもしたのかもしれない。

　章が、まずはよかった、と思いながら『ヒソップ亭』に戻ろうとしたとき、勝哉が声をかけてきた。

「おい、章。丸田さんから、次の予約をいただいたぞ。三ヵ月先だけどな」

「やけに早いな。いつもならせいぜい一ヵ月、どうかすると二週間前ってこともあるのに」

「だよな。しかも『おふたりさま』だぜ？　まさかあの人、お忍びでコレと……」

　少々下卑《げび》た笑みを浮かべ、勝哉が小指を立てる。その腹に軽くジャブを入れ、章は昨夜の経緯を説明した。

「なるほど、そういうわけだったのか。まあ、丸田さんに限って、とは思ったけどな」

「なに言ってんだか。普段からおまえ自身が女遊びばっかりしてるから、そういう想像をするんじゃないのか。いい加減にしないと、また雛子が噴火するぞ」

妻の名前を出したとたん、勝哉がびくっと肩をすくめた。

章と勝哉同様、雛子はこの地で生まれ育った。現在の年齢は章と勝哉が四十四歳、雛子は四十三歳だが、それは彼女が早生まれなためで、学年で言えば同じ。雛子と勝哉は幼稚園から中学校まで同じところに通った仲なのだ。

漫画やドラマの場合、男ふたりに女ひとりというシチュエーションは、恋愛のトラブルに見舞われがちであるが、この三人組に限ってはそんな展開は欠片《かけら》もなかった。『猫柳苑』のひとり娘だった雛子は勝哉に夢中で、小学生のころから章には洟《はな》も引っかけなかった。

これで章が雛子に想いを寄せていれば大問題だが、章のほうも、いかにも老舗旅館の跡取り娘らしく、しっかり者で少々押しが強すぎる雛子に恋愛感情を持つことはなかった。

いずれにしても、雛子は幼稚園のときから『勝哉命』で小、中、高と追いかけ続けた結果、めでたく入り婿《むこ》に迎えることに成功した。おそらく、勝哉が男ばかりの三人兄弟の次男だったことも幸いしたのだろう。

結婚したあと、勝哉は雛子の両親から旅館経営のノウハウを学び、今では立派な支配人となっている。雛子の両親は既に亡くなったが、きっとあの世で安心していることだろう。この町の外に職を求め、うまくいかなくて逃げ帰った挙げ句、勝哉夫婦の配慮で『猫柳苑』に店を構えさせてもらった章とは雲泥の差だ。そのあたりまで考慮しても、雛子の男、いや人を見る目は確かだったのだろう。

そんな勝哉の唯一の欠点は、面倒見のよさだ。

こう表現すると、そんなもの欠点に入らない、と言う人も多いかもしれないが、勝哉に限っては本当に欠点だと章は思っている。なにせ、東に仕事を失って困っている人がいれば、どこかに職はないかと探し回るし、西に親が残した家の片付けに悩む人がいれば、行って手伝う。小さなことでは、仕事中にもかかわらず、字に自信がなくて表書きが書けない、と熨斗袋《のしぶくろ》を持ち込んでくる人のために、筆を執ったりもする。

町の人は、勝哉が書道コンテスト入賞の常連で、半端《はんぱ》な国語教師が舌を巻くほどの腕前だと知っているから、至って気軽に頼みに来るが、ただでさえ人手不足なのにそのたびに仕事の手を止められては堪《たま》ったものではない。それでも彼は、断っている間に済む作業だ、と笑顔で引き受けるのだ。

そんな勝哉の面倒見のよさは、相手が女性となるとさらに強調される。本人は『困っている女性を助けられなくて、何が男だ』などと嘯《うそぶ》くが、行きすぎたフェミニズムは夫婦喧嘩《げんか》の元だ。

本人は下心なしに接しているとしても、妻の雛子にしてみれば面白くない。もともと彼女は勝哉にぞっこんな上に、独占欲がかなり強い。高校時代も、雛子と付き合っていることを知らずに勝哉にラブレターを送ってきた女子に、自ら突き返しに行き、『勝哉は私の彼氏だから手を出すな』と宣言したほどなのだ。

ただ、それはあくまでも昔の話で、現在は接客業、しかも老舗旅館の女将《おかみ》である身としては、勝哉に親切にされる女性全員に喧嘩を売りに行くわけにはいかず、幼なじみの章を相手に愚痴をこぼすに留《とど》めているのだ。

勝哉は、うぬぬぬ……と漫画の吹き出しみたいな言葉を漏らし、ついでに縋《すが》るような目で章を見た。

「女遊びとか言うなよ。俺のは全部人助け、いわば地域コミュニケーション促進の一環だ。雛子だって、それぐらいわかってるさ」

「頭ではわかってても、気持ちが納得しないんだろ。まあ、結婚してから二十年になるのに、未《いま》だにそこまで気にしてもらえるっていうのは、幸せなことかもしれないけどな。焼き餅《もち》ひとつ焼いてもらえなくなったら、それはそれで寂しいだろ」

「それはそうだけど、毎度毎度、おまえに雛子の愚痴の聞き役を務めさせるのもなあ……」

「そう思うなら、もうちょっとクールになってくれ」

「無理」

断言かよ、と噴き出しそうになる。だが、自己申告するまでもなく、そんなことは不可能だと章にもわかっている。面倒見のよさをなくした勝哉なんて、魅力半減だった。

「ま、面倒見のよさを発揮するのは、できるだけ男相手にしておいてくれ。それなら雛子も文句ないだろう」

「うー……前向きに検討する」

「それ、なにもしないやつだな」

「うるさい。いいから『ヒソップ亭』に戻って丸田さんご夫婦の歓迎メニューでも考えろ。それか、どうやったら『客に出せる魚』が釣れるか研究しろ」

「やかましい！」

腹の足しにもならない小魚とか、臭くて手がかかる魚ばかり釣ってるんじゃない、と笑う勝哉の腹に、もう一発ジャブを食らわせ、章は『ヒソップ亭』に向かった。

『ヒソップ亭』の前の廊下から、雛子と従業員の会話が聞こえてくる。きびきびと指示を飛ばす女将の声を聞き流しながら、章は回想にふける。

――雛子は今日も元気、というか元気すぎだよな。四十三歳であんなに元気ってどうなんだ？　とはいえ、俺が『ヒソップ亭』を開けたのは、勝哉と雛子のおかげ。今の落ち着いた暮らしは『ヒソップ亭』あってのことなんだから、俺は本来、もっともっとあのふたりに感謝すべきなんだよな……

四年ほど前、桃子の父親が年齢と体力の限界を理由に引退することになったとき、ふたりは『猫柳苑』を本来の意味での素泊まりの宿にするつもりだったと聞いた。食事の提供をやめることで、純粋に温泉だけを楽しみたい客にターゲットを絞ろうとしたそうだ。食事を含まない料金設定なら、気軽に使えて風呂好きのリピーターが増えるだろうと考えてのことだった。

ところが、そこに章が戻ってきた。正確に言えば、戻ってきたというよりも、新しく着任した板長とそりが合わず、勤め先の料亭を辞めざるをえなくなった章が、気分転換がてら郷里の空気でも吸ってみようと訪れただけのことだ。

その時点では、この町に戻るつもりも、『猫柳苑』に職を得るつもりもなかった。勝哉が雛子の父親から支配人を、雛子が母親から女将を引き継いだことすら知らなかったほどで、彼らを頼る気など皆無だった。

だが、駅についてから十五分ぐらいたったとき、スマホがぶるぶると震えだした。画面には発信者として『望月勝哉』の名前がある。そのとき章は、駅前の喫茶店にいた。なんで俺がこの町にいるタイミングで？　と驚きながら通話キーを押すと、勝哉の不機嫌そのものの声が聞こえてきた。

「どれだけメッセージを無視すりゃ気が済むんだ！」

慌てて確かめると、十五分ほど前から三分おきに五回もメッセージが届いていた。電車に乗るときにサイレントモードをセットし、降りたあともそのままにしていたせいで気付かなかったのだろう。

どうやら勝哉は、メッセージを送っても返信は来ず、既読にすらならないのにしびれを切らして電話をかけてきたようだ。たった十五分しか経っていないのに……と思う半面、勝哉は『即レスの王』と言われるほど、レスポンスが早いし、一刻も早く章と連絡を取りたいという気持ちが伝わってくるようで嬉しかった。

「すまん。マナーモードにしてた。なんか急用でも？」

「急用って……。おまえなあ、何年ぶりかで戻ってきたってのに、俺たちに連絡もなしかよ！」

「なんで知ってる？」

「俺の情報網を舐《な》めるなよ。『佐久間旅館』の道代《みちよ》さんが、駅でおまえを見たんだってさ」

目撃者ありか……と章は苦笑してしまった。

『「佐久間旅館」の道代さん』というのは、章たちより二歳年上の女性で、雛子同様家業が旅館である。

彼女には兄がいるため自分が跡を取る必要はなかったが、他に産業もない町なので高校を卒業したあと『佐久間旅館』に就職した。章とは中学も高校も同じだったため、顔もよく知っている。

その道代が、買い物帰りに駅前を通ったときに章を見かけた、と勝哉に連絡してくれたそうだ。

この町の駅は平日、しかも昼過ぎの利用者はそう多くない。とかく接客業従事者は周りの人間をよく見る傾向があるが、道代もかなり観察力に優れている。特に、章が訪れたとき、駅に降りたのは四、五人だったから、道代に見つかったのも無理はない。

改札を出たあと、章はどこに向かうでもなく駅前の喫茶店に入っていった。食事時でもないし、待ち合わせという感じでもない様子だったが、勝哉と雛子は彼に会う予定はあるのか、久しぶりだからできれば自分も会いたい、というのが連絡の内容だったそうだ。

「道代さん、『章君、大きな料亭に勤めてるって聞いてたけど、なんかしょぼくれてたわ。大丈夫なの？　っていうか、ここはひとつ、あたしが活を入れてやらないと！って感じ』って言ってたぞ。なんかあったのか？」

「道代さん、相変わらずだなあ。元気そうでなにより」

「うちの雛子とあの人が元気じゃなくなったら、世界は終わる……って、そんなことはどうでもいい。おまえまだ『オレンジ』にいるのか？」

『オレンジ』というのは、駅前の喫茶店の名前だ。駅前には喫茶店はいくつかあるが、学生時代から足繁く通った店なので、章が入るならその店だと思ったのだろう。もちろん大正解だった。

「ああ。久しぶりに『ウインナ・コーヒー』を堪能してるよ」

「相変わらず、生クリーム大好き人間なんだな。そんな板前、聞いたことねえよ」

「ほっといてくれ」

「わかった、その件はほうっておく。で、まだそこにいるんだな？」

「いるよ。二杯目を頼んだところだから」

「二杯目！　あの濃厚なのを！　うわあ……まあいい、せいぜいゆっくり飲んでろ。五分で行くから」

「え……？　おい！」

勝哉は、章の返事も聞かずに電話を切った。

『猫柳苑』から『オレンジ』までは徒歩なら十分かかる。それを五分と言うからには、勝哉はスクーターで来るのだろう。道が狭く入り組んだこの町では、雨が降っていない、かつ、大荷物を運ぶ必要がなければ、スクーターか自転車での移動が最適だった。

会いたい気持ちはあったが、仕事を失って意気消沈している姿を見られたくはない。今回は会わずに帰ろうと思っていた。けれど、懐《なつ》かしい声を聞いたとたん、会いたい気持ちがこみ上げ、五分後に勝哉がドアから入ってきた瞬間、章は立ち上がって『勝哉！』と叫んでしまった。

勝哉は、大股《おおまた》で章のテーブルに近づき、すごい力で肩をばんばん叩《たた》いた。

「この薄情者！　ヤバいことになってるならなってるって、ちゃんと連絡しろ！」

「ヤバいこと？」

「おまえ、あの料亭を辞めたんだろ？　新入りの板長と揉《も》めたんだって？　辞めたっていうより、板長が自分より腕が立つおまえが気に入らなくて首にしたって聞いたぞ」

「え、あ……」

二度目の『なんで知ってる』という言葉は口にしなかった。口を開く前に、仏頂面の勝哉が、専門学校の校長から聞いた、と言ったからだ。

「平謝りだったらしいぞ。こんなことなら、年齢のことなんて考えずに、おまえを板長にしておけばよかった。長年真面目に勤めてくれていたのに、本当に申し訳ない、って」

そういえば、辞めた料亭には章が通った専門学校の紹介で就職した。勤めて十五年以上になるが、料亭の経営者と今の校長は若いころから懇意だったと聞いたことがあるから、なにかで連絡を取った際に話をしたのかもしれない。

あの料亭は板長の任命権だけは経営者にあるものの、それ以外の人事は板長が管理している。経営者といえども、厨房《ちゅうぼう》内の人事に口出しできないのだ。

おそらくあの経営者も章が理不尽な目に遭ったと思ったのだろう。だからこそ、専門学校の校長と話した際に、申し訳ないことだ、と謝ってくれたのだろう。

「板長にするには若すぎると思ったんだとさ。ふざけんなよ！　四十歳なんて、立派なおっさんじゃねえか！　俺が支配人やってるんだから、同い年のおまえに板長ができないわけがない！」

しばらく経営者と板長をまとめて散々こき下ろしたあと、勝哉は怒りの矛先を章に向けた。

「次の仕事は決まったのか？　決まってたら、そんなしょぼくれた顔してないよな？　なんで相談してくれないんだよ！　おまえのことだからなにか考えがあるのかもしれない、ちょっと休みを取りたくなったのかもしれない、気持ちを落ち着けるのに時間がかかってるのかもしれない、ってじっと待ってたんだぞ！　それなのに、この町に来るのに挨拶《あいさつ》もなし！」

こっちから声をかけなければ、そのまま帰る気だったんだろう、と勝哉は心底腹を立てている様子だった。

ここまで見通されれば、素直に謝るしかなかった。

「すまん……。なんか自分が情けなくて、合わせる顔がなかったんだ」

「合わせる顔!? 小学校一年生以来の幼なじみに、そんなものが必要だとでも?」

ありとあらゆる失敗を見せ合ってきた。今更ひとつふたつ増えたところで驚きもしない。しかも今回は、失敗じゃなくてただの災難だ。辛《つら》いときに愚痴すらこぼしてもらえないのが悔しい、と勝哉は憤った。

そして、長々と無沙汰《ぶさた》続きの章への文句を垂れ流したあと、急に真面目な顔になって言ったのだ。

「もうすぐうちの料理長が引退する。『猫柳苑』は素泊まりの宿にするつもりだったが、せめて簡単な朝飯ぐらいは、って意見もある。おまえさえよければ、『猫柳苑』の朝食を引き受けてくれないか」

今まで厨房として使っていたスペースがある。少し手を入れれば小さな店を開くことも可能だ。

『猫柳苑』とは経営を分けて、朝は委託で朝食提供、夜は宿泊客や外からの客も受け入れる食事処にしてはどうか、というのが勝哉のアイデアだった。

「小さいけど店は店、一国一城の主《あるじ》のほうがおまえには向いてる気がするぞ」

「俺にそんな力量は……」

「やってみなきゃわからない。あの老舗の板長がやっかんで首にするほどの腕だろ？　経営についての相談ならいくらでものる。おまえの料理は旨いから、うちの客も外からの客もきっと満足してくれるさ」

考えすぎてはなにもできない。苦境であればあるほど、大きな挑戦のチャンスだ、と勝哉は発破をかけた。さらに彼はそのまま章を『猫柳苑』に連れ帰った。それも、逃げ出すのを恐れたのか、駅前のタクシー乗り場に章を引っ張っていき、タクシーに押し込んで運転手に『猫柳苑』に行くように伝えたあと、後ろからスクーターで追いかけてくる、という念の入れようだった。

そして勝哉は、『猫柳苑』に着くなり、今度は雛子とふたりがかりの説得を始めた。勝哉だけでも相当な説得力なのに、雛子まで加わられては抵抗の余地などなく、章はその日のうちに『ヒソップ亭』の立ち上げを約束させられたのだった。

ちなみに『ヒソップ亭』という名前は、雛子の提案だ。ヒソップの和名は『柳薄荷《ヤナギハッカ》』だそうで、『猫柳苑』とは『柳』繋《つな》がりで面白いし、珍しくて覚えやすいから、とのことだった。

覚えやすいか？　と疑問に思ったものの、自分にネーミングセンスなどないとわかっていたため、雛子に言われるがまま『ヒソップ亭』に決めた。

だが、あとになって、勝哉がこっそり教えてくれたところによると、雛子は『ヒソップ』の花言葉が『浄化』と『清潔』であることを知っていて、嫌なことがあって仕事を辞めてきた章には気持ちの『浄化』が必要だし、『清潔』は飲食店にはなくてはならない概念だと言っていたらしい。

ついでに、『猫柳』の花言葉は『親切』と『努力が報われる』だから、『猫柳苑』にいれば客も従業員も『親切』にされて、『努力が報われる』だろう。章もきっといいほうに向かうだろう、とも……

あえてそれを章には告げないところが雛子のいいところだ、と勝哉は自慢げに言ったが、まったくの同感。そこまで考えてくれていたのか、と目頭が熱くなってしまった。

「おまえはしばらく『ヒソップ亭』に潜んでろ。潜んでても努力はできる。頑張ってれば、いつかきっといいことがあるさ」

そう言うと、勝哉はカラカラと笑った。

潜むってなんだよ、俺が悪いことをしたみたいじゃないか、という思いに加えて、オヤジギャグみたいな言い方のせいで、若干呆れる気持ちが混ざってしまった。けれど、それでも幼なじみを思ってくれる気持ちは十分伝わってきた。

――いいことはもうあった。こんな友だちを持てたことが、自分にとって最大のいいことだ。このふたりに報いるためにも、『ヒソップ亭』をいい店にしよう。『ヒソップ亭』があるから『猫柳苑』に来る、と言ってくれる客が増えれば自分は嬉しいし、ふたりも喜んでくれるはずだ。

そんな決意をした日から、四年の月日が流れた。

思いどおりに包丁を振るえる環境と、気心の知れた友人夫婦。桃子という頼もしい従業員もいる。

『ヒソップ亭』はなんとか軌道に乗ったようだし、これからますます客を増やしていきたい。

十五年も頑張って勤めた職場を理不尽に首になったときは、正直やさぐれたし、この先どうしようと思った。『猫柳苑』そして『ヒソップ亭』に身を置くことで気持ちが浄化され、今がある。

花言葉に縋るわけではないけれど、『猫柳苑にいれば親切にされて、努力が報われる』が本当になりつつあった。

自分だけではなく『猫柳苑』、そして『ヒソップ亭』を訪れる人がみんな、自分みたいに感じられるようになればいい。一時的に嫌なことがあっても、いつかきっと……と信じられるように。

ここで過ごす時間が、悩んだり傷ついたりしている人の癒《い》やしになればいい。旨い料理やそれに合う飲み物は、疲れて頑《かたく》なになった心を柔《やわ》らかくしてくれるはずだ。

まずは、丸田夫婦を迎えるメニューをしっかり考えよう。

家族で気を遣い合って疲れた丸田の妻、妻を心配して悩む丸田自身にも楽しんでもらいたい。客が笑顔で帰れば、勝哉と雛子も自然に笑顔になるのだから……

予約をもらったのは三ヵ月先、そのころ旬《しゅん》を迎える野菜や魚はなんだっただろう。それに合う飲み物は？　丸田の妻はあまり酒が強くないようだから、質のよいお茶や、料理を邪魔しないソフトドリンクも用意しておかねば……。いつもは果物だけだが、デザートも少し凝ったほうがいいだろう。このあたりは桃子にも意見を訊《き》こう。彼女はデザートが大好きで、あちこちで食べ歩きをしているから、いいアドバイスをくれるに違いない。

素材、調理法、飲み物からデザートまで、ありとあらゆる可能性を考慮し、章は献《こん》立《だて》を決めていく。頭の中には、目を輝かせて箸《はし》を取る丸田の妻と、それを見守る丸田の笑顔が広がっていた。

ピンバッジの思い出

「おはようございます、浅田《あさだ》さん。昨夜は少し肌寒かったですけど、よくお休みになれましたか？」

「おはよう。さすがにもう十一月だからね。でも、温泉でしっかり温まったから大丈夫。久々に命の洗濯をさせてもらったよ」

「いいですねえ、命の洗濯。私もあやかりたいです」

「なに言ってるんだよ。桃ちゃんたちはずっとこの町にいて、美味しいものを食べて、温泉にだって入り放題だろうに」

特に桃ちゃんは、一度外に出て帰ってきたんだから、この町のいいところを痛感してるはずだろ？　と浅田に言われ、桃子は何気ない風を装って後ろを向いた。おそらく、思わずしかめてしまった表情を隠すためだろう。

朝の『ヒソップ亭』のテーブル席に座っているのは、浅田洋次郎《ようじろう》六十六歳。年齢まで知っているのは、本人が『還暦を過ぎたヘビ年生まれ』と公言して憚《はばか》らないからだ。

彼は、個人情報保護に神経を尖《とが》らせる者が急増する中、自ら盛大に情報を開示する珍しいタイプの人である。自分では、ただの『かまってちゃん』だと苦笑いをしているが、章から見れば、それだけ開けっぴろげになれるのは、これまでの生き方に誇りを持っている証のように思えてならない。

なにかを問われ、曖昧《あいまい》な笑顔でごまかすことが習い性になっている章としては、隠したくなるような過去など、なにひとつなさそうな浅田が羨《うらや》ましくなってくるのだ。

そしてそれは、多かれ少なかれ桃子にも共通する感情だと、章は思っている。

桃子も自分も就職を機にいったんは外に出たものの、結果としてこの町に戻ってきた。

桃子の場合、『猫柳苑』の料理長を務めていた父親が引退後一年で亡くなったあと、母親をひとりにしておくのはしのびないという事情からのUターンだったが、本人曰く、当時は職場の人間関係がうまくいっておらず、母親を理由に逃げるように退職したとのことだった。

それでも、帰郷してからの桃子は母親と和気藹々《あいあい》、細やかに面倒を見ている。裏にどんな思惑があろうと、桃子が孝行者であることは否定できない。

桃子本人は、自分だって仕事を世話してもらった、勝哉夫婦の温情に縋ったことに違いはない、と言うけれど、親孝行のために仕事を辞めた桃子と長年勤めていたにもかかわらず、あっさり首にされた自分を同列に語れるはずがないのだ。

それでも、章がどんな言葉をかけようと桃子は考えを変えず、誰かがUターンについて触れるたびに、今みたいにいたたまれない表情を浮かべる。相手はまったくそんなことを思っていないにもかかわらず、しかも本人もそれがわかっていても、そんな反応になってしまうのだから、桃子の心に刺さった棘《とげ》は相当鋭いのかもしれない。

なんとか気持ちを落ち着けたのか、桃子はようやく笑みを浮かべ、浅田の前にお通しの小鉢を運んでいった。

本来、お通しというのは酒を呑む客に出すものだ。たとえ温泉旅行中であっても、浅田は朝から酒を嗜《たしな》むタイプではない。それでもあえてお通しを出すのは、彼が『ヒソップ亭』の常連であり、『猫柳苑』に泊まるときは必ず『ヒソップ亭』で『特製朝御膳』を頼んでくれるため、店からの感謝の印という意味が強かった。

小鉢に盛られているのは、ガンモドキの含め煮である。地味になりがちな料理だが、サヤインゲンと人参《にんじん》が彩《いろど》りを添え、目にも嬉しい一皿になっていた。

早速箸をつけた浅田が、感極まったような声を上げる。

「大将、この煮物、旨いねえ……。ガンモドキから染み出す出汁《だし》がなんとも言えないよ」

「ありがとうございます。実はそのガンモドキは、うちで作ったものなんです」

「手作りのガンモドキ！　それを煮物にしちゃうなんて贅沢だなあ。揚げ立てをショウガ醤油《じょうゆ》で食ったらさぞや旨かっただろうに……」

その言葉で、桃子がぱっと顔を輝かせた。

「揚げ立てのガンモドキの美味しさをご存じなんですね！」

カウンターから身を乗り出すように言う桃子に、浅田はぎょっとした様子だった。

それでも、うん、とひとつ頷いて言葉を続ける。

「子どものころ、実家の近くに豆腐屋があってね。俺はそこの息子と友だちだったんだ。けっこう仲がよくて、学校の行き帰りも一緒だったし、放課後に遊ぶことも多くてね。誘いに行くと、ガンモドキや油揚げを作ってるんだ。そりゃあもう、いい匂《にお》いでさ、涎《よだれ》がタラタラ……。そんな俺を見て、友だちの親父さんが、ほらよって揚げ立てをくれるんだ。醤油も添えてね。カリカリの油揚げやガンモドキにちょっと醤油をつけてかじる……最高だった」

今なら、商売物を無料でもらうなんて、と思うけれど、当時は子どもだったからそんなことは考えもせず、ただ喜んで食べていた。友だちは、こんなもののどこが旨いんだ？　みたいな顔をしていたが、これを毎日食べられるなんて贅沢すぎると憤慨《ふんがい》していた——浅田は、子ども時代の思い出をとても楽しそうに語った。

「豆腐屋さんのご近所だったんですか。それは素敵ですね。いつでも出来たてのお豆腐を食べられるってことですよね」

桃子が心底羨ましそうに言った。

なにせ彼女は、豆の生まれ変わりかと思うほど豆製品が好きなのだ。

煮豆、炒《い》り豆はもちろん、豆腐や油揚げ、厚揚げ、ガンモドキ、豆乳といった豆腐関連商品、豆を煮て作る各種の餡子《あんこ》、甘納豆……もちろん、納豆だって大好物だ。自宅では、サラダにも茹《ゆ》でた豆を散らすし、カレーもたいていは豆を入れるそうだ。

ずっと昔に一度だけ、父親が家でガンモドキを作ってくれたことがあったそうで、章がガンモドキを料理するたびに、揚げ立てのガンモドキの香ばしさが忘れられない、と桃子は言うのだ。

今回、ガンモドキから手作りしたのも、半分は『揚げ立てを食べたい！』という桃子の希望を叶えるためだった。甲斐あって、桃子はとても喜んでくれたけれど、それだけに豆腐屋の近くに住んでいれば、日常的にあの味を楽しめる、と思ってしまったのだろう。

だが、それに対する浅田の答えはちょっと寂しいものだった。

「うん……昔はいつでも食べられた。おやつにもらえなくても、親にねだって買ってもらうこともできたし、油揚げやガンモドキなら、小遣いでもなんとかなる。でも今はもう無理なんだ」

「ご実家から離れちゃったからですか？」

「それもあるけど、そもそも店がなくなっちゃったんだ」

「……ああ、そういう意味……。お友だちはあとを継がなかったんですね」

「まあね」

浅田の話によると、その友だち自身は、豆腐屋を継いでもいいと思っていたそうだ。だが、両親に止められたという。

豆腐はスーパーやコンビニでも簡単に買える。しかも自分の店で売っている物よりも、ずっと安い。

豆腐の品質には自信を持っているが、スーパーの品揃えはものすごく豊富だし、価格も質もよりどりみどり。わざわざ豆腐屋に買いに来るような客は、どんどん減っていくだろう。商売としては限界だから、この店は自分の代で畳むつもりだ、と宣言されてしまったそうだ。

桃子は、まるで我が事のように憤った。

「どうして!?　後継者がいなくて畳むのなら仕方ないけど、せっかく息子が跡を継ぐって言ってるのに！　店頭売りは大したことなくても、スーパーとかに納めて儲《もう》けてる豆腐屋さんはいっぱいいるでしょ？　そのお友だちの家はスーパーの下請けはやってなかったんですか？」

「やってたけど、それだってたくさんある業者のひとつ。納める量だってたかが知れてたんだろうな。親父さんたちですら、ぎりぎり生計を維持してたんじゃないかと思う。だからこそ、息子にそんな思いはさせたくない、よそで勤めたほうがいいって言ったんだろう。究極の親心だな」

そんなわけで、揚げ立てのガンモドキなんてもう何十年も食べていない、と浅田は寂しそうに言った。

「昨日、お声がけすればよかったですね」

浅田は昨夜も『ヒソップ亭』に来てくれた。午後四時過ぎにチェックインし、散歩がてら町を一回りする。そのあと一風呂浴びて『ヒソップ亭』でゆっくり……というのが浅田のいつものスタイルだった。

昼ご飯が遅かったらしく、炙《あぶ》ったエイひれをつまみに瓶《びん》ビールを一本、厚揚げの大根下ろし添えで日本酒を一合呑んだが、実はその時点ではまだガンモドキのタネが残っていた。厚揚げは浅田の好物だし、ガンモドキも似たような素材だからすすめなかったけれど、そんな思い出があると知っていたら、揚げ立てを食べてもらったのに
……

申し訳なさそうに言う章に、浅田は明るく笑って応えた。

「事情を知らなかったんだから無理もないよ。手作りのガンモドキの煮物を食べられただけで十分。おかげで、仲良しだった友だちのことも思い出せた。豆腐屋は継がなかったけど、今も故郷に住んでるから、今度戻ったら声をかけてみるよ」

もう何十年も会っていない。実家の近所だから、親が健在だったころはなんとなく様子も耳に入っていたが、それも絶えて久しい。何十年ぶりかで顔を合わせて、近況報告がてら酒でも呑もう。

そう言って、浅田はリュックサックから手帳を出してめくる。どこかに、友だちのアドレスが書いてあるのだろう。ページをめくるたびに、こいつもついでに呼びだそう……なんて呟いている。

ひとりをきっかけに、小さな同窓会が開かれる。案外よくあることだし、一瞬にして『あのころ』に戻れる旧友との出会いは、年を経《へ》れば経るほど価値が上がる宝物ではないかと章は思っている。

次に郷里に帰るとき、浅田はそんな宝物を手にする。子どものころに返って大騒ぎをする彼と仲間たちを想像し、章は我が事のように嬉しかった。

「いいですねえ、プチ同窓会。久しぶりに会って、いろんな話をして……。そういえば、浅田さんのお友だちって、やっぱり歴史に興味がある方が多いんですか？　会うと歴史談義で盛り上がったり？」

浅田は歴史好きを自任している。

知識は教科書に載っているようなものから、トリビア的なものまで網羅《もうら》し、ひとつの時代に限定されるということもない。これは偏見かもしれないが、章は、『歴史好き』と言われる人々の興味の大半は、特定の時代に集中しているように思えてならない。たとえば、幕末については恐ろしく語るが、古墳の成り立ちについては中学校で習った程度の知識しかない、という感じなのだ。

ところが浅田の場合は違う。

二千年以上続く日本の歴史の中で、どの時代を取っても概要が説明できる。たとえばひとつの事件があったとして、それがどこで起こり、誰が関連していて、なにがきっかけで結果がどうなった程度はすらすら語ってくれるのだ。日本のみならず、外国の歴史についての知識も豊富で、章がどこにあるかも知らないような国の歴史についてまで、話してくれることがあった。

あまりに詳しいので、章は当初、浅田は歴史の教師でもしていたのだろうと思っていた。ところが、本人曰く、前職は『普通のサラリーマン』で、歴史はただの趣味だという。

子どものころから歴史が好きで、読む本はほとんどが歴史関係だし、旅行も史跡や歴史上の人物に因《ちな》んだ場所が中心、テレビもラジオもインターネットすら歴史に関するものばかり選んでいる。

在職中は仕事に関する調べ物などにも時間を使っていたが、引退後はまさに『歴史一色』、寝ても覚めてもそればかりだ、もはや『歴史好き』を通り越して『歴史馬鹿』だと自嘲《じちょう》していたほどなのだ。

章がその話を聞いたのは、今から二年ぐらい前のことだったが、そのとき、ただの趣味にしては高じすぎ、趣味ってもっと気楽なものだろう、と思ったことは内緒だ。それでも、本人は至って楽しそうだし、充実しているように見える。なにより、彼が『猫柳苑』にやって来るのは、近くにある城跡や博物館を見る目的あってのことだ。同じ博物館でも、企画展は次々と変わる。変わるたびに見たくなって来てしまう、というのが、浅田がこの町を訪れる理由なのだ。

どれほどこの町の温泉が魅力的で、『ヒソップ亭』の食事が口に合ったとしても、ここまで『歴史好き』でなければ、浅田のたび重なる訪問はなかったに違いない。そして、訪れるたびに浅田は『猫柳苑』に泊まり、歴史談義をしてくれる。

かくして、浅田のおかげで章と桃子は、この町の歴史に関する知識量が急増、客からの質問にもすらすら答えられるようになり、ありがたいことこの上なし、だった。

類友という言葉がある。浅田のことだから、友人たちも歴史好きが揃っていて、会うたびに歴史談義に花を咲かせているのではないか。桃子はきっとそんなふうに思ったのだろう。

ところが浅田は、苦笑しながら言った。

「歴史好きはいないな。むしろ、勉強の類《たぐ》いは丸ごとパス、ってやつが多い。勉強ができる、できないにかかわらず、呑むときは難しい話は抜きでぱーっと、ってやつばっかりだな」

「……そうですか。じゃあ、浅田さんはちょっとつまらないですね」

「そうでもない。旅の行き先ひとつ取っても、有名な史跡のある町ばっかり選んでる俺とは、まったく違う場所に出かけてる。話を聞けば、知らない町に行った気になれるし、あとで調べたら興味深い遺跡があったりして、じゃあ今度はそこに行ってみようう、なんてね。刺激になるし、すごく楽しいよ。年寄りになると趣味嗜好が合う人間とばかりつるみがちだけど、俺はあえて全然違う人間と接するようにしてる。そうやって、間口を広げてもらってるんだ」

「浅田さんは、好奇心が旺盛《おうせい》なんですね」

「世の中、知らないことばかりだよ」

「うわあ……浅田さんがそれをおっしゃるんですか……」

桃子は頭を抱えている。章だって同感だ。

浅田は、詳しいのは歴史についてだけだと謙遜《けんそん》するけれど、歴史を学ぶ途中で拾った知識は山ほどあるに違いない。知らないことばかりなのは章や桃子のほうだし、自分たちが彼の年になっても、これだけの知識を抱えられるとは思えなかった。

章はつい、ため息を漏らしながら言ってしまう。

「俺は知らないことに出くわしても、その瞬間は気になるけど、ついそのままにしちゃいます。あとから調べたりなんて、まずしないし……。浅田さんは、好奇心というよりも、向学心が旺盛なんですよ。すごいです」

「いやだな大将、それに桃ちゃんも。俺を褒めてもなんにも出ないよ」

「出さなくていいです。出すのはこっちの仕事ですから」

さすがに料理を作ることだけは負けないはずだ、と自分に言い聞かせつつ、章はデザートを用意する。

豆乳を使ったティラミスと濃く淹《い》れたコーヒー。これなら、甘い物が得意ではない客にも喜んでもらえるはずだ、と桃子が提案してくれたメニューだ。このティラミスとミディアムカップで出すコーヒーは同じ豆を使っているが、それも桃子が言い出したことだ。

曰く、昨今、日本酒にチェイサーを添える店が増えてきているが、あえて客が注文した酒の仕込み水を出すところがある。科学的にどうこうという理由はないにしても、そのために取り寄せた、と言われたら『お？』と思うことは確かだ。ティラミスとコーヒーの場合も、同様に感じる客がいるかもしれない、というのが理由だった。そこでふたりはティラミスにも使え、朝食のあとで飲むに相応《ふさわ》しい豆を探した。

説明を聞いた浅田は一瞬桃子に目をやり、うんうんと二度頷いた。

「さっき桃ちゃんは、俺を好奇心が旺盛だって言ってくれたけど、桃ちゃんだって似たようなものじゃないか」

「え、そうですか？」

「日本酒のチェイサーのやり方をデザートに応用しようなんて、普通は考えないよ。桃ちゃんは発想力に長《た》けてるし、大将は探究心の塊《かたまり》だ」

すごいすごい、と繰り返され、章は慌てて言い返す。

「いや、それ料理についてだけですし！」

「俺だって歴史だけだよ。人間は誰しもひとつぐらい興味が持てることがある。それを仕事にできた大将はラッキーだったんじゃないかな。とはいえ、好きなことを仕事にする苦しみも侮れないけどね」

浅田の言葉に、桃子が小首を傾げた。

「好きなことを仕事にする苦しみ、ってなんですか？」

「道は果てしなく厳しい上に、志したが最後、仕事馬鹿一直線ってことさ」

そう言うと、浅田は意味ありげな笑みを浮かべる。

――なんか、本当にいろいろわかってるよなあ……

章が歴史談義以上に感心してしまうのは、浅田のこういう考察の深さだ。

浅田も言ったとおり、一般的に、好きなことを仕事にできる人は幸運だと思われがちだ。さらに、好きなことで食っていけるんだから、多少のことは我慢しろ、とまで言われることもある。世の中の大半の人は、生活のために気に染まない仕事に耐えているのだから、と……

それはある意味真実である。けれど、好きなことを仕事にするための努力というのは案外侮れない。ちょっと頑張ったぐらいでは、その道で食っていくことなんてできないと思う。ステージの上で、楽しそうに歌ったり踊ったりしている芸能人にしても、その場所に辿り着くためにどれほどの努力をしたことか……。その上彼らは、そんな陰《かげ》の努力など微塵《みじん》も感じさせない。そうすることを求められる、いや、強《し》いられる人たちなのだ。

加えて、好きなことを仕事にする、すなわち、逃げ場を失うことでもある。

好きなことを仕事にしてしまったら、仕事で溜まった鬱憤《うっぷん》を趣味で晴らすことが不可能になる。どうかすれば、生活の全部が『仕事』になってしまう。

章にしても、『ヒソップ亭』にいるときはもちろん、離れているときでも仕事が頭から消えることはない。

個人的な買い物でスーパーに行ったとしても、食材を見て考えるのは『ヒソップ亭』で出す料理のことだし、テレビや本、インターネットからの情報も料理を中心に拾う。道を歩いてきれいな風景に出くわせば、この色合いを盛り付けに取り入れられないかと考えるし、参考にするために美術館や写真展に出かけたりもする。唯一、趣味らしき趣味と言える釣りだって、釣った魚は自分が食べるよりも客に提供することのほうが多い。そもそも客の好みに合いそうな魚が釣れないか、なんて考えながら釣り糸を垂らしている。一事が万事、ある意味『苦行』と言うべき状況だった。

「学生時代は、研究者か社会の先生になりたいと思ったこともあった。でも今は、趣味を仕事にしなくて本当によかったと思ってる。俺みたいな半端な興味じゃ、生涯仕事としてやってくことなんてできなかっただろうし、万が一できたとしても、退職したあとまで続けようなんて思えなかったんじゃないかな。他の仕事をして、趣味として歴史に触れていたおかげで、やりすぎることもやりきることもなく、老後の楽しみが残った。自分で言うのもなんだが、いい選択だったよ」

「なるほど……そういう意味ですか……」

桃子は感心して頷いている。

浅田は照れたように笑ったあと、急に真剣な眼差《まなざ》しになって章に言った。

「大将は気をつけたほうがいい。来るたびにものすごく旨いものを食わせてもらっておきながら、こんなことを言うのはいかがなものかと思うけど、あんまり根を詰めすぎないように。料理から離れて全然違うことをやったり考えたりすることで、新しい発想が生まれることもあるしね」

そして浅田は、今度は自嘲するように言う。

「あーあ、またよけいな長話しちまった。これじゃあ年寄りの説教だ。ごめんよ、大将」

「いいえ。すごく勉強になります。気をつけることにします」

「そう言ってもらえると助かるよ。そういう真っ直ぐさも、大将のいいところだ。料理にも表れてる」

「そうですか？　自分ではあんまりわかりませんけど……」

「大将の料理は、典型的な和食だよ。可能な限り新鮮な素材を仕入れて、素材の味を最大限に引き出せる調理法を選んでる。調味料すら必要以上には使わない」

「えー、それって経費節減のためなんじゃ？」

桃子が上げた声に、章はがっくりと肩を落とす。それを見た浅田が苦笑した。

「経費節減を目指す人が、こんなにいい調味料は使わないだろ。普通のスーパーじゃ扱っていないようなのばっかりだ。しかも、料理によって使い分けてるし、醤油だけでもどれだけ種類があるんだか……」

ほら……と浅田はカウンターの内側を顎《あご》で示す。

やる人によっては横柄に見える仕草《しぐさ》も、浅田だと気にならない。桃子もずらりと並んだ調味料の瓶を見て納得したようだった。

「確かに……しかもここにあるので全部じゃないんです。冷蔵庫の中にもたくさん。調味料、特にお醤油の味なんてそんなに変わらないのに……」

「封を切って置いておいたら味は変わるよ。これだけの種類があれば、どうしてもひとつひとつを使う量が減ってしまう。使い切るまでに時間がかかるし、保管には気をつけてるよ」

素材のよさを最小限の調味料で引き出す。それが章のやり方だ。それなのに、肝心の調味料の味がおかしくなっていたら話にならない。

酒の蔵元に出かける料理人は少なくないが、章は調味料の製造元にも足を運ぶ。本来その調味料が、どのような味なのかを確かめるためだ。

昨今、気温の影響による酒の味の変化については広く知られるようになってきたが、調味料も例外ではない。健康志向ブームで塩分を控えた場合、さらに影響は大きくなる。普通の家庭でも、開封したあといい加減に保管していた調味料を、久しぶりに使おうと思ったらカビが生《は》えていた、なんて話も聞く。ましてや章は、お金を取って客に料理を提供する立場だ。味の劣化や衛生上の問題を発生させるわけにはいかないのだ。

　本来の味を確かめ、最適な管理法を知る。

　そのためだけに章は、近くは隣県、遠くは九州や北海道まで足を運んでいた。

「『そういうとこだぞ』って若いやつなら言いそうだな」

「浅田さん、私もネットで見たことがありますけど、その言葉ってどっちかっていうと悪いところを指摘するためのものみたいですよ」

「あ、そうなんだ。それは失敬」

　桃子の言葉に、やっぱり聞きかじった言葉を無理に使っちゃいけないね、と浅田は頭を掻《か》いた。

　章も桃子に教えられたのだが、『そういうとこだぞ』という言い回しは、無自覚な失敗をしている者に注意を促《うなが》すために使われるネットスラングの一種だそうだ。使い方が若干違っているとはいえ、六十六歳の浅田がその言葉を認識していること自体が、彼の見識の広さの表れだった。

「いずれにしても、大将はそれぐらい真っ直ぐで、真剣に料理と向き合ってる。で、俺としてはありがたいと思う半面、やりすぎを心配してるってことだ」

「わかる気がします……ってことで大将、もうちょっと気持ちに余裕を持ちましょうね！」

それはなにか、俺には余裕がないってことか？　と言い返したくなる。だが、自分のことを考えてくれているのは明白だし、ふたりの目には多かれ少なかれ『余裕がない』と映っているのだろう。

そういえば、前に、料理にまったく関係のないことをしたのはいつだったか記憶にない。四年前、勤めていた料亭を首になったとき、憂《う》さ晴《ば》らしに映画を観に行った。時間にして二時間半だったが、カーチェイス中心のアクション映画は、すべてを忘れさせてくれた。だが、その途中ですら、食事シーンになるたびに、あの料理はなんだろう？　どうやって作るのだろう？　と考え込みそうになるのを必死に止めていた記憶がある。

あんな波瀾万丈《はらんばんじょう》、登場人物全員こぞって大騒ぎの映画ですら、『料理馬鹿』を止めさせてくれなかった。なにをどうすれば頭から『料理』を追い出せるのか、章にはわからない。もっといえば、本当にそれを望んでいるかどうかも疑問だ。

そして、そこに疑問を感じるということは、現状は大して苦ではないという証拠であり、浅田の言う『好きなことを仕事にする苦しみ』とは無縁なのかもしれない。

「そんなに難しい顔をして考え込まないでくれよ」

浅田の声ではっと我に返ると、桃子も苦笑しながらこちらを見ていた。もっとも、彼女のほうは、心配というよりも、客をほったらかして考え事にふけるな、という意味合いが強そうだけれど……

「申し訳ありません。今、お茶をご用意いたします。緑茶と焙《ほう》じ茶、どちらがよろしいですか？」

「お茶はいいよ。お茶で洗い流したくなるような嫌な後味は一切ない。なにより、旨いコーヒーだったから、余韻を消したくない。仕込み水ならぬ、仕込みコーヒーでいただくティラミス、最高だったよ。おかげでいい一日になりそうだ」

彼は夜もたいてい『ヒソップ亭』を訪れてくれるが、酒を一杯、つまみを一品か二品で、あとは茶漬けか雑炊を食べて終了、という感じだ。

豪華な夕食で一日を終えるのもいいが、この年になると、贅沢な朝食で一日を始めるほうがより好ましい。そのほうが胃の負担が少なくていい、と浅田は言う。

基本的に健康、これといった持病もないようだが、年齢には勝てないということなのだろう。そんな彼のために、章はいつも『特製朝御膳』の盛り付けをほんの少し控えめにする。満腹すぎては一日の活動に差《さ》し障《さわ》るだろうという気持ちからだった。

できる限りの気遣《きづか》いをしても、まったく気がついてくれない客もいる。気付いていても、触れない客も多い。褒めてもらいたくてやっているわけではないが、小さな一言が嬉しいのは人の常だろう。

その点、浅田はさすがだ。彼はたいてい章の気遣いに気付いて、さりげなく労《ねぎら》いの言葉をくれる。

「ここの『特製朝御膳』は、どの料理ものすごく旨い上に、腹一杯で動きたくなくなるってこともない。眠くなったりもしない。博物館に行っても、しっかり勉強できるんだ」

そして彼は席を立ち、隣の椅子《いす》に置いていたリュックサックを背負った。朝食のあとで部屋に戻って一服してからチェックアウトする客が大半だが、浅田は用意を済ませて『ヒソップ亭』にやって来る。きっと『歴史探訪』の時間を最大限楽しみたいという気持ちからだろう。

そんなやりとりのあと、浅田は出かけていった。

博物館の催し物が変われば、また彼が来てくれる。次の催事替えはいつだろう、とついつい博物館のホームページを確かめたりする。章にとって浅田は、訪問が待ち遠しい客のひとりだった。

『ヒソップ亭』を出たあと、浅田は真っ直ぐにフロントに向かった。チェックアウトといってもただ鍵《かぎ》を返すだけのことなので、ものの数秒で終わる。章はたいてい、浅田が『猫柳苑』の玄関から出ていくまで見送る。もちろん、隣には勝哉か雛子、あるいはその両方が立っている。

「お世話になったね」

「ありがとうございました。またお待ちしております」

「ああ、また寄らせてもらうよ」

深々と下げた頭を上げるころには、浅田の姿は消えている。彼は歩くのが速いから、あっという間に角を曲がっていってしまうのだ。

ともあれ、今日もご満足いただけたようだ、と安心して『ヒソップ亭』に戻った章は、夜の営業に備えて仕込みをすることにした。その一方で桃子は、掃除を始める。しばらく無言で作業していると、不意に桃子が、声を上げた。あら！　という声でそちらを見ると、手のひらに小さなピンバッジを載せている。

「お客さんが落としていかれたんだな。誰のだろう？」

「きっと浅田さんだわ」

ピンバッジは浅田が座っていた椅子の下に落ちていたし、リュックサックに付いていたのを見たような気がする、と桃子は言う。

今日の行き先が例の博物館なら届けに行けるのだが、あいにく昨日のうちに行ってきたと話していた。今日は朝一番で電車に乗り、違う町の神社に行く予定らしい。電車は既に出ている時刻だし、駅に行っても浅田はいないだろう。

「支配人に聞けば連絡先がわかるでしょうから、そちらにお送りしましょうか」

「小さな物だし、郵便でも送れるはずだ。でも、とりあえず一報入れよう。リュックに付いてないとわかったら、どこで落としたのか不安になるだろうし」

「そうですね。じゃあ私、支配人のところに行ってきます」

「よろしく」

桃子はそう言うと、ピンバッジを握ったままフロントに向かった。

だが、浅田は電話に出ない。彼のことだから、博物館や資料館の中で着信音が鳴り響くのは迷惑だと考えて、電源を切っているのだろう。

やむを得ず、時間をおいてかけ直すことにした。ところが、何度かけても応答がない。もしかしたら、電源を切ったことを忘れてそのままになっている、あるいは『歴史探訪』を邪魔されたくなくて意図的に切っているのかもしれない。

携帯電話ではなく自宅に連絡を入れてみたが、そちらも留守番電話でメッセージだけを残して切らざるをえなかった。とりあえず伝言は残したのだから、いずれ用件は伝わるだろう。大事なものならもちろん、そうでなくても落とし主がわかっている以上返さないという手はない。

クッションシートで丁寧にくるみ、封筒に入れてあとは発送するだけ、という状態で雛子に託し、章はまた仕込み作業に戻った。

その日は午後から少々強めの雨となった。そのせいか、いつもより『ヒソップ亭』で夕食を取る客が多く、章も雛子も大忙し、浅田の忘れ物のことをすっかり忘れてしまった。

ふたりが『忘れ物』を思い出したのは、夜になって、浅田が再び『ヒソップ亭』に姿を現したときだった。

「浅田さん！　わざわざお戻りいただいたんですか!?」

荷造りしたピンバッジはフロントに預けてある。

宅配便や書留は安全確実かもしれないが、浅田はひとり暮らしで出歩くことも多いため、配達時不在になる可能性が高い。再配達の手配は面倒だし、普通郵便なら不在で受け取れないということもない。さっさと発送してしまったらどうか、と勝哉は言ったが、とにかく本人と連絡が取れるまでは、と待ってもらった。

小さなピンバッジではあるが、もし浅田にとってとても大事なものだった場合、普通郵便で送って紛失でもしたら大変だ。日本の郵便はかなり優秀なので、紛失事故は滅多《めった》にないのかもしれないけれど、『万が一』というのはそういうときに限って起こるような気がする。本人に連絡の上、送り方を決めてもらったほうがいいと考えたのだ。

うだ。

そして、夜の八時を過ぎて現れた浅田の様子を見る限り、章の判断は正しかったよ

「大将。ここにピンバッジが落ちてなかった？　これぐらいで紺と金の……」

そう言いながら浅田は親指と人差し指で小さな円を作って見せた。それはまさに、今朝椅子の下に落ちていたものだった。

先ほどまでいた客が帰ったところで、店内に他の客はいない。ちょうどいいタイミングだったと思いつつ、章は桃子に指示した。

「フロントでお預かりしております。今、取りに行かせますから、浅田さんはこちらでお待ちください。桃ちゃん、頼むよ」

「了解です」

「俺も行く」

浅田は居ても立ってもいられない様子で、桃子のあとを追っていく。

あいにくフロントが無人だったようで、ふたりが帰ってきたのは五分ほど経ってからだった。

早速封筒を開け、出てきたピンバッジを確認した浅田は、大きなため息とともに椅子にへたり込んだ。

「よかった……見つかった……」

「え……？」

章と桃子は顔を見合わせた。てっきりここにピンバッジがあることを知っていて戻ってきたとばかり思っていたが、そうではなかったらしい。

浅田は、桃子が出したお茶をゴクリと一口飲んだあと、自分の今日の行動を語り始めた。

「ここを出たあと、電車に乗って三十分ぐらいの町に行ったんだ。古くて大きな神社があるから、そこにお参りついでに、併設されている資料館を観て、そのあと美術館にも行った」

「美術館……？」

博物館ではなく美術館というのは珍しい、と首を傾げていると、桃子が補足説明してくれた。

「美術館って古い日本画とか工芸品をたくさん所蔵してるんですよ。歴史の教科書に出てくるような資料も、博物館じゃなくて美術館が持ってることも多いです」

「そうなんだ。この町の資料館と同じでもう何度も行ってるんだけど、観るたびに違う発見があって飽きない」

「なるほど」

「それで、美術館のあと、休憩がてら喫茶店に入ったんだ。そのときにピンバッジがないことに気付いた。それからずっと捜しっぱなし」

それまで歩いた場所を逆戻りしながら捜し続け、案内所や駅、警察でも訊ねたが見つからなかった。考えてみれば、あんな小さなピンバッジでは落ちていても気付かないし、気付いたところでわざわざ拾わないだろう。ましてや、警察に届けるなんて考えもしないはずだ。

結局自分で見つけるしかない、という結論に至り、資料館や美術館にもう一度入場したが無駄足。それでもあきらめきれず、とうとうこの町まで戻ってきてしまったという。

「雨は降ってるし、暗いし、大変だった。携帯電話のライトで照らしながら、一生懸命捜したのに見つからなくて……。こんなことなら、最初からここに電話をして訊けばよかったよ」

ここにあるとわかっていたらあんな大捜索をしなくて済んだのに、と浅田は疲れ果てたように言った。

「すみません。浅田さんが出られて少ししてから、椅子の下に落ちているのに気付いて、何度かお電話をしたのですが、電源が入っていなかったみたいで……」

「かけてくれたのか！　よく俺のだって気付いたね」

「ええ。リュックに付けてらっしゃるのをいつも拝見してますし」

「それはすまなかった。公共施設に入るときはけっこう切りっぱなしにしちゃうんだ」

「いえいえ。私もご自宅の留守番電話にメッセージを残したので、それでいいと思ってしまいました。店を開ける前に、もう一度おかけすればよかったですね」

「いいんだ、いいんだ。見つかりさえすれば！　本当にあってよかった……」

今日の午後は本当に大変だったし、大げさに思われるかもしれないが、生きた心地がしなかった。それでも、ちゃんと見つかったのだからそれでいい。すべてが徒労に終わる可能性のほうが高かったのだから、と言ったあと、浅田は深々と頭を下げた。

「本当にありがとう。何度も電話をかけてくれたのに、恨みがましいことを言ってすまなかった」

「とんでもないことです」

慌てて章は、浅田に頭を上げるように促す。

恨みがましさなんてまったく感じなかった。感じたのは、浅田のピンバッジへの執念と表現していいほどの思い入れだけだった。

貴石が使われているようには見えないし、特別な作りでもない。観光地の土産物屋に行けば、似たようなものがいくつも並んでいるだろう。落としたところで、しょうがない、縁がなかったとあきらめられそうなものなのに、なぜそこまでこだわったのか。この小さなピンバッジにどんな事情があるのだろう――

　そのとき、章の疑問に答えるように、浅田が話し始めた。

「実はこのピンバッジ、日本のものじゃないんだ」

「外国製ですか……」

「そう。これはイギリスのピンバッジでね。息子が学生のときに買ってくれたんだ」

　浅田には二歳違いの息子と娘がいると聞いた。いつだったか、息子のところには中学生、娘には高校生ふたり、合わせて三人も孫がいる年寄りなんだから、いい加減落ち着かないとな、なんて自嘲していたこともあったから、年齢的には四十代だろう。

　四十代の息子の学生時代ということは、二十年ぐらい前のものだ。言われてみると少々草臥《くたび》れている。紺色と白色のペインティングも、ところどころ剝《は》げて地の金色が覗《のぞ》いていた。

「もう二十三年にもなる。でも実はこれ、最初は女房がもらったんだ。女房はこのピンバッジを鞄《かばん》に付けて、どこにでも連れていってた。旅行に出るときは、わざわざ付け替えたりしてね」

「そんなに大切にしてらっしゃったんですか……」

「ああ。実は、息子は学生時代からずっとイギリスにいるんだ」

　高校を出たあと、イギリスの大学を選んで進学した。就職の際も、イギリスに営業所を持っている日本の会社を選び、首尾よく現地に留まることができた。結婚相手は日本人だが、イギリスで働いている女性で家族もイギリスで暮らしている。そのため、結婚後も日本に戻る気は毛頭なく、年に一度帰省してくればいいほう。どうかすれば何年も顔を見ていない、なんてこともあったそうだ。

だからこそ、浅田の妻は息子が買ってくれたピンバッジを息子と思い、肌身離さず持ち歩いたのだろう。そして、亡くなったあと、妻の思いがこもったピンバッジを浅田が引き継いだのだという。

「正直に言えば、息子はどうでもいいんだ。どこにいようが俺の息子であることには間違いないし、元気でやってりゃいい。ただ、このピンバッジをリュックに付けておけば、女房と一緒にいられる。ふたりで旅をしている気分になれるんだ」

若いころから散々置き去りにして旅に出ていたのに、いざ亡くなったら寂しくて仕方がない。待つ人がいない家に帰る虚《むな》しさがこみ上げる。それが辛くて、妻が大事にしていたピンバッジをリュックに付けた。このピンバッジをなくすということは、妻を二度亡くすようなものなのだ、と浅田は照れくさそうに説明した。

「息子はどうでもいい、って……。別にいいじゃないですか、息子さんと奥様と一緒に旅をされれば」

桃子がちょっと不満そうに言った。おそらく彼女は、浅田の妻の『息子だと思って』持ち歩いていた気持ちを大事にすべきだと考えたのだろう。

だが、それに対する浅田の答えは、非常に納得のいくものだった。

「いやいや。もしも俺がこれを息子だと思って持ち歩いたら、娘だけが置き去りになる。それじゃあ娘がかわいそうだろう。女房が亡くなったあと、娘は、ひとりになった俺を心配してちょくちょく覗きに来てくれてるのに」

「そう言われれば……」

「だろ？　だから、俺にとってこいつは、あくまでも『女房』。絶対になくせない、なくしたくないものなんだ」

本当に見つかってよかった、と浅田は愛《いと》しそうにピンバッジを撫《な》でた。さらに、じっくり観察して言う。

「こうして見ると、ずいぶん草臥れてるな。あちこちはげてるし……って、それは俺も同じだな！」

頭頂部に手をやって豪快に笑ったあと、浅田はリュックにピンバッジを付け直した。

何度も左右に揺すったり、上下に押し引きしているのは、また外れないかと心配だからだろう。

その様子を見ていた桃子が、カウンターの下に入れてあった自分の鞄を取り出した。

「ちょっと細工してかまいませんか？」

怪訝《けげん》な顔をする浅田に、桃子はにっこり笑って携帯用の裁縫道具セットを見せる。

裏側の留め針の部分を糸でリュックの地に縫い付ければ、少しは外れにくくなるだろう。接着剤で固めるという手もあるが、それではピンバッジ自体が傷む可能性がある。糸ならその心配はないし、外したくなったら糸を切ればいいだけだ、と言うのだ。

桃子の話を聞いた浅田は、ぱっと顔を輝かせた。

「名案だ！　その裁縫道具、借りてもいいかい？」

「え？　ご自分でやられるんですか？」

「もちろん。そんなことぐらい朝飯前だ」

やもめになってもう五年だぞ、とまるで自慢みたいに言ったあと、浅田は慣れた手つきで針と糸をつまみ出す。ところが、そこで急に手が止まった。針を凝視して固まっているのを見て、桃子が声をかけた。

「糸だけでも通しましょうか？」

「助かるよ」

素直に糸と針を桃子に渡したあと浅田は、ボタン付けやちょっとした綻《ほころ》びぐらいは直せるが、この年になると針に糸を通すことが難しい、家に帰れば『糸通し』があるんだけど……と申し訳なさそうに言った。

「うちの母も同じようなことを言ってます。しかも、あんたももうすぐだよ、なんて脅すんです。ひどいですよね」

言葉と裏腹に、桃子の目はとても優しい。老眼に悩む母親と浅田が重なって見えたのかもしれない。

糸が通った針を渡された浅田は無難《ぶなん》に針仕事を進め、ものの数分でピンバッジをリュックにしっかり縫い付けた。糸が通せないぐらいだから、縫い付けるのも大変なのでは、というのはいらぬ心配だったようだ。

「よし、これで大丈夫。いいことを教えてくれてありがとう。裁縫道具も」

「お安い御用です。あと、浅田さん、お夕食は？」

ずっと捜し歩いていたのなら、食事も取っていないのでは？　と桃子は心配そうに訊いた。

「そういえば、昼飯を食ったきりだ。午後に一休みしようとしたときは、注文する前にピンバッジがないことに気付いてそのまま店を飛び出したから」

「じゃあお腹が空いてるでしょう？　なにか召し上がっていってくださいよ」

勝哉から聞いた浅田の住所は、ここから二時間近くかかる場所だった。夜は電車の本数も減るから、タイミングが悪ければもっとかかるだろう。途中下車して食事を取るという手もあるが、既に八時を回っている。ここで食べていくほうがいい、という章の言葉に、桃子は大賛成だった。

「そうしてください。今日はマグロのすごくいいのが入ってますし、今なら、ガンモドキの揚げ立てもお出しできますよ」

今朝、浅田はガンモドキの思い出を懐かしそうに語っていた。

揚げ立てのガンモドキを喜ぶ客がいると知った章は、今日も豆腐を擂《す》り、ガンモドキのタネを用意した。品書きに『揚げ立てガンモドキ』と入れたところ、客の八割が注文し、その全員が絶賛してくれたのだ。タネの大半は揚げてしまったが、浅田の分ぐらいなら残っていた。

「おー揚げ立てガンモドキ！　それは嬉しい！　じゃあここで食っていくことにしよう……いや、待てよ？」

そこで浅田は後ろを振り向いて、暖簾の隙間《すきま》からフロントを窺《うかが》おうとした。だが、その角度からフロントを見ることはできず、向き直って訊ねた。

「『猫柳苑』は、今日は空きがあるかな？　この時間から泊まることってできる？」

「訊いてきますね！」

早速桃子がフロントに走っていった。

幸い空室はあり、今からでもチェックイン可能ということで、浅田は『猫柳苑』に連泊することになった。

「助かった！　捜してるときは必死だったからなんともなかったんだけど、見つかったとなったら急に疲れがどっと出てきた。腰は痛いし、足はパンパン。下ばっかり見てたから、首まで凝《こ》ってる。今から家に帰るのは辛すぎる」

「よかったですね。それに、ずっと捜し物をしてたなら、今日行くはずだったところにも行けなかったんじゃないですか？」

「そうなんだよ。今晩もう一泊して、明日仕切り直し。美術館は二回も行ったから、違うところにも足を伸ばせる。楽隠居の特権だな」

気になる仕事はない。帰宅を待つ家族もいない。寂しいには違いないが、案外気楽なんだ、と浅田は言う。彼は、大事な物をなくさずに済んだ、そして、もう一日『歴史探訪』が楽しめるという喜びで溢《あふ》れんばかりだった。

その後、浅田は揚げ立てのガンモドキを肴にビールの中瓶を一本、マグロの山かけで燗酒を一合ゆっくり呑んだ。ガンモドキは意外とボリュームがある上に、山かけのとろろにも満腹感を引き出されたようで、締めはどうするか悩み始めてしまった。いつもなら茶漬けか雑炊だが、今日はもう少ししっかり食べたい。かといって丼《どんぶり》や定食は食べきれない、と考えたのだろう。

そこで章が、数も大きさも加減が可能な焼きおにぎりをすすめたところ、『では、大きめのをひとつ』との答えが返ってきた。

握った白飯にみりんと酒で伸ばした味噌《みそ》を塗って焼く――『ヒソップ亭』が締めで出すのは、そんな簡単な焼きおにぎりだったが、呑んだあとにはこれぐらいシンプルなほうがいい、と浅田は褒めてくれた。さらに、もうちょっと入りそうだからおかわりしようかな、とまで言ってくれた。

「味噌の焼きおにぎりは久しぶりだったよ。女房がいたころは時々作ってくれたけど、最近はもっぱら醬油、しかも冷食だ」

「あーでも、冷食の焼きおにぎりもずいぶん美味しくなりましたよね」

私も時々お世話になります、と桃子が言うと、浅田は頷きつつも、少し困った顔になった。

「それは認める。でもあれ、小腹が空いたときにはもってこいだけど、食事としてはちょっと物足りないんだ」

「物足りないなら、数を増やしたらどうですか？」

「いや、どっちかって言うと量よりも質の話なんだよ。焼きおにぎりって、要するに米だけだろ？」

ふたりの話を聞きながらおかわり用の飯を握っていた章は、そこでふと思い付いて浅田に訊ねた。

「浅田さん、チーズはお好きですか？」

「チーズ？　わりと好きだよ」

「じゃあ、ちょっとアレンジしてみていいですか？」

「なに、なに？」

興味津々で浅田が見守る中、章はおにぎりを焼き網に載せる。刷毛《はけ》で何度も醬油を塗りつけつつ、焼き目をしっかり付けていく。もうそろそろ……となった頃合いで、冷蔵庫からスライスチーズを取り出し、ついでに焼き海苔も用意する。

海苔とスライスチーズを重ね、焼きたてのおにぎりに巻き付けると、あっけにとられている浅田の前に皿を置いた。

「熱いうちにお召し上がりください」

「これは旨そうだ！」

浅田はすぐさま焼きおにぎりを手に取り、ガブリとやった。

「海苔とチーズと醬油！　旨くないわけがない！」

誰に文句を言っているんだ、と言いたくなるような口調だが、浅田の頰は緩《ゆる》みっぱなし。この料理を気に入ってくれたことは明白だった。

「これならミネラルとタンパク質と炭水化物が一度に取れます。あとは浅漬けでも添えれば質としてはかなり満足がいくものになるのでは？」

「ああ、まったくだ。これなら冷食の焼きおにぎりでもできる。中が冷たいのが嫌で、時々熱しすぎちゃうんだけど、むしろ熱しすぎぐらいでちょうどいい」

「チーズが蕩《とろ》けていい感じになりますね」

「いや、素晴らしい。家で真似《まね》させてもらっていいかな？」

「もちろんです」

そのためにご紹介したんですから、と笑う章に、浅田はぺこりと頭を下げた。ところが、そこで桃子が心配そうに言った。

「でも、食事としてならいいですけど、このおにぎりをおやつやお夜食にするのは、やめておいたほうがいいですよ。美味しいからってふたつもみっつも食べちゃうと、けっこうなカロリーですから」

「気をつけるよ。心配してくれてありがとう」

そして、浅田は少し遠くを見るような目になって言う。

「うちの女房も、よくそんなことを言ってた。栄養のバランスを考えろ、食べる時間も考えろ、夜中に馬鹿食いするんじゃない、とかさ……。散々俺の健康を気にして、挙げ句の果てに自分が先に逝っちまって……なにやってんだか……」

女房が俺を気にしてくれるように、俺もあいつのことをもうちょっとちゃんと見てやればよかった。そうしたらこんなに早く離れ離れになることはなかったのに……

浅田の落とした肩から、そんな言葉が浮き出てくるような気がした。

「かわいそうなことをしてしまったよ。きっとあいつ、怒ってるだろうな」

凝り固まった首と肩をしきりに動かしながら、浅田は天井に目を向ける。そんな彼を慰めるように、桃子が口を開いた。

「怒ってはいらっしゃらないと思いますよ。むしろほっとしてるんじゃないですか？」

「面倒くさい旦那《だんな》とさっさと離れられて？」

「じゃなくて！　奥様を亡くされたあと、ご自分のことはちゃんとひとりでやって、『歴史探訪』の旅にも出かけてらっしゃいますよね。多少は娘さんにご心配をかけているにしても、奥様を思ってめそめそ泣いてたり、引きこもったりせずに、人生を楽しんでる。それって素敵なことじゃないですか」

空の上から夫の姿を見て、きっと安心している。いつかまたこちらで会える日を楽しみにしているに違いない、と桃子は断言した。

「そうなのかな……」

「そうに決まってます。だから、浅田さんは楽しいことをたくさんやって、お土産話をいっぱい作らなきゃ駄目ですよ」

「相変わらずひとりでやりたい放題ばっかり、とか思われないだろうか」

「ひとり？　いつも奥様と一緒でしょ？」

そう言うと桃子は浅田のリュックサックに付いているピンバッジを指さした。

「奥様を背中にくっつけて、折に触れて奥様のことを思い出して……。私が奥様なら、残してきた夫がそんなふうに過ごしてくれたらすごく嬉しいです」

「そうか……そうかもな」

「奥様は浅田さんと一緒にいらっしゃいます。だから、安心して人生を謳歌《おうか》してください」

「わかった」

納得がいったのか、浅田は焼き海苔とチーズを巻いた焼きおにぎりをぱくぱく食べ始めた。少し冷めかけてはいたが、チーズが固まるほどではなく、浅田は旨い旨いと絶賛してくれた。

「あー旨かった。どうなることかと思ったけど、終わりよければすべてよし、って感じだな」

「あとはお風呂に入って、ゆっくりお休みください」

「そうするよ。あ、明日も『特製朝御膳』を頼むよ」

「ありがとうございます」

結果として連泊、そして二日続きで『ヒソップ亭』の『特製朝御膳』を食べることを決め、浅田はごちそうさま、と腰を上げた。

部屋の鍵は、浅田が『猫柳苑』に泊まると決めた時点で勝哉が届けに来た。いつもなら要求される宿泊者カードへの記入もなし。勝哉のことだから、昨日記入したカードの日付を訂正することで、浅田の手間を省いたのだろう。

「おやすみなさい」

章と桃子が揃って頭を下げた。

浅田も『また明日』と応え、『ヒソップ亭』から出ていこうとしたところで、ふと足を止めた。

「そうそう、ここに来る途中で、懐かしい人を見かけたよ」

「懐かしい人……？」

「うん、ここの常連さん。以前、時々風呂で一緒になってね。お互い長湯だからなんとなく話すようになって、朝飯も一緒に食ったりしてたんだ。年は俺より十歳ぐらい若そうで、食べ歩きが趣味らしくて、あっちこっちで食った旨いものの話をしてくれた。そういえばずいぶん会ってない。桃ちゃんの親父さんがまだここの料理長をやってたころだから、もう四、五年前になるかな。桃ちゃんの親父さんの料理を絶賛してたな。あ……ごめん」

大将の前でこんなことを言うのは無礼だったね、と浅田はすまなそうに頭を掻いた。

「そんなこと気にしないでください。『猫柳苑』のお客さんは、桃ちゃんの親父さんの料理を気に入ってた人が多かったって聞いてます。だからこそ支配人は、桃ちゃんの親父さんが引退することになったとき、潔く食事提供をやめようと考えたんだそうです。もしも俺がふらふらしてなければ、『猫柳苑』は本当に素泊まりだけの宿になっていたはずです」

「朝飯もなしかい？」

「さすがに簡単な朝飯は出すつもりだったようですが、用意するのは支配人と女将。俺が来ることになるまでは、そういうやり方を考えていたみたいです」

ただ、勝哉夫婦の忙しさを思うと、実現するのは難しい。だからこそ、勝哉は料亭を首になってこの町に姿を現した章に『ヒソップ亭』の開業をすすめたのだろう。

「それはそれでちょっと食ってみたい気もするが、やっぱり俺は『ヒソップ亭』があってくれたほうがいいよ」

「ありがとうございます。そう言っていただけると嬉しいです。それで、浅田さんがおっしゃる『懐かしい人』っていうのは……？　お名前とかは？」

「なんて名前だったかな……確か、佐島……いや違う、佐田、佐古……」

「佐竹《さたけ》さんじゃありません？」

「それだ！　佐竹さん！」

桃子の口から出た名前に、浅田は手を打たんばかりになった。

「風呂で気分がよくなると歌を歌ってた。それがまたいい声なんだ。昔『バーブ佐竹』って歌手がいたんだけど、ちょっと似た感じでさ」

「やっぱり佐竹さんですね。私はお会いしたことはないんですが、父がよく話してくれました。『俺の料理の大ファンで、食事のあとでわざわざ厨房に顔を出して褒めてくれた。その声がまた、甘くていい。俺が女だったらあの声だけでやられてた』って」

「だろ？　その佐竹さんを見かけたんだ。声をかければよかったんだけど、長いこと会ってないから俺のことなんて忘れてるだろうし、こっちはそれどころじゃなかったし」

「でしょうね……」

「でもまあ、あの人がこの町にいるってことは、『猫柳苑』に泊まってるってことだろ？　朝飯とかで会えるかな」

「えっと……」

そこで桃子は困ったように章を見た。

章はその佐竹という客を知らないが、桃子の反応を見る限り、宿泊客の中に彼の名前はないような気がした。案の定、桃子は申し訳なさそうに言った。

「えーっと……私、今日は佐竹さんのお名前を見た記憶が……」

ぼかしまくった表現は、桃子なりの個人情報対策だろうが、大して役に立っていない。桃子は『猫柳苑』で、客がチェックアウトしたあと、次の客を迎える準備に携わっている。部屋に客の名前を書いた紙を貼るのも仕事のひとつだから、桃子が『佐竹』という名前を見た記憶がないのであれば、彼は『猫柳苑』に泊まっていないことになる。

浅田は、意外と残念を足して二で割ったような顔で言った。

「そうか……てっきりここに泊まってるとばかり……」

「少なくとも、私が『猫柳苑』で働くようになってから、お見えになってないと思います。名前を見た記憶はないし、そこまで父の料理を気に入ってくださってた方なら、支配人と女将が私に声ぐらいかけてくれたでしょうし……」

直接紹介することはないにしても、あの人はお父さんの大ファンだったのよ、とぐらい囁《ささや》きそうだ。

勝哉はともあれ、雛子ならきっとそうする。これまでだって、『猫柳苑』の名物料理長を贔屓《ひいき》にしていた客を忘れ形見である桃子に紹介することがあった。どの客も、桃子の中にある桃子の父親の面影《おもかげ》を懐かしみ、『元気でやるんだぞ』なんて声がけをしていた。そんな場面に出くわすたびに、そこまで慕《した》われる桃子の父親が羨ましい、人柄もよかったのだろうけれど、それ以上にいつか自分もそれほど評価をされる料理を作りたい、という思いが章の胸の内にわき上がるのだ。

いずれにしても、桃子がここに来てから佐竹という客は『猫柳苑』を訪れていない。風呂そのものやサービスが劣化したという評価は聞かないから、彼が来なくなったのは料理長が引退したから、すなわち、『ヒソップ亭』は彼にとって満足のいく食事処ではないということになる。

思いがけない事実に気付き、章は心底落ち込んでしまった。

「俺の料理じゃ駄目ってことか……」

ところが、桃子はそれを真正面から否定した。

「それは違うと思います。だって佐竹さん、大将のお料理を食べてないんですもの。実際に食べ比べたならまだしも、そうじゃないなら大将のお料理がどうこうってことじゃないでしょう」

「俺もそう思う。佐竹さんが桃ちゃんの親父さんの料理を絶賛してたのは間違いないけど、それは、温泉を堪能したあと、部屋で食事が取れる、なんならそのまま布団に倒れ込める、ってシチュエーションを含んでのことだったと思うよ」

料理長の退職に伴って素泊まりのシステムを導入した。それはこの町、いや温泉宿としてはかなり珍しいシステムである。それを求める客がいる一方で、旧来の温泉宿の上げ膳据え膳を楽しみたい客もいる。なにかを変えれば、得るものと失うものがあるのは仕方がない。

浅田はそんな説明をして、章を慰めてくれた。

「佐竹さんは、銭湯じゃなくて温泉宿としての『猫柳苑』を気に入ってたんじゃないかな。素泊まりにして宿泊料を下げたことで、何度も来られると喜ぶ客もいれば、その逆もいるってことだ。どっちにしても大将の料理の問題じゃない。万が一そうだったとしても、大将の料理が目当てで来る客だっている。それでよしとしとけよ」

「そう……ですね」

「あー、大将ってば、全然納得してない顔だ！　本当にもう、お料理にかけてはプライドの塊なんだから！」

「そういうことじゃなくてさ……」

「そういうことなんでしょ？　自分のせいでお客さんが増えるのはいいけど、減るのはすごく困る。それじゃあ支配人に申し訳が立たない、って考えてるでしょ？」

「桃ちゃん……」

図星すぎて、章は反論できなくなってしまう。

町の居酒屋なら、近隣の店に客を奪われたところで、やむを得ないとあきらめられる。損害を被《こうむ》るのは自分だけで済むからだ。ところが、『ヒソップ亭』の場合はそうではない。章の腕が悪いせいで客が離れたとしたら、損害は勝哉夫婦に及んでしまう。

そのとき、黙り込んだ章に気付いたのか、桃子が取りなすように言った。

「支配人は、あくまでも宿泊料を下げたかっただけだと思います。さすがに長年勤めた父を首にするわけにはいかなかったけど、本人が引退したいっていうなら話は別です。夕食をやめて、なおかつ朝食だけは確保、願ったり叶ったりだったと思いますよ」

「そうそう。頼もしい料理長が引退するってタイミングで、幼なじみが戻ってくる。しかも、こう言ってはなんだけど無職の料理人。腕は確かだし、気心だって知れている。たぶん、支配人はすごく嬉しかったんじゃないかな。あいつに任せておけば大丈夫だ、って安心したんだと思うよ。現に、『猫柳苑』の朝飯は滅法旨いし」

「そりゃあ、浅田さんが召し上がってるのは『特製朝御膳』ですから……」

二千円も取る朝ご飯がまずくては洒落《しゃれ》にならない、と苦笑いする章に、浅田は真顔で反論した。

「俺だって最初から『特製朝御膳』を食べたわけじゃない。『ヒソップ亭』ができた当時は、サービスの朝食を食ってたんだ。ホールで、ビュッフェ式のやつをね。でもそれがあまりにも旨くてさ。たまたまその日は上出来だっただけかなと思ってたけど、何度食べても安定して旨い。サービスの朝飯がこれだけ旨いなら、お値段二千円也の『特製朝御膳』とやらは、いったいどれだけ旨いんだろう？　って期待がふくれあがったんだよ」

既に退職して生活は貯金と年金に頼っている。正直に言えば、朝飯に二千円は簡単に出せる懐《ふところ》具合ではないのだ。それなのに、食べてみたくて我慢ができなくなり、浅田は、清水の舞台から飛び降りるような気持ちで、『ヒソップ亭』の暖簾をくぐったという。

「失礼ながら、この金があれば、ちょっと大きな企画展をやってる博物館や美術館に入れるのに、って思いながら、カウンターに座ったよ。でも、実際に食ってみたらそんな気持ちは吹っ飛んだね。本当にこれを二千円で食っていいのか。この店の採算は大丈夫なのか。前の料理長はいわば定年退職みたいなもんだったけど、ここの大将は引退する年になる前に店を潰《つぶ》しちまうんじゃないか、って……」

「浅田さん……それはさすがによけいな心配しすぎですよ。でもまあ、気持ちはわかります」

「桃ちゃんでもそう思うだろ？　とはいえ、それぐらい採算度外視の旨さに思えたってこと。以来、俺にとって『猫柳苑』に泊まる、すなわち『ヒソップ亭』の『特製朝御膳』を食う、ってことになった。大将は自信を持っていいよ」

「ありがとうございます。でも……そう言ってくださるのは浅田さんぐらいで、実際に『特製朝御膳』を食べてくださるお客様はそんなに多くないんです」

毎日ひとりかふたり、三人いれば大拍手、といった状況である。しかも宿泊客ではなく、町の住民が含まれる日もある。どう考えても、浅田は特殊例としか思えなかった。

ところが、俺なんてまだまだ……と口の中でもごもご言っている章を桃子が一喝した。

「あーもう鬱陶《うっとう》しい！　せっかく褒めてくださったんだから、ありがとうございます、これからも頑張ります、って言えばいいじゃないですか！」

「鬱陶しいって……桃ちゃん、ひどいよ」

「鬱陶しいものを鬱陶しいって言ってどこが悪いんです？　だいたい、大将が『ヒソップ亭』を開いたとき、うちの父はまだ健在でした。自分で辞めておきながら、って思いながらも『猫柳苑』のことはいつだって気にかけてたんです」

桃子の父は仕事は好きだったし、料理に生きがいも感じていた。それでももうすぐ六十五歳になるというある日、急に料理人のまま人生を終えるのが寂しくなった。『猫柳苑』にかかり切りで、ろくに旅行もできなかった。身体が動くうちに引退して、夫婦でのんびり旅行でもしたい……と思ってしまったそうだ。自分が辞めれば『猫柳苑』が困ることはわかっていたからしばらく逡巡《しゅんじゅん》したが、辞めたい気持ちは日々大きくなり、とうとう勝哉夫婦に相談してみたところ、もっともだ、長年頑張って働いてきたのだから、これからは人生を謳歌すべきだと背中を押されたらしい。

葛藤《かっとう》の挙げ句、桃子の父は『猫柳苑』を辞めたものの、その後のことを気にし続けていた。そんな中、章がやってきた。

『猫柳苑』の中に食事処が開かれる、と聞いた桃子の父は、安心と不安を一度に味わったそうだ。

「大丈夫なのか、って何度も訊いたそうですよ。幼なじみだからって甘い顔をして、いい加減な料理人を引き入れて、それが原因で『猫柳苑』が左前になっちゃうんじゃないか、って……。特に、大将が前の職場、首になったって聞いたらもう……」

腕の立つ料理人はどの店だって欲しがる。多少難があっても、我慢して使い続けようとするものだ。それなのに首になるというのは、よほど腕が悪いか、他に大きな問題を抱えているとしか思えない。そんな料理人を『猫柳苑』に関わらせるのはやめたほうがいい――

桃子の父は、なんとか勝哉夫婦を説得しようとしたそうだ。だが、勝哉たちは、大丈夫だの一点張りで『ヒソップ亭』の開業をやめようとはしなかった。

「そんなことがあったのか……。道理で支配人が会わせなかったわけだ」

桃子の父とは面識がない。形式的には『前任者』ということになるが、それについても、勝哉たちは、章は章のやり方があるだろうから会う必要はない、と言っていた。

一度ぐらい会っておくべきだろうと思っていた章は驚いたが、桃子の話を聞く限り、彼女の父親が章に抱いていた感情を察し、あえて会わせなかったのかもしれない。

しかし、引き続き桃子の口から出た言葉が、章の疑念をあっさり否定した。

「あ、でもこれは、大将が店を開く前の話ですよ！　うちの父、実際に大将のお料理を食べたら見事に手のひらを返しましたから」

「おや、桃ちゃんの親父さんも大将の料理を食べたのかい？」

浅田は興味深そうに桃子、そして章の顔を順番に見た。だが、章にそんな記憶はなかった。

「ふふ……食わした覚えなんてない、って言いたいんでしょ？」

「だって、桃ちゃんの親父さんがうちに来てくれたことなんて……」

「ないって言い切れます？　大将は父の顔なんて知らないんだから、来たかどうかなんてわかるわけないでしょ」

章は『猫柳苑』の朝食会場であるホールに張り付いているわけではない。たまたま補充のタイミングで姿を現したとしても、顔を知らなければ認知しようがない。夜にしても同じことで、『ヒソップ亭』には宿泊客以外も訪れるし、客の素性をいちいち探ったりしないのだから、桃子の父親が来ていたとしても章は気付けない。言われてみればそのとおりだった。

「なるほど、こっそり潜り込んだってわけだ」

「そういうことです。支配人と女将さんに頼み込んで、朝ご飯を食べさせてもらったんですって。しかも三回。浅田さんじゃありませんけど、一度だけじゃ、『たまたま上出来』だったのかもしれないからって。でも、何度食べても美味しい。これなら大丈夫、『猫柳苑』と無理心中《むりしんじゅう》はない、って思ったんじゃないかしら」

「無理心中って……ずいぶんひどい言い方だな」

「そのとおりじゃないですか。でも、うちの父、かなり悔しがってたんですよ」

「悔しがってたって？」

「奇をてらわず、基本を大事に、丁寧に丁寧に拵《こしら》えた料理だ。こういう料理の大事さはなかなかわからない。俺がこんな料理を出すようになったのは、五十をすぎてからだった、って……」

若いころは、他の料理人と差別化したいと考えるあまり、オリジナルにこだわった。誰も食べたことがないような料理を生み出そうと躍起になり、奇をてらってみたりもした。確かに、そうした料理は話題にはなりやすいが、人気が長続きするかというと必ずしもそうではない。特に朝食に関しては、昔から食べ慣れたスタンダードな料理のほうが受け入れられやすいし、喜ばれもするのだ。

そのあたりのことを、新しい料理人はよくわきまえている。支配人夫婦からは、幼なじみで同級生だと聞いたから、まだ四十そこそこのはずだ。にもかかわらず、飯と汁、干物と佃煮、たまに卵料理。たったそれだけの簡素な朝食で、長年『猫柳苑』の料理長を務め上げた自分を唸らせるなんて大したものだ。一度この男のオリジナル料理を食べてみたい。これだけ基本をしっかり押さえた上で、創意工夫をすればさぞやすごい料理が仕上がるだろう。

桃子の父親は、章の料理をそんなふうに語ったそうだ。

「俺が辞める前に知ってたら、この男を厨房に引き込んだ。そうしておけば、仕事はうんと楽になって、余暇を楽しむことと両立できた。きっぱり身を引く必要もなかったのに……って」

「桃ちゃんの親父さんの言いそうなことだな。なんのかんの言って、親父さんは仕事が大好きだったからなあ……。ひとりで厨房を任されてるのと、助《すけ》っ人《と》がいるのとじゃ全然違うし。ふたりがかりなら負担も減って、もう少し続けられたのかもな」

いずれにしても、あの料理長にそこまで評価されるなんてすごい、と浅田はパンパンと拍手をした。

「いや……でも俺はその前の店を首になった身だし、一緒に働いてみたらあっという間に愛想《あいそう》を尽かされてたかもしれません」

「やだ、大将。その『首になった』っていうのは、上司が変だっただけでしょ？　それまではずっと問題なくお勤めしてたって聞きましたよ。だったらうちの父ともうまくやれたと思います」

「どうだろうな……桃ちゃんの親父さんも大将も、こだわりが強いし、料理のこととなったらどっちも引かなそうだ。ひとつの厨房に、一国一城の主タイプがふたりになるのはよくないかも」

浅田は一生懸命言葉を選んでくれたようだが、要するに『頑固者同士がぶつかって大変なことになりかねない』ということだ。そして、それには章も同感だった。

「そう言われればそうかも……。でも、父は『猫柳苑』を辞めてから、急に老け込んじゃったんです。楽しみにしていた旅行すら、まともにしないうちに病気が見つかって、一年足らずで亡くなっちゃって……。ほっとしたと同時に、張り合いもなくしちゃったんじゃないかな。そりゃあ、病気には罹《かか》ってたかもしれませんけど、もしも仕事を続けてたら、あんなに急激に悪化することはなかったんじゃないかって、今でも思っちゃうんです」

章はかける言葉を見つけられなかった。

下唇《したくちびる》を噛んで、なにかを耐えるような表情になっている桃子を見て、浅田も考え込んでいる。だが、やがて彼はためらいがちに口を開いた。

「既に起こったことについてあれこれ考えても仕方がないよ。桃ちゃんの親父さんの場合は、結果としてよかったのか悪かったのかなんてわからないじゃないか。親父さん自身が引退したいって考えて、そのとおりにした。それでいいんじゃないかな」

「……ですよね……。あ、ごめんなさい。話がすっかり逸《そ》れちゃいましたね！」

そして桃子は、また明るい笑顔になって言った。

「とにかく、大将の料理はうちの父のお墨付きです。それだけは間違いないんですから、自信を持ってください」

「そうそう、変なことでいじけてないで、これからも旨いものをたくさん食わしてくれよ。俺もあっちこっちで『ヒソップ亭』はいいぞ！　って触れ歩くから」

そんな声が食事の有無が原因で『猫柳苑』から離れた客の耳に入れば、もう一度利用してみようと思ってもらえるかもしれない。『ヒソップ亭』の料理を食べれば、佐竹のような前の料理長の大ファンであっても、考えを変える可能性もある。とにかく周知だ、と浅田は気炎を上げた。

「ありがたいお話ですが、くれぐれもやりすぎないでくださいね。一歩間違えばヤラセになりますから」

「大丈夫。桃ちゃんや大将、支配人夫婦がやるなら問題だろうけど、俺はここの客であって、関係者じゃないからね。ということで、俺はこのあたりで……」

そう言うと、浅田は『ヒソップ亭』の引き戸を開けた。

時刻は午後十時に近い。今日は大変な一日だったし、明日の『歴史探訪』に備えてそろそろ休みたいに決まっている。それなのに長々と話をさせてしまった。

章は慌ててカウンターから出て、頭を下げた。

「お引き留めして申し訳ありませんでした。どうぞゆっくりお休みください」

「いやいや、いろいろ話せて楽しかった。旨い料理もさることながら、弾む会話もひとり暮らしの年寄りにはなによりのご馳走なんだよ」

「そう言っていただけると助かります」

「じゃあ、浅田さん、おやすみなさい。明日の朝、またお待ちしてますね！」

「はいはい。おやすみ」

ピンバッジがちゃんと付いているのを確認したあと、浅田はリュックサックを肩に『ヒソップ亭』を出ていった。

浅田は、『ヒソップ亭』の口コミを広げることで客を呼び戻そうとするほど、『猫柳苑』を気に入ってくれている。それはとてもありがたい。けれど、佐竹のように離れていく客もいる。これ以上、『猫柳苑』の客を減らさないよう、さらには離れた客を取り戻せるように知恵を絞ろう。いい考えが浮かんだら、勝哉夫婦に提案してみよう。それが自分の窮地を救ってくれた幼なじみ夫婦に応える唯一の方法なのだ。

章は、ご機嫌で去っていく浅田を見送りながら、決意を新たにしていた。

酒を知る客

「こんばんは。ひとりなんですけど、まだ大丈夫ですか？」

ためらいがちな声に顔を上げてみると、暖簾の隙間から女性が顔を覗かせていた。

時刻は午後九時になろうかというころ、本日『猫柳苑』に泊まっていて『ヒソップ亭』を利用してくれそうな客たちは、既に部屋に引き上げたあとだ。

これからやって来るのは、宿泊客以外が大半だろうけれど、今日はめっきり冷え込んでいるし、わざわざ外を出歩く人は少なそうだ。ということで、片付けにはかかっていたが、せっかく来てくれた客を断るなんて論外だった。桃子が愛想のいい笑顔で迎え入れる。

「もちろんです。カウンターとテーブル、どちらがよろしいですか？」

客の中には、カウンターで料理人と向き合うのが苦手だと言う人も多い。『ヒソップ亭』のテーブルは二卓しかないし、いずれも四人掛けなので、基本的にはひとり、あるいはふたり連れの客はカウンター席に案内するのだが、今日は他に客もいない。

どちらでも好きなほうに座ってもらおう、とかけた声に、女性はカウンター席を選んだ。

『猫柳苑』の名前が入った浴衣を着ているから、宿泊客のひとりだろう。

そういえば、朝食の人数確認のためにちらりと覗いた宿泊予定者名簿に見たことのない名前があった。『光』という漢字の上に『ひかり』という振り仮名が記載されていたため、てっきり男性だと思い込んでいたが、女性だったようだ。きっとこの方のことだろう。

章が『光』という字を見て、反射的に男性だと思い込んだのは、高校のときの友人が『光』と書いて『ひかり』と読ませていたからだが、よく考えてみれば『光』を『ひかり』と読ませるのは女性のほうが多い気がする……なんて、どうでもいいことを考えつつ、章は温かいおしぼりを出す。続いて飲み物を訊ねようとしたところ、章が口を開く前に、注文が聞こえた。

「ビールをいただけますか？」

「瓶と生がございますが」

「銘柄は？」

男性客に時々この質問をされることはあるが、女性にビールの銘柄を訊ねられた記憶はない。

少々意外に思いながらビールの銘柄を答えると、光はさらに瓶の大きさを訊ね、そのあとサッポロラガービール、通称『赤星』の大瓶を注文した。

『赤星』は現存するビールの銘柄で一番古いと言われ、百四十年の歴史を持つ。ただ、サッポロと言えば『黒ラベル』や『ヱビス』が有名で、飲食店での提供がもっぱら、しかもどこにでも置いてある銘柄ではない『赤星』を知らない者も多い。

そんな中、大瓶をひとりで、しかも『赤星』の注文である。これは『かなりの呑み手』だなと、章は嬉しくなってしまった。

丹前に浴衣姿だし、よく見ると首から上のあたりがほんのり上気している。きっと風呂上がりなのだろう。

今、彼女がなにより欲しいのは『キンキンに冷えたビール』だと判断し、章は冷蔵庫から『赤星』と冷えたグラスを取り出した。すかさず栓を抜き、カウンター越しに光の前に置く。

外に出したとたんに白く曇ったグラスに目を細め、光はビールを注いだ。泡《あわ》の立て具合、零れそうで零れない量、すかさず口をつけごくごくと呑む様子……。いずれも『かなりの呑み手』という章の印象を裏付けるものだった。

「あー美味しい！　やっぱりお風呂上がりはビールに限りますね！」

それだけ言うと、光は満面の笑みでまたグラスに口をつけ、あっという間に空にする。お通しが間に合わず、桃子が大慌てで詫びた。

「すみません。今、小鉢を……」

「あ、大丈夫。私、空酒でも全然平気なんです」

「ですが……」

それでは身体に悪いです、と桃子が続ける前に、光が章の手元を覗き込んで、歓声を上げた。

「ニラ明太《めんたい》！　わあ、素敵！」

空酒でも全然平気、と言ったばかりなのに、光は新たに注いだビールを呑むのを止め、章がニラ明太を小鉢に盛るのを待った。

ニラ明太は、さっと茹でたニラと明太子を混ぜるだけの簡単な料理だが、明太子のピリッとした味わいがビールにぴったりな上に、野菜も取れるお通しとして人気の一品である。

中高に盛られたニラ明太を一口、あとから『赤星』を追いかけさせ、光は再び満面の笑みを浮かべた。

「完璧《かんぺき》……ニラの歯触りも抜群だし、明太子の量もちょうどいい」

「ありがとうございます」

あの最初のためらいがちな声はなんだったんだ、と思うほど、光の呑みっぷりは

『男前』だった。

「この分だと、他のお料理も期待できそう……」

それを俺に聞かせるか、せめてもうちょっと小声で……と言いたくなるような台詞とともに、光は品書きを手に取る。

品書きを見ながら『本日のおすすめ』を訊ねる、というのはよくあることだが、光は迷いもなく注文を決めた。

「ポテサラと白身魚のフライ。あと、フライができるころにビールのおかわりをください」

ポテトサラダは『すぐ出る一品』で、どの店でも作り置きが冷蔵庫に入っている。とりあえず残りの『赤星』をポテトサラダで片付け、揚げ立てのフライに合わせておかわりを頼んでおく。

抜かりのない注文に、章はますます感心する。さらに、品書きを確かめたあと、光の口から出てきた言葉に章は舌を巻いてしまった。

「ビールは……できれば、黒ビールがいいんですけど……」

「黒なら『アサヒスタウト』がおすすめですよ」

「『アサヒスタウト』！ 私、それ大好きなんです！」

小さくガッツポーズを決めたあと、光はポテトサラダが出されるのを待って、『赤星』を呑み始める。ビールの減り具合を見ていると、『赤星』がなくなるのと、白身魚のフライが揚がるのがほぼ同時になると予想される。絶妙のペース配分である。

熱々の白身魚のフライならば、冷たいビールを合わせたくなるのが人情、いや日本人の習性と言っていいほどだ。それなのに光は黒ビールを注文した。しかも『アサヒスタウト』と聞いて目を輝かせた。きっと普段から呑み慣れているのだろう。

『アサヒスタウト』はクリーミーな泡と濃厚な味わいを持ち、章はピルスナーよりも揚げ物に合うのではないかと思っている。現に、フィッシュフライの本場と言われるイギリスでも、『フィッシュアンドチップス』と黒ビールをセットで楽しむ人が多い。白身魚のフライに使うレモンやビネガーの酸味がアクセントとなり、ビールの味わいにさらに深みを与えてくれるのだ。

これは面白い客が来た――章は、内心わくわくしながら冷蔵庫からタラを取り出した。

「お待たせしました。『フィッシュアンドチップス』でございます」

皿を運んでいった桃子の声に、光の目が大きく見開かれた。

同じ魚の揚げ物には違いないが、想像もしなかった料理が出てきたのだから、驚くのは当然だろう。

『フィッシュアンドチップス』を単なる魚のフライとポテトフライの組み合わせと思っている人は多いかもしれない。特に日本の飲食店では、小麦粉と溶き卵を絡め、パン粉をまぶして作った魚フライを『フィッシュアンドチップス』として出すところもある。ひどいところになると、チップスが市販の薄切りタイプのポテトチップだったりして、なにも知らずに作っているんだな、とげんなりさせられる。

けれど今、光の目の前にあるのは、小麦粉にベーキングパウダーと塩を合わせて篩《ふる》い、ビールを加えた衣で作った本式の『フィッシュアンドチップス』だ。もちろん、ポテトは棒状で揚げ立てほくほくだ。

注文されたのは『白身魚のフライ』だった。だが、ちょっとした悪戯《いたずら》心から章はあえて『フィッシュアンドチップス』に仕立ててみた。もしかしたら、これなに？　と怪訝な顔をされる、あるいは、こんなの頼んでない、と叱《しか》られる可能性もあるが、黒ビールと白身魚のフライをセットで注文するぐらいだから、普通のフライよりも、『フィッシュアンドチップス』を喜んでくれる気がしたのだ。

案の定、光は歓声を上げた。

「うわー、ちゃんとした『フィッシュアンドチップス』！　それにこれ……」

半《なか》ば絶句しながら光が手に取ったのは、章が一緒に出したモルトビネガーの小瓶だった。製造元まで味を確かめに行くほど調味料にもこだわりを持つ章としては、外国の料理についてもできる限り本場で使っている調味料を揃えている。

小皿や調味料入れに移すことも多く、場合によっては日本人の舌に合うように加減するが、『フィッシュアンドチップス』に添えるモルトビネガーは瓶のまま出す。そのほうが一目でモルトビネガーとわかるからだ。

ボトルを確かめた光が、感極まったような声で言う。

「レモンとタルタルソースが添えてある上に、モルトビネガーまで！」

「日本ではレモンとタルタルソースが一般的ですが、やっぱりモルトビネガーでなければ、とおっしゃる方もいらっしゃるので、どちらもご用意しました」

「タルタルソースは濃厚でボリューミーだし、モルトビネガーはあっさり。どっちも捨てがたいですよね」

タルタルソースが添えられているとモルトビネガーが欲しくなる。ごく稀《まれ》に、『ヒソップ亭』のようにモルトビネガーが用意されているとタルタルソースが付かない。いつも無い物ねだりみたいな気分になってしまうけれど、両方あればどちらも堪能できる、と光は心底嬉しそうだった。

大ぶりなフィッシュフライにたっぷりモルトビネガーを振りかけ、続いてビールをグラスに注ごうとしたところで、光はまじまじと手に持った瓶を見た。

「これ、冷たくない……」

「冷たいのもございますが……」

「いいえ。こっちのほうがいいです。だって、黒ビールなんですから」

正直、章はほっとした。

スタウトビールはエールビールの一種であり、エールビールは常温でこそ本来の旨みが引き出される。これだけの注文をするのだから、光はおそらく知っているはずだと思ったが、人には好みがある。

日本ではビールは冷やして呑むものとされている。日頃から冷たいビールに慣れていれば、エールでも冷やして呑みたいと思うかもしれない。万が一、文句を言われたら冷えたものと取り替えよう、と考えていたのだ。

けれど光は文句を言うどころか、今まで以上に満足そうにビールを注いだ。

熱々のフライと常温のビールを交互に味わう光を見て、とうとう章は好奇心を抑えられなくなった。

「あの、不躾《ぶしつけ》なことをお訊ねしますが、お客様はビール会社にでもお勤めなんですか？」

「え……？」

「いや、ビールのことをよくご存じなので、そういうお仕事に就いていらっしゃるのかな、と思いまして……」

「あー……そういう意味ですか。でも、違います。私はただのビール好きで、お酒関係の仕事はしてません。造り酒屋で働いている友だちがいるので、いろいろ教えてもらったんです」

「なるほど、お友だちから……。でも造り酒屋で働いてるって珍しいですね」

「実はそこ、彼女の実家なんです。本人はまだ迷ってるみたいですけど、たぶん、跡を継ぐことになるんじゃないかな。日本酒にすごく詳しくて、美味しい銘柄とかお料理との相性も一生懸命勉強してます。でも、私はどっちかって言うとビール党で……」

その友だちとふたりで旅行することもあるが、温泉旅館で呑むのは、最初はビールにしてもそれ以降は日本酒。そのほうが料理にも合う、と彼女の友だちは主張するそうだ。

「私はビールが好きだから、ついついビールばっかり頼もうとしては、日本酒に変更させられちゃうんです。呑んでみると美味しいから別にいいんですけどね……」

独《ひと》り言《ごと》のように呟く顔がちょっと悲しそうで、章は思わず弁護してしまった。

「お酒は嗜《し》好《こう》品ですから、なにを呑むかは本人の自由です。料理との相性だって、感じ方は人それぞれ。美味しいと思う方法で呑めばいいんですよ」

「そう言っていただけると気が楽になります。しかも、お店で常温のエールが呑めるなんて最高。このフライもちゃんと大きくて厚みがあるし、『フィッシュアンドチップス』をモルトビネガーで食べたのは久しぶりです。タルタルソースにもちゃんとピクルスが入ってるし、言うことなしです」

魚のフライをつまみとして注文された場合、章はどちらかというと薄くて小さめに作ることが多い。今日用意していたものも、一見、お弁当用の冷凍食品かと思うほど小振りで薄いものだ。

もちろん、冷凍食品などではない。酒のつまみなら小振りなほうが食べやすいし、薄くてカリカリの食感が冷えたピルスナービールにぴったりだと考え、あえて薄く切って作っている。

だが、今、光が食べているのは、普段出しているものより遥《はる》かに大きい。いつもなら数片に切り分けるタラのフィレをそのまま使ったからだ。

これは、料理人の直感でしかないのだが、光は本場の『フィッシュアンドチップス』を知っているような気がした。その上で、日本でもあの味に出会えないかとあちこちで試しては失望しているのではないか。もしもそうなら、なんとか彼女を満足させたい。これが食べられただけでも、ここに来てよかったと思ってもらいたい気持ちでいっぱいになっていたのだ。

そして、次に出てきた光の言葉は、章の想像を肯定するものだった。

「学生時代に、友だちとイギリスに行ったんです。イギリスはあんまり料理が美味しい国ではなかったけど、『フィッシュアンドチップス』だけは美味しかった。またあの味に会えるなんて、思ってもみませんでした」

嬉しいなあ……と光は目を細めた。

「お口に合ってよかったです。他にもなにかお作りしましょうか？」

章の問いに、光はなにやら迷っている様子だった。

彼女が口にしたのは、お通しのニラ明太とポテトサラダ、そして『フィッシュアンドチップス』である。ポテトサラダはそもそも食べ応えがある料理だし、フィッシュフライはボリュームたっぷりな上にポテトが付いている。ジャガイモを揚げながら、イモばっかりだな、と思ったのは確かだが、『フィッシュアンドチップス』にポテトが付かないなんて洒落にもならない。サラダと揚げ芋は別物だ、という信念の下、たっぷり盛り付けてしまった。

その上、ビールを大瓶と小瓶で一本ずつ呑んだ。『アサヒスタウト』はまだ残っているが、呑み残すとは思えない。女性の胃袋であれば八分目、小食なタイプなら満腹になりかねない。

もう一品肴を頼むか、『締め』にいくか、あるいはその両方をパスする可能性もあるな、と思いつつ、彼女の答えを待っていると、光は章の顔色を窺うように訊ねた。

「あの……つかぬ事をお訊きしますけど……」

「なんでしょう？」

「デザートはなにかありますか？」

その言葉を聞いたとたん、章はにっこり笑った。失礼ながら、やっぱり女性だなあ……と思ってしまったのだ。

食事にしても『呑み』にしても、最後に甘いものが欲しくなる。そういう人は男性の中にもいるのだろうけれど、比率としては圧倒的に女性のほうが高い気がする。

勢いよくビールを呑み、料理をぱくぱく平らげる姿はいかにも男っぽいが、中身はやっぱり女性なんだな、なんて思いつつ、章は冷蔵庫とストックの中身を思い浮かべる。

『特製朝御膳』に出す予定のティラミスはあるが、なんとなく目の前の客の好みではなさそうな気がする。ミカンやリンゴといった果物も、光の言う『デザート』とはちょっと違うだろう。

アイスクリームでも細工して……と考えたとき、章はストックにある青い箱を思い出した。

「熱々のフライと冷えてないビールでしたから、デザートは冷たいものにいたしましょうか」

章の言葉に、光はすぐにコクンと頷いた。

料理人に対する信頼を見せてもらったようで、さらに嬉しくなった章は、冷蔵庫からバニラアイスクリーム、ストックからクッキーを取り出した。

「あ……懐かしい。それ、子どものころによく食べました」

焦げ茶というよりも黒に近いクッキーにバニラクリームを挟んだお菓子は、かなり有名な銘柄で、食べたことはないにしても、まったく知らない人は少ないだろう。

そのクッキーをビニール袋に入れ、擂《す》り粉木《こぎ》でばんばん叩く。粉々にしたものをアイスクリームに手早く混ぜ込み、ガラスの器に盛り付け、光の前に出した。

「お待たせしました。実はこれ、『アサヒスタウト』との相性もぴったりですので、是非お試しください」

「え……黒ビールとアイスクリームが合うの？」

「論より証拠、まずはお召し上がりください」

『ぴったり』の根拠を語ろうとしない章に、ほんの少し不満そうになりながらも、光はアイスクリームを一匙《さじ》口に入れ、ほどよく溶けたころにビールを呑んだ。

「そういうことか……。スタウトのカラメルみたいな風味が、クッキーの苦みとバニラアイスの甘さにぴったり。すごく美味しいチョコレートみたいになるんですね」

「でしょう？　スタウトはデザートビールとしても秀逸なんです。おまけにこのデザートは、ご家庭でも簡単にお試しいただけます」

「クッキーを砕《くだ》いて混ぜるだけですものね。でも、近頃は擂り胡麻《ごま》を買っちゃう人も増えてるから、擂り粉木自体がない家も多そう。実際、私も持ってないし」

「擂り粉木でなくても潰せますよ。ビニール袋に入ってるんですから、固くて壊れにくいものなら大丈夫。でも、わざわざ自分で作らなくても買ってくるのもありです」

「買ってくる？　あ、そうか！　クッキークリームアイス！」

「正解です」

今、章が作ったのは、まさにクッキークリームアイスだ。スーパーはもちろんのこと、コンビニでも売られているから、手に入れるのは簡単だった。

「なるほど、それなら簡単です。いいことを教えてくれてありがとう！」

料理は美味しいし、ビールも幅広く揃えているし、なんて素敵なお店なの、と光は大絶賛だった。

光は、しばらくビールとアイスクリームのコラボを楽しんでいた。本当に美味しそうに一匙一匙味わっていたのだ。だからこそ、そのあと光が呟いた言葉に、章はぎょっとさせられた。

「これならなんの問題もないじゃない……」

──なんの問題もないじゃない？　それって、誰かが『問題がある』って言ったっていうのが前提だよな。この人は、誰かからうちに問題があるって聞いた上で、実際はどうなのか確かめに来たのか？　まさか、あの店の評価を星で表す機関の調査員……

そこまで考えて、馬鹿馬鹿しくなった。

『ヒソップ亭』がそんな機関に目をつけられるわけがない。グルメサイトに口コミを書かれたことすらないのだ。お忍びの調査員がやって来る可能性は、限りなくゼロに近かった。

それでも、言葉の意味が気になって光から目が離せない。十数秒経ったところで、ただならぬ視線に気付いたのか、光が顔を上げた。

「あの、さっきの『なんの問題もない』って、どういう……？」

章の真剣そのものの眼差しに、光は『しまった』と言わんばかりだった。

「ごめんなさい！　特に意味はないの！」

「……ってことはないですよね？　誰かにうちの噂《うわさ》をお聞きになったんですか？」

そこで光は、観念したように答えた。

「……このお店のことじゃないんです」

「というと？」

「ここは『猫柳苑』の直営じゃないんですか？」

「いいえ。経営は別で、一応テナントって形になってます」

「ですよね。じゃあ、少しぐらい大丈夫かしら……」

「……ってことは、お客さんが聞かれたのは『猫柳苑』のことなんですね？」

「ええ。実は、さっきお話しした私の友だち……」

「あの造り酒屋の？」

「はい。その友だちが二ヵ月ほど前に『猫柳苑』に泊まりに来たんですけど、帰ってきてから二度と行かないって……」

造り酒屋の娘は、酒と同じぐらい旅行が好きだそうだ。温泉に泊まるのも大好きで、光と旅行をするときはもっぱら温泉旅館を利用するらしい。理由としては、普通のホテルならひとりでも泊まれるけれど、温泉旅館で『おひとりさま』を受け入れてくれるところは少ない。昨今、ひとり旅がブームになっている傾向があり、徐々にひとりでも泊まれるようになってきたけれど、それでも数自体は絶対的に少ないそうだ。

事の発端は、その友だちが、突然泊まりがけの出張を命じられたことにあるらしい。

「造るだけではなく売るのも大事ってことで、この近くに営業に来ることになったそうです。アポが取れたのが遅い時間だったから、泊まりがけでいいって言われたみたいで、ひとりで泊まれる温泉はないか、って探した結果、『猫柳苑』がヒットしたそうです」

「そういえば『猫柳苑』は、ホームページに『おひとりさま大歓迎』、『温泉自慢』って書いてますね」

「私も見ました。で、友だちはその情報を頼りに『猫柳苑』にやって来たんです。移動途中にSNSでメッセージをくれたんですが、温泉旅館なのに食事が付いてないのは論外だって、文句タラタラでした」

「え……でも、ホームページを見たのなら、ちゃんと書いてあったはずですよね？」

それが嫌なら、泊まりに来なければよかったのに、と喉《のど》まで出かかった。だが『猫柳苑』に店を構える立場としては、そんな客を切り捨てるような台詞は口にできない。それでも光は、章の思いを読み取ったように言った。

「他に選択肢がなかったみたいです。そもそも営業帰りに寄れる温泉旅館で、しかもその日にひとりで泊まれるのは『猫柳苑』だけだったそうです」

「だったら泊まらずに帰ればよかったんじゃないですか？　それか、ビジネスホテルに泊まるとか……」

堪り兼ねたように桃子が言った。

わざわざ満足できないとわかっている宿に泊まる必要はない。泊まってきていいと言われたところで、接待全盛期でもあるまいし、深夜まで商談をするわけではないだろう。帰る手段はあったはずだし、いくら温泉好きでも、今回は遊びではないのだからビジネスホテルという手もある、という彼女の意見は、もっともだった。

光は、そう言われても仕方がないですよね、とため息をついたあと、さらに続けた。

「友だちはとにかく温泉が好きなんです。こちらならビジネスホテルと変わらないお値段で泊まれるし、どうせなら温泉のほうがいいって思ったんでしょうね。それに彼女って、頭もいいし、仕事はすごくしっかりやるんですけど、その分、基本重視というか、例外は認めない主義というか。いったん決めたことを変えるのを、すごく嫌がるんです。その上、文句屋で……」

日常生活においても、光は彼女の性格を熟知しているから問題ないが、他の相手とは口論になりやすい。口論まではいかなくても、言葉がきつくて悪い印象を抱かれやすいという。そのため、ふたりが一緒にいるとき、他の人との交渉役はもっぱら光だそうだ。

「悪い子じゃないんです。気持ちが真っ直ぐで、すごくしっかりしてるし、行く先々で豆知識を披露してくれたりして勉強にもなります。ただ、人よりちょっといろんなことについてのハードルが高いというか……。おまけに営業もあまりうまくいかなかったみたいで……。『うちのお酒のいいところをうまく伝えられなかった』って泣き言のメッセージが来てました」

「要するに、最初から気分は上々って感じじゃなかった上に、悪い印象がある宿に来ちゃった、ってことなんですね」

「そうみたいです。で、こんな旅館でご飯を食べるのも嫌だし、気晴らしをかねて外に行こうと思って出かけてみたものの、入った居酒屋の従業員さんが無愛想《ぶあいそう》そのものだったそうです。もともとそういう性格なんだと思ってたら、常連さんが入ってきたとたん豹変《ひょうへん》して大盛り上がりで、友だちひとりが蚊帳の外。注文にも面倒くさそうな対応で、とにかく感じが悪かったって……。で、肝心のお風呂も貸し切りは狭くて暗い。怖さが先に立ってひとりで入る気になれなかった。仕方なく広いお風呂にだけ入ったけど、グループ客にじろじろ見られて嫌だった。彼女、身体にコンプレックスあるんですよ。食べても太れない体質らしくて、いつも『鉛筆みたいだ』って嘆いてます」

最初から貸し切り風呂に入るつもりだったのに使えなかった。我慢して大浴場に行ったら、じろじろ見られた。ただでさえ文句屋なのにその状況では、友だちの不満は募《つの》りまくったに違いない、と光は大きなため息をついた。

「それはなんとも……」

行きあたりばったりで入った店が合わない、居合わせた客が不躾、というのはよくあることだが、それがこの町、『猫柳苑』で起こったという事実に申し訳なさが募る。たまたま不運が重なっただけ、とは切り捨てられなくなってしまった。

桃子は桃子で、いたたまれない表情で言う。

「店で自分だけ仲間はずれなんてものすごく嫌だし、コンプレックスなんてなくても、じろじろ身体を見られるのは不快ですよね……。そんな目に遭ったら、この町や『猫柳苑』の評価が下がるのも無理はありません。特に旅館の評価は他のお客様まで含めてのことになりがちですから」

「ですね……。で、彼女は朝食もパスして、朝一番でチェックアウトして帰ってきたそうです」

「そうだったんですか……。本当に申し訳ないことです。でも……それならお客様はどうして？」

普段から一緒に旅行をするほど仲のいい友だちが『二度と行かない』というような場所を、あえて旅行先に選ぶのは珍しい。他が予約で一杯だったとしても、友だちのように出張でなければ日を変えられただろうに、という章の疑問は当然だろう。

光はさもありなんといったふう、そして少々悪戯っぽい笑みで答えた。

「好奇心ですね……。今は、悪いことがあったらすぐにネットに書かれる時代です。どこだって悪評を立てられないようにものすごく気をつけてるはずでしょ？　現に、こちらの旅館の口コミにそんなに悪い意見は書かれていませんでした」

散々な旅だった、という報告を受けた光は、あとで友だちが訪れたという旅館を調べてみた。

居酒屋については『忘れた。というか、思い出したくもない。レシートすらくれなかったし！』と友だちに言われてしまい、店名はわからなかったけれど、旅館はインターネットから手配していたので記録があった。光はそれを頼りに『猫柳苑』という名前を探し出し、検索してみたそうだ。

「ひとりでも泊まれる温泉宿はありがたい。夕食が付いていないから、町に出かけて好きなものを飲み食いできる。一晩中風呂に入れるのも嬉しいし、チェックアウトが遅いから朝寝も楽しめる。そんな好意的な意見ばかりでした。だとしたら、私の友だちに起こったのは普段は起こりえないほど稀なことだったんじゃないか。じゃなければ、友だちの受け止め方に問題があったんじゃないかって」

自分と友だちは、確かに仲はいいが、考え方が真逆なことが多い。仲のよさは、お互いにないところがうまく嚙み合った結果かもしれない。そこまで彼女に合わないなら、自分にはものすごく合う可能性が高い、と光は考えたそうだ。

「常連ばかりで盛り上がっちゃった居酒屋さんは論外ですけど、『猫柳苑』については宿側の落ち度とは言い切れない気がします。貸し切り風呂の環境も、友だちは気に入らなかったかもしれないけど、暗くて狭いことを落ち着けていいと判断する人だっていますよね」

ホームページや他の客の口コミを見る限り、友だちが言うほど悪い宿とは思えない。むしろ、コストパフォーマンスを考えればかなりいい気がする。友だちの一度きりの経験を頼りに自分も行かないと判断するのはもったいない。これは是非とも確かめてみなければ——

光はそんな思いから『猫柳苑』にやってきたそうだ。

「それで、その……」

光自身の評価はどうだったのか。

気になるのはその一点だ。そんな章の気持ちを読んだように、光は片手でＯＫサインを作った。

「すごくいいと思います」

貸し切り風呂は確かに暗くて少し怖かったけれど、静寂の中で目を閉じて浸かっていると気持ちが落ち着いたし、そのあと行ってみた大浴場は開放的で晴れ晴れする。先客が三人いたが、どの人も静かに入浴し、他人をじろじろ見ることはなかった。なによりよかったのは、過度に世話を焼かないところだ、と光は強調した。

「旅館って、仲居さんが出たり入ったりして落ち着かないことも多いでしょ？　その点ここは、終始一貫『ご自由にお過ごしください』って感じですよね」

一般的な旅館は部屋係が挨拶に来たり、夕食後に布団を敷きに来たりすることが多い。だが、『猫柳苑』の場合、緊急事態を除いて従業員が部屋に入ってくることはない。外に食事に行けることはもちろん、温泉に入れる旅館でありながら、ビジネスホテルのように、人目を気にせず寛《くつろ》げる。

光にとっては、それがなにより嬉しかったらしい。

「前の日、けっこう遅くまで仕事をして疲れてたんですよね。でも、お部屋に入ったらもう布団が用意してあって、好きなときに自分で敷けばいいってことでしたから、ばばーっとお風呂に入ってそのままバタンキュー。気がついたら八時近くでしたけど、お夕食の時間が決まっているわけでもないから、慌てることもありませんでした」

昼ご飯が遅めだったせいか、さほど空腹でもなかった光は、改めて浴場に行き、温泉を堪能したそうだ。

小一時間の長湯のあと、さすがにお腹が空いたが、外に出るために着替えたり、化粧をしたりするのが面倒だった。せっかく中にもあるのだから、ということで館内の食事処に来てみたら、大好きなビールが何種類もあり、それにぴったりの料理も出してもらえた。それどころか、ビールと一緒に楽しめるデザートまで……と、光は高評価の理由を並べ立てた。

「友だちの運が悪かったのか、私がラッキーだったのかはわかりません。でも、こちらでのお食事まで含めて、完璧に近い感じです。お値段もリーズナブルだから、何度でも来られそう。私はまた来たいし、きっと来ると思います。できれば友だちも誘って」

「え、でもお友だちは『二度と行きたくない』っておっしゃってるんでしょう？」

ちょっと難しいのではないか、と首を傾げた章に、光はあっさり返した。

「誘ったところで来てくれるとは限らないですが、最悪の印象を残したままにするのは、友だちにとってもこちらにとっても不幸でしかないでしょう？　彼女は食いしん坊だし、こんなお料理がいただけると知ったら、それだけで星をふたつぐらい増やすかも」

品書きには、知る人ぞ知る日本酒の銘柄がずらりと並んでいる。彼女は酒造りに携わっているから、この品揃えだけでもかなりポイントを稼げるはずだ、と光は言った。

「ありがとうございます」

章と桃子は揃って深々と頭を下げた。

『二度と行かない』とまで言われた宿に、ひとつの意見だけで決めるのはよくない、とあえて来てくれたことも、友だちの評価を変えるために誘ってみるという気持ちも、涙が出るほど嬉しかった。

さらに、低評価を変える要因として『ヒソップ亭』を上げてもらえたことは、大いに今後の励《はげ》みとなるだろう。

「是非またお越しください。できれば、お友だちとご一緒に……」

「ええ。そのときはまた、美味しいものを食べさせてくださいね！」

「もちろんです。ビールもいろいろ揃えておきます」

「わあー楽しみ！」

そして光は、二口ほど残っていた『アサヒスタウト』を呑み干し、部屋に戻っていった。

密かに、『特製朝御膳』の予約をもらえるのではないかと期待したが、それはなかった。章の料理を相当気に入ってくれたようではあったが、無料の朝食が付いているのにわざわざ『特製朝御膳』を食べる気になるほどではなかったのだな、と落胆する。

だが、それからしばらくして、章は光の思惑に気付かされることになった。

「こんばんは。また来ちゃいました！」

明るい挨拶とともに入ってきたのは、記憶に新しいビール好きの客、光だった。確か前回の訪問は十一月下旬、今は十二月中旬だから、一ヵ月も経っていない。

しかも、今回はふたり連れで、ふたりとも丹前に浴衣姿だから一風呂浴びてきたのだろう。見るからに不機嫌そうな表情から察するに、この人が『猫柳苑』には『二度と行かない』と言った光の友だちに違いない。

「いらっしゃいませ。カウンターでよろしいですか？」

「もちろんです」

桃子の問いに、光は友だちの意見を訊くでもなく、さっさとカウンターに向かった。友だちも仕方なささそうに付いてくる。

桃子はふたりのために椅子を引き、座るのを待って言った。

「お風呂上がりですよね？　今は大丈夫だと思いますが、少しすると冷えてくるかもしれません。暖房を加減しますから、寒かったらおっしゃってくださいね。こちらに膝掛《ひざか》け毛布もご用意してありますから、よろしかったらお使いください」

そう言いながら桃子は、それぞれの足下に膝掛け毛布が入った籠《かご》を置く。

光の友だちの口が、『あら』という形に動いた。カフェの屋外席で膝掛け毛布や籠が用意されることは多いが、旅館併設の食事処で出てくるとは思っていなかったのだろう。特に、『二度と行かない』というほど印象が悪い旅館なら、なおさらである。

この籠や膝掛け毛布は、桃子の発案によって用意したものだ。

荷物の置き場所に困るのはもちろんのこと、足腰の冷えは万病の元だし、浴衣で椅子に座ると裾《すそ》がはだけて足が丸見えになることがある。膝掛け毛布は防寒だけでなく、足下を気にする女性にとってありがたいはずだ、という意見は反論の余地がなく、章はすぐさま膝掛け毛布と籠の導入を決めた。

店の内装に合わせたダークブラウンの籠と軽くて肌触りのいい毛布は、桃子の言うとおり、女性客から大いに重宝されている。

光が早速毛布を取り、膝の上に広げた。友だちが意外そうに訊く。

「光、寒いの？」

「寒いってほどじゃないけど、膝に一枚かけてると、なんだかすごく安心するの」

「あーなるほど。わかる気もする」

「でしょ？　由香里《ゆかり》も使ったら？」

「そうしようかな……」

自分のほうに置かれた籠から膝掛け毛布を取り出す由香里を見ながら、なるほどこのふたりは『ひかり』と『ゆかり』で『かり』繋がりなんだな……なんて、どうでもよすぎることを発見し、ふっと笑ってしまう。

その笑みを見て、光が嬉しそうに言った。

「なんだかご機嫌ですね。いいことでもありました？」

「え？　いや……間を置かずに来ていただけてありがたいなーって」

「ほんと、嬉しいです。一ヵ月経ってませんよね？」

品書きを差し出しながら、桃子も満面の笑みだった。

光の再来は言うまでもなく、章は由香里が来てくれたことに安堵《あんど》した。桃子もきっと同じ気持ちだろう。そしてそれは、光もわかっているようだ。

「『鉄は熱いうちに打て』って言葉があるでしょう？　由香里の中で嫌な思い出が根付かないうちに更新しておかないと、と思ってお誘いしました！」

「なにが更新よ。しかもこんなの『お誘い』とは言わない。『拉致《らち》』よ」

「え……拉致!?」

桃子が素《す》っ頓狂《とんきょう》な声を上げた。

ところが、光はまったく気にするでもなく言い返した。

「人聞きの悪い。拉致なんかじゃないわよ。むしろ『ご招待』でしょ。前に来たときだって、あんたの分を払うつもりだったから、ちょっとでも節約しなきゃと思って『特製朝御膳』も我慢したのよ。絶対に美味しいってわかってたのに！　とにかく感謝してほしいわ」

なるほど、前回『特製朝御膳』を食べてくれなかったのはそういう事情からだったのか、と章は胸を撫で下ろす。しかも、そのあと続いた『サービスの朝ご飯もものすごく美味しかったから、それはそれでよかったんだけど』という光の言葉に、救われる思いだった。

ところが、そんな章と打って変わって、桃子はまた声を高くする。

「ご招待！」

いちいちこんなに驚かれては、気分がよくないだろう。また由香里の評価が下がってしまうのではないか、と心配になったが、意外にも由香里の顔には笑みが浮かんでいる。呆れたような笑みではあったが、とにかく入ってきたときの仏頂面は消えていた。

「もう……光はいっつもこうなんだから……」

「いっつもこう、ってどういう意味よ」

「私の意見なんてろくに聞かずにぱぱーっと決めて、さあ行くぞ！　って」

「それは由香里も悪いわよ。相談したって文句ばっかりで全然決まらないじゃない。だったら相談するだけ時間の無駄。こっちで決めるから、本当に嫌ならパスしてってスタンス」

「パスなんてしたことないでしょ！」

「だよねー。『光プレゼンツ』をスルーしたら困るのは由香里だもんねー」

「どうせ私がひとりで決めたってろくなことになりませんよ！　文句を並べまくった挙げ句、最悪を選択しちゃうんだもん。おかげで前の出張のときだってひどい目に……」

そこで由香里は言葉を切った。ここがまさに『ひどい目』に遭った現場、『猫柳苑』だと気付いたのだろう。

光は、黙り込んだ由香里に品書きを渡したあと、取りなすようにカウンターの向こうの章に話しかけてくる。

「ゆっくりお風呂に入ったら喉がカラカラ！　今日はどんなビールをいただこうかしら？」

「そうですねえ……前回は『サッポロラガー　赤星』と『アサヒスタウト』でしたから、今日はピルスナービールを試されてはいかがですか？」

「すごい。ちゃんと覚えてくださってるんですね！」

「いきなり『赤星』から入られる『通』な方のことです。ちゃんと覚えてますよ」

「嬉しい！　じゃあ、おすすめどおりピルスナーにします」

そこで光は改めて品書きに目をやった。書かれている銘柄の中のピルスナービールを確かめているのだろう。少し前から品書きを見ていた由香里が、顔を上げて章に訊ねた。

「ここに書かれているビールって、どれを頼んでも大丈夫なんですか？」

どれを注文しても大丈夫、というのはどういう意味だろう。値段ははっきり書いてあるから、ものすごく高価なものが含まれているかもしれない、なんて心配は無用だし、料理との相性を心配しているのならそれこそいらぬ心配だ。酒に合わせて料理を選ぶことも、その逆も、プロの料理人には難しいことではなかった。

返答に困っている章を見て、由香里が言葉を加えた。

「お品書きに珍しいお酒が並んでいても、いざ頼んでみると『今日はありません』なんて言われちゃうことも多いので……」

「ああ、そういう意味ですか。大丈夫です。品書きに載っているものなら、どれでもご注文ください」

「やっぱりちゃんとあるんだ……」

ため息に近い声を漏らしたのは、由香里ではなく光だった。そして、ものすごく自慢げに由香里に言う。

「ね？　すごいでしょ、ここ」

品書きには、飲食店が常備するとは思えない銘柄がいくつか入っている。客の目を引くために珍しい銘柄を並べるだけ並べ、実際は仕入れずに『品切れ』で押し通す店もあるようだ。前回来たときの『猫柳苑』の印象が最悪だっただけに、由香里は『ヒソップ亭』もそんな張りぼてみたいな店のひとつだと思っていたに違いない。

由香里は、軽く唇を尖らせて言う。

「すごいけど、別に光のお手柄《てがら》じゃないよね」

「ここに由香里を連れてきたのは、私のお手柄でしょ？　あんなに嫌がってたのを、わざわざ自腹を切ってまで連れてきたんだから」

絶対行かない、と言い張る由香里を、手を替え品を替えして説得した。途中であきらめそうになったけれど、最後の手段と『ご招待』を提案したら、そこまで言うなら……と承諾した。こんなことなら、最初から奢ると言っておけばよかった、と光は苦笑いした。

「もともと覚悟してたんだから、さっさと言えばよかった。でも、由香里もあざといよね」

「ひどい！　言うに事欠いてあざといって！　光は経験してないからわからないでしょうけど、あんな目に遭ったら二度と行きたくなくなるのは当然でしょ！」

「おっしゃるとおりです。前回は大変不愉快な思いをされたそうですね。僭越《せんえつ》ながら『猫柳苑』に成り代わって、お詫び申し上げます。本当に申し訳ありませんでした。

今回こそは、楽しい滞在となるよう従業員一同、おもてなしに努めます」

章が深々と頭を下げると、桃子もそれに倣《なら》った。しばらくして頭を上げたとき、由香里の眼差しはすっかり柔らかくなっていた。

「なるほどねえ……。最初はなんでそこまでこだわるの、って思ったけど、光が『拉致』してまで連れてきたがる理由がわかったわ」

「だから『拉致』じゃないって！」

「はいはい。わかったわかった」

「てか、由香里まだなにひとつ食べてないし、呑んでないよ？」

「飲み食いなんてしてなくてもわかるよ。こういうお店は、絶対に美味しいものを出してくれる」

「ものすごい手のひら返し……」

「なに言ってるの。前回の評価は『猫柳苑』についてであって『ヒソップ亭』は入ってないの。それに『猫柳苑』にしても、前に来たときはあいにくの雨だったけど今日は冬晴れ。貸し切り風呂にも日が差して、そんなに怖くなかった」

「それは天気のせいもあるかもしれないけど、大半は、私のおかげでしょ」

口を閉じる暇もないほどしゃべり惚《ほう》けていたのだから、怖さなど覚える暇はなかったはずだ、と光は笑う。由香里もそれには異論を唱えなかった。

「たぶんね。とにかく、こぢんまりとしたお風呂でゆっくりできたし、そのあと行ってみた大浴場も気持ちよかった。他にもお客さんはいたけど、みんな私なんて気にもしてなかったし」

「普通はそうだよ。もしかしたら、前のときだって由香里が思い込んだだけで、実際はそんなに見てなかったのかもしれない。由香里がひとりでいるときって、ちょっと自意識過剰になりがちだし」

「まあね……。どっちにしても『猫柳苑』の印象が、前のときとはずいぶん変わったことは確か。あ、でも、あの居酒屋への評価は絶対変えないよ。あれはお客さんだけじゃなくて、お店の姿勢の問題だからね。あんなに気分が悪い店はない。いっそ潰れろ！」

「由香里ー。お口が悪いぞー。どこのお店だか知らないけど、そこだって、本当にたまたまそうなっちゃっただけで、次も同じとは限らないじゃない。それに、どんなお店だろうと『潰れろ』なんて呪いをかけちゃ駄目」

「まあね……。駄目なお店は放っておいても潰れるし、呪いは自分に返ってくることもあるって聞いたことがあるわ。あのお店のために、そんな危険を冒すのは馬鹿馬鹿しいね」

ふざけ口調ながらも、光は友だちをしっかり窘《たしな》め、由香里は一言多いながらも素直に改める。

女性同士の付き合いはなにかと難しいことも多いらしいが、このふたりはかなりいい関係のように見えた。

その後、ふたりは品書きから岡山《おかやま》の地ビールである『独歩《どっぽ》　ピルスナー』を注文、かなりのスピードで呑み干した。

特に光は、お通しとして出した鶏《とり》つくねが相当気に入ったようで、醬油味のつくね煮込みはよく食べるが、合わせるなら日本酒だと思っていた。塩味にするとこんなにピルスナーに合うなんて、と絶賛してくれた。

白っぽい鶏つくねを塩味で煮込むと素《そ》っ気《け》ない色合いになりがちだけど、藍色《あいいろ》の小鉢に盛り付けて、刻んだ青ネギを散らしたことで目にもご馳走になってるね、なんて由香里に同意を求める。

由香里も無言で頷いていたから、光ほどではないにしても気に入ってくれたのだろう。

いずれにしても、小瓶とは言え、あっという間に呑み干してしまったところを見ると、由香里も相当『いける口』だったようだ。

酒屋の子があいにく下戸で、知識はあるが一杯呑めば真っ赤、あるいは気分が悪くなったり、抗《あらが》えない眠気に襲われたり、という話を聞いたことがある。その点彼女は、酒についての豊富な知識を持っているだけではなく、呑むこと自体を楽しめているようだ。アルコールに耐性がある上に、家庭で『英才教育』を受けられたとしたら、無敵の酒呑みだ。章は、幸せな環境だなあ、と少々羨ましくなってしまった。

由香里は、空になった瓶を恨めしげに見つつ愚痴をこぼす。

「あーもうなくなっちゃった！　地ビールって小瓶が多いけど、ちょっと量が少なすぎるよね」

「その分、いろいろな種類が楽しめるじゃない。何事もプラス思考でいかないと」

「光みたいに、いっつも脳天気じゃいられないよ」

「誰が脳天気よ。欠点と美点は背中合わせ、どんな欠点も見ようによっては美点になるって知らないの？」

「そんなことぐらい知ってるわよ。でもね、うちは造り酒屋。造ったお酒を美味しい、美味しいって褒めるだけじゃ済まないの。欠点を洗い出して、ひとつひとつ改善していく。それができなきゃ、いいお酒なんて造れないでしょ。褒めるところはいっぱいあるけど、あえて欠点を探す。それが習い性になっちゃってるの」

「なるほどね……。ごめん、ごもっともだわ」

素直に詫びる光に、由香里は軽く鼻を鳴らした。

わずかに上を向いて、鼻から息を吹き出す仕草から、彼女の家業に対する意気込みと真剣さがひしひしと伝わってくる。

このふたりは、褒め上手の光と文句屋の由香里という組み合わせだ。文句を言われるよりも、褒められるほうがいいのは人の常だから、文句屋は評価を下げられやすい。

もしかしたら由香里も、いろいろなところで損をしているのかもしれない。身近に光のような褒め上手がいれば、よけいである。けれど、文句屋になってしまう理由が造り酒屋の習い性で、本人も承知の上で文句屋になっているとしたら、ある意味見事な覚悟だと言える。

文章の中に、この文句屋をとことん唸らせたい、それ以上に、由香里に心底楽しいときを過ごしてほしい、という気持ちがこみ上げた。

空になった瓶を下げつつ、桃子が訊ねる。

「お飲み物、どうされますか？　日本酒もあれこれご用意できますよ」

光のビール好きは、前回来たときからわかっている。だが、『ついついビールばっかり頼もうとしては、日本酒に変更させられちゃう』と言っていたから、由香里と一緒の今日はビール尽くめではないかもしれない。

頭の中で、ビールならこれ、日本酒に変わったときはあれ、とおすすめ料理を考えながら、章はふたりの答えを待つ。口を開いたのは、由香里だった。

「次は日本酒ね」

「了解。銘柄は任せるわ」

そう言って、光は由香里に飲み物の品書きを渡した。どうやら『任せる』相手は、章ではなく由香里らしい。

造り酒屋の娘とはいっても、彼女はまだ若い。おそらく三十歳前後だろう。一方、章は酒の味を確かめられるようになってから二十四年、料理の道に入って二十六年だ。プロとしてのプライドが少々傷ついたが、ここはお手並み拝見、という気持ちで、章は由香里の選択を待った。

もちろん、品書きにずらりと並んだ銘柄を彼女がどう評価するかにも興味津々だった。

「あ……」

品書きをじっと見ていた由香里が、小さな声を上げた。隣では光がにやにや笑っている。

それに気付いた由香里が、光の肩をパシッと叩いた。

「光って、ほんっと性格が悪いよね」

「どこが？　こんなにいい子なのに！」

「うちのお酒が入ってるのをわかってて連れてきたんでしょ」

「偶然よ、ぐ、う、ぜ、ん！」

「絶対知ってた！　しかも、本当に美味しいのにあんまり売れなくて、うちでは隠れた名品って言われてるやつが……」

　そのやりとりで、章には由香里がどこの造り酒屋の娘なのかがわかった。

　品書きにはいくつか銘柄が書かれているが、由香里の言う『本当に美味しいのにあんまり売れない』に該当するのはひとつだけだったからだ。だが、こちらから指摘するのは無粋《ぶすい》すぎる。あえて口を挟まずに、章はなおも注文を待った。

「ここでわざわざうちのお酒を呑む必要はないし、どうせなら呑んだことがないお酒がいいよね。とはいえ、あんまりどっしりしたのは光が苦手だし……」

　少し考えていたあと、由香里は章に訊ねた。

「海が近いからお魚が美味しいのはわかってるんですけど、特におすすめとかありますか？」

「ブリ、サワラ、ヒラメ。このあたりは刺身、焼き物、煮物、揚げ物といろいろお楽しみいただけます。冷えてきましたから、アンコウかタラのお鍋《なべ》もおすすめです。コノシロの酢締め、ボラの刺身なんかもおすすめです」

「コノシロ！　それは是非いただきたいです。でも、ボラって臭いがすごいって聞きますけど、大丈夫なんですか？」

「あー……よく言われますけど、クロダイ同様さっさと処理すれば大丈夫ですし、冬のボラは脂が乗ってる割に身の締まりもよくて抜群なんです。騙《だま》されたと思って召し上がってみてください」

「じゃあ、コノシロとボラをお願いします。お酒は『相模灘《さがみなだ》　特別純米　辛口　おりがらみ』で」

酒の銘柄を聞いた瞬間、唸りそうになった。

光の信頼具合からして、由香里が料理と相性のいい酒を選べることは間違いないとは思っていたし、『相模灘　特別純米　辛口　おりがらみ』は酢の物と刺身の両方に合わせられる酒だ。品書きに載っている中では、ベストな選択と言える。

だが、章が唸りたくなったのは、料理との相性もさることながら、その酒が夏の限定酒、しかも生酒であるという事実だ。

生酒は『生』という字がつけられるぐらいだから、出荷に先だって火入れがされていない。その分、味が変わりやすく、賞味期限の目安は九ヵ月前後とされているが、本来なら夏のうちに呑み干すべき酒なのだ。

酒のことをよく知っているに違いない由香里のことだ。あえて夏の酒を注文する裏には、いかに味の劣化を防いで保管されているか、を試す気持ちがあるように思えてならなかった。

もちろん未開封、適切な温度を保《たも》ち、最大限紫外線を防いで保管しているが、造り酒屋の娘のお眼鏡《めがね》に適《かな》うだろうか……。そんな不安に駆られながら、章はコノシロの酢締めとボラの刺身を用意する。

出来上がった料理をふたりの前に出し、いよいよ、といった感じで冷蔵庫から酒を出すと、ほっとしたような由香里の声が聞こえた。

「よかった……四合瓶だ……」

すぐに怪訝そうに光が言う。

「どうして、四合瓶がいいの？」

「このお酒は生だから味が変わりやすいの。特に開封したらあっという間。だから、短期間で売り切れるって自信がない限り、一升《いっしょう》瓶はおすすめできない」

「もう……由香里ったら。それじゃあ、『ヒソップ亭』は売り切れない、お客さんが少ないって言ってるようなものじゃない」

「あ……ごめんなさい」

さすがに申し訳なさそうにする由香里を慰めるように、桃子が言う。

「いいんですよ。うちはどう見ても千客万来とは言えません。四合瓶の生酒を置いている理由もおっしゃるとおりです。幸い、辛《かろ》うじて赤字にはなってませんけどね」

「桃ちゃん、ぶっちゃけすぎだ！」

客相手に内情を暴露してどうする、と慌てふためく章を見て、光と由香里が笑い転げる。しばらく笑ったあと、ようやく落ち着いた由香里が言う。

「お酒の好みは人それぞれです。一種類しか置いてないわけじゃないから、私たちのあとにお客さんが来たとしても、このお酒を注文するとは限りません。残りは買い取ります」

「おー、由香里ってば太っ腹」

「ここのお代も私に任せて。今日は光の『ご招待』だから、それぐらいはね」

「そうだった……」

改めて思い出したのか、光ががっくり首を垂れた。

友だちが楽しんでくれるのは喜ばしいが、やはりふたり分の宿泊料は応えるのだろう。先月も旅行をしたばかりとなればなおさらである。

由香里が笑いながら続けた。

「『特製朝御膳』も頼んでおこうね。前回、心残りだったんでしょ？」

「由香里ー！」

光が歓声を上げて、由香里に抱きつく。グラスを手にしていた由香里は、零れるじゃない！　と文句を言いながらもまんざらでもない様子だった。

それにしても……と、章は改めて由香里を見る。

開封後の味の劣化を踏まえて、残りを買い取るなんて、若い女性の言い出せることではない。知識だけではなく、配慮にも富む見事な呑み手だ。だが、章としては、そんな配慮に甘えるわけにはいかなかった。

「このお酒がお気に召したら、どんどん召し上がってください。でも、たとえお口に合わなくても、残る分のことなんてお気になさらずに。それは店の問題ですからね」

「そうそう。どうせ大将のことだから『味が変わったら酒がかわいそうだ。その前に俺が呑む！』とかなんとか言って、空にしちゃうんですから」

「お酒がかわいそう……」

桃子の言葉に、由香里の眼差しがさらに柔らかくなった。おそらく、章がどれほど酒というものを大事にしているか、理解してくれたのだろう。

「みんながこんなふうにお酒を扱ってくれたらいいのに……」

ひとり語りみたいな台詞に、彼女自身の酒への思いがこもっている。同好の士を見つけたような気がして、章も心底嬉しくなった。

「よかったね、由香里。呑みに行くたびに、プンスカ怒ってばかりだったもんね」

「プンスカって……。でも、お酒がぞんざいに扱われるのを見ると我慢できなくて。この前一緒に行った居酒屋なんてもう……」

「この前？」

「ほら、バーゲンの帰りに寄ったお店」

「あーあの民芸風の……。でも、あそこってそんなにひどかった？　由香里だって文句は言ってなかったと思うけど」

「呆れすぎて怒る気にもなれなかったの」

「どうして？　あのお店は、注文されたお酒をちゃんと味見してから出してたじゃない。あれは、味が変わってないか確かめてたんでしょ？」

「もちろんそうよ。でもね、味見のグラスはひとつだけ。しかも、洗いもせずに使ってたのよ？」

前のお酒とまじり放題で微妙な味の変化がわかるはずがない。ああいう恰好《かっこう》だけ『わかってます』風にしている店が一番許せない、と由香里は息巻く。

光は、ようやく腑に落ちたと言わんばかりに頷いた。

「そうだったの……道理ですぐに店を出たはずね。ふたりでお燗を一合なんてあり得ない。しかも、今日はこれで、なんて帰っちゃったから、具合でも悪くなったのかって心配したのよ」

「ごめん、ごめん。しかもあの店、うちのお酒を置いてたの。こんな店に……と思ったら腸《はらわた》が煮えくり返っちゃってね」

「さては、速攻で帰ってお父さんに直訴したわね？」

「そのとおり。でもって、対応もいつもどおり。『売った先がどんな扱いをしようと、俺たちが口を挟めることじゃない』」

一生懸命造って、最高の状態で送り出す。蔵元にできるのはそこまでだ、というのが、由香里の父の考え方らしい。それは、味噌や醤油の製造元まで出向いて、出荷時の状態をいちいち確かめに行くという章の行動があながち間違いではないと確信させてくれるものだった。

もちろん、酒や味噌、醤油などは出荷してからも育ち続ける。それでも、造り手はできる限りのことをして送り出す。出荷時の状態を知ることは大事だというのが、章の信念だった。

「じゃ、いただきましょうか」

長話している場合ではない、と由香里は箸を取る。

コノシロを一切れつまみ上げ、小皿の醤油に浸す。飾り包丁に醤油が染みるか染みないかのところで口に運び、ゆっくりと咀嚼《そしゃく》する。

「あー……いい締め加減」

続けて酒を含み、しばらく口の中で転がすように味わったあと、ゴクリと呑み込んだ。

「ベストマッチだわ」

光は光でボラの刺身を堪能している。

「しっかりした歯ごたえね。私、ボラって食べたことがなかったけど、こんなに美味しいんだ」

「脂も乗ってるけど、寒鰤《かんぶり》ほど濃厚ってわけでもないから、生酒のすっきりした味にもよく合うわね」

「うんうん。さすがだわ、由香里」

普段ならこの言葉は章に向けられるものだ。けれど、今日の客は章が酒を選ぶ必要がなく、ある意味気楽な客だ。ふたりのやりとりを聞きながら、章は次の肴の用意に取りかかる。

鶏つくねの塩煮込み、コノシロの酢締め、ボラの刺身、と比較的あっさり目の料理が続いた。そろそろボリュームのあるものが欲しくなる頃合いだ。酒を選ぶ必要がないのだから、料理ぐらいはすすめなくては……

「次はお肉料理などいかがでしょう？」

「お肉？　海の町なのに？」

光が意外そうに訊ねた。実はこれは、章にとって比較的慣れた質問だ。

せっかく海の近くに来たのだから、海の幸を堪能しなければ……と思う人は多い。

もちろん間違っていないし、本当に魚介類が好きな人であれば最初から最後まで海の幸尽くしであっても、何ら問題ない。

けれど、海の幸の中に山の幸、つまり肉料理を入れることで、献立にメリハリが付き、海の幸の美味しさが際立つ場合もある。特に、光と由香里のように若くて旺盛な食欲を持っている客にとっては、あっさり目の料理の中に、しっかりした肉料理を入れることで、食事全体の満足度が上げられると章は考えたのである。

章のそんな説明に『なるほどねー』と頷き合い、ふたりは口を揃えて注文した。

「じゃ、次の料理はお任せで！」

「では、ラムステーキはいかがでしょう？」

「ラム!?」

意外すぎる料理名に光は目を見張り、由香里はシニカルに笑う。

「たぶんこのお店は、臭そうで臭くないものを出すのがお得意なのね」

ボラ同様、羊の肉も特有の臭いがあることで有名だ。

特に羊の肉は、口に入れるだけで駄目だ、と言う人がいるぐらい好き嫌いが分かれる。けれど、そういった特有の臭いがあるのはおおむね大人の羊肉、つまりマトンで、子羊の肉であるラムはほとんど臭いがない。それどころか、非常に柔らかく食べやすい。その上、羊の肉の脂は、食べても脂肪に変わりにくい性質を持っている。ダイエットにもぴったりで、若い女性にすすめるのに最適な食品だった。

「そっか……ダイエットにもぴったりなんだ」

「それは光には嬉しいわね」

「どうせ私は万年ダイエッターよ！　じゃあ由香里は食べないのね？」

「誰もそんなこと言ってないでしょ。大将、ふたり分お願いします」

「かしこまりました」

説明をしたり、ふたりのやりとりを聞いたりしているうちに、ラム肉は常温に戻りつつある。

冷蔵庫から出したばかりの肉を使わない、というのはラムに限らずステーキを上手に焼く秘訣《ひけつ》だ。

塩を手で揉み込んで馴染《なじ》ませるついでに肉の温度を確かめる。これなら大丈夫、と判断したのち、章は煙が出るほど熱したフライパンに骨付きのラム肉を載せた。

ジューッという音のあと、しばらくして肉が焼ける香りが広がる。牛でも豚でも鶏でもない特有の香りに、女性ふたり、いや桃子まで含めて三人が鼻をひくひくさせた。

「桃ちゃん、あんたまで……」

呆れ顔になる章に、桃子は必死に言い訳する。

「だってラム肉って本当にいい香りだし、こんなの滅多に……」

「わかったわかった。万が一残ったら、賄いに出してやるよ」

「やったー」

「万が一残ったら、って言ってるだろ」

「そんなの確定でしょ」

桃子は自信たっぷりに言う。

このラム肉は冷凍ではなく、わざわざ生のものを仕入れた。章のことだから、残ったからといって冷凍することは考えられない。しかも、大量に仕入れたわけではないし、今ふたり分を調理したから残りはわずか。骨付きが二、三本というところだろうから、一人前に満たない。となると、あとは賄いにするぐらいしかない。桃子の口に入るのは、決まったようなものだった。

「よかったですね」

光ににこやかに言われ、桃子は満面の笑みで頷いた。

「いつも満員でてんてこまいってこともない。いい素材を使っているのに売り切れるほどではない、っていうのは、働くほうにとっては天国です」

「俺の仕入れ量の見込みが悪いって言いたいのか？」

「とんでもない。むしろ天才。売り切れず、ちょうど賄いの分ぐらいが残るなんて理想的です」

「褒めてるようには聞こえないな」

「そうですか？」

桃子と章の掛け合いに、またしても笑い転げつつ、光と由香里はコノシロの酢締めとボラの刺身を肴に、『相模灘　特別純米　辛口　おりがらみ』を一合ずつ呑みきった。

空になったグラスを置いた光が、申し訳なさそうに訊ねた。

「ちょっと呑むのが遅かったですか？」

「え？　どうしてですか？」

驚いて訊ね返すと、光はコンロの上のフライパンを指さす。そこには焼き上げたあとアルミ箔《はく》に包んだラムステーキを置いてあった。

「冷めないように保温してくださってたんでしょ？　もっと早く呑めば……」

「そうじゃないんです」

慌てて章は理由を説明する。

「これは、こういう調理法なんです。ぱーっと強火で焼いたあとアルミ箔で包んで保温すると、肉汁が全体に回ってよりジューシーになるんです」

「ローストビーフと同じですか？」

「そうです、そうです。焼き上げてから五分ぐらい保温するのが最適なので、ちょうどいいタイミングでした」

ちゃんと考えて焼いてるんだよ、と言いたくなる気持ちを抑え、章はアルミホイルを開き、ラムステーキを皿に盛り付ける。最後にぱらぱらと胡椒《こしょう》を振って、レモンを添えた。

「どうして塩と一緒に胡椒をしなかったんですか?」

塩と一緒に胡椒を振ったかどうかなんて、普通なら気付かない。由香里の質問は、彼女の観察眼の表れだ。本当に侮れない人だな、と舌を巻きつつ、章は答えた。

「胡椒は熱を入れると香りが飛んでしまうそうです。ステーキの場合は、食べる直前のほうがいいって聞いてから、仕上げに振るようにしています」

「そうだったんですね。私はてっきり、胡椒を忘れてあとから振ったのかと……」

「だから由香里、どうしてあんたはそう……」

光が天井を仰いだ。あまりにも失礼だと思ったのだろう。

けれど章は、言葉を交わせば交わすほど由香里の人柄が好きになっていく。こだわりが強く、注意深く、仕事に一途《いちず》。口の悪さ、鼻っ柱の強さまで含めて、どこか昔の自分に似ている気がするのだ。

このまま折れることなく、酒造りに勤《いそ》しんでほしい。そうすれば、さぞや旨い酒が生まれることだろう。昨今、酒造りに携わる女性が増えてきたが、彼女ならあの酒蔵の立派な跡継ぎになれるに違いない。その上で、たまに『ヒソップ亭』を訪れてもらい、酒造りの片鱗《へんりん》を覗かせてくれれば言うことなしだった。

味付けは塩と胡椒とレモン、フランベした赤ワインの残り香はない。それでもラムステーキは濃厚な味わいを醸《かも》す。きっと肉そのものが味覚を刺激する力を持っているのだろう。

箸でつまむには少々重いかなと心配になったが、ふたりは特に苦労するでもなくつまみ上げ、思い切りよくかじり付く。ラム肉を口から離して眺《なが》め、光がうっとりと言う。

「きれいなピンク……」

じんわりと染み出る肉汁も微《かす》かな桃色で、火の通り具合が絶妙であることを示している。さすがの由香里も文句の言いようがなかったらしく、無言で食べ進む。その様子を確認し、章は小振りなワイングラスに酒を注いだ。

「こちらはサービスです。ラムステーキと一緒にやってみてください」

「え……ウイスキーなのに、ワイングラスに入れちゃうんですか?」

意外そうに光が訊ねた。どうやら食べるのに夢中で、章の手元を見ていなかったらしい。だが、グラスに入っているのはウイスキーではない。熟成させた日本酒、いわゆる古酒と呼ばれるものだった。

「これは『達磨正宗《だるままさむね》十年古酒』という熟成酒です。ラムステーキには合うと思いますよ」

「『達磨正宗』！　これが……」

名前は知っているが、呑むのは初めてだ、と由香里は興味津々でグラスを手にする。

名前を知っているだけでもすごい、ともう何度目になったかわからない感心をしつつ、章は由香里の反応を待った。

「なんて芳醇《ほうじゅん》……。それに、微かな酸味がラムステーキにぴったり。日本酒にはいろいろな種類があるからお肉に合う銘柄もあるってわかってたけど、古酒がこんなに合うなんて」

酒、ラムステーキ、酒、と交互に味わったあと、由香里はそんな感想を漏らした。

酒の英才教育を受けてきたとはいえ、まだ熟成酒にまでは実習が及んでいなかったのだろう。ようやく『酒と料理を扱うプロ』としての面目が保てた、と章は安堵した。

光は光でうっとりしている。

「この甘みが素敵よね……。なんだか癖《くせ》になっちゃいそう」

「それは危険よ、光」

「どうして？」

「熟成酒って、お値段が張るのよ。お手頃なのがないわけじゃないけど、それでも普通の日本酒に比べたらかなりなもの……」

そこで由香里は、はっとしたように章を見た。

「こんなのサービスしていただけません。ちゃんとお会計に入れてください。ただでさえ『辛うじて赤字になってない』ぐらいなのに……」

「由香里！」

「ごめん、でも……」

再び光に叱られながらも、由香里は章から目を逸らさない。彼女の目にこもる心配の色が嬉しくて、章は目尻《めじり》が下がるのを止められなかった。

「ご心配なく。これはお客様からいただいたものです。原価はゼロですから、うちの損にはなりません。むしろ、これでお金を取ったら、そのお客様に叱られてしまいます」

安心してお楽しみください、とすすめられ、ふたりはほっとしたようにグラスに手を伸ばす。しばらく古酒とラムステーキのマリアージュを楽しんだあと、締めの相談が始まった。

「由香里はお茶漬けとおにぎり、どっちがいい？」

「その二択だとおにぎりだけど、食べきれるかどうか微妙な感じ……」

「そうねえ……。でも、締めがなければないで不安な気もする」

「あとでお腹が空いてきそう」

酒とつまみで腹八分。ダイエットを考えてもここで止めておくのが理想的だが、お腹が空いて寝られなくなるのも辛い。ふたりの悩みはそんなところだろう。

おにぎりを小さめに握る、あるいはお茶漬けや麺類《めんるい》を量を控えて作ることは可能だが……と思っていると、桃子が後ろに置いてあった籠からバゲットを取り出した。

「バゲットサンドはいかがですか？　お部屋に持ち帰れるようにお包みしますよ」

部屋には小さな冷蔵庫が付いているから、そこに入れておけばいい。パンが冷えすぎると美味しくないので、食べる少し前に取り出して室温に馴染ませてくださいね、と言われふたりは大喜びだった。

「おいおい、それって俺たちの賄いじゃないか。そんなの出すのは……」

「固いこといいっこなしですよ。バゲットは噛み応えがあるから、少しの量でも満足できてお夜食にもぴったりじゃないですか」

「私、バゲットサンド大好きなんです！　是非是非！」

光に懇願《こんがん》され、やむなく章はパン切り包丁を出す。桃子からバゲットを受け取り、斜めに二センチ幅にカット、真ん中にも切り目をいれれば準備完了。あとはバターを塗って具を挟むだけだ。

ところが、冷蔵庫からバターを取り出そうとしたところで、桃子にカットしたバゲットを奪われた。

「バターはパスです。私がオリーブオイルを塗っておきますから、大将は野菜を焼いてください」

「はいはい。トマトと茄子《なす》、カボチャぐらいでいいか？」

「OKです。あとカッテージチーズと……鶏ハムもありましたよね？」

そう言いながらも、桃子はテキパキと作業を進める。

カウンターの向こうのふたりは、教祖を迎える信者のような目で桃子を見ていた。

「すごーい」

「わかってるなあ……」

バターではなくオリーブオイル、野菜にチーズはサンドイッチの定番だが、あえてカッテージチーズを使うことでカロリーオフ。とどめに胸肉を茹でて作った鶏ハムとくれば、スーパーダイエッターメニューここにあり、という感じだった。

加えて、今用意したものは比較的胃にも優しい。ダイエットを気にしていない由香里であっても、夜食は胃に負担がないもののほうが嬉しいに違いない。

薄切りの野菜をグリルし、塩胡椒で味付けをする。鶏ハムは山葵《わさび》醤油を軽く絡めてスライスしたキュウリと一緒に。ひとり二切れずつのバゲットサンドが、あっという間に完成した。ひとつひとつをしっかりラップで包んだから、このまま冷蔵庫に入れられるし、乾燥することもないだろう。

最後に桃子が、何気なく添えたカップを見て、ふたりはまた唸った。

「イチゴゼリーだ……。しかも丸ごとイチゴが入ってる」

「甘さ控えめで、ゼラチンじゃなくて寒天を使ってますから、ローカロリーですよ。本当はガラスの器に出すんですけど、お持ち帰りですからこのまま」

「ヤバい……部屋に帰るなり食べちゃいそう」

光が渡されたバゲットサンドとゼリーを見ながら言うと、由香里が即座に窘めた。

「気持ちはわかるけど、せめて三十分我慢しようよ。そのほうが、パンと具が馴染むから」

「そっか……じゃあ、我慢する！」

「その間に、もう一回お風呂に入ってもいいしね」

「グッドアイデア。温泉に浸かってしっかり温まったら冷たいゼリー。お腹が空いたらヘルシーバゲットサンド。最高！」

光は大はしゃぎ、一方由香里は落ち着いた仕草で支払いを済ませ、ふたりは仲良く

『ヒソップ亭』から出ていった。

引き戸の前でふたりを見送り、店の中に戻るなり、桃子が羨ましそうに言った。

「いいコンビですよねえ、あのふたり」

「気心が知れまくってて言いたい放題できる、って感じだな」

「光さん、前にいらっしゃったときはすごくしっかりした人に見えたけど、由香里さんの前だと子どもみたいでしたね」

「そういう役割分担なんだろうな。でも、光さんも、由香里さんの駄目なとこは駄目だってちゃんと言ってるし、理想的な友だち関係だ」

「たぶん、光さんは由香里さんの文句屋さんなところを、ちょっと変えたかったのかもしれませんね。仕事柄仕方がないのかもしれないけど、粗探しばかりではつまらない。どんな欠点も、裏返せば美点になる可能性があるのだから、できるだけいい面から見るようにしよう……とか？」

前回、ひとりで来て最悪だった『猫柳苑』の印象を、仲良しふたりでやって来ることで楽しいものに変える。宿泊費は自分持ち、しかも一ヵ月も経たないうちに『猫柳苑』に由香里を連れてきたのは、そんな考えがあってのことではないか、と桃子は言うのだ。

「光さんは、どうせ一度きりの人生なら、前向きに楽しんで生きようよ、って言いたかったんじゃないかしら」

「仕事はやむを得ないにしても、遊ぶときぐらいは、ってか？」

「たぶん」

明るくて前向きな光と、文句屋で人付き合いが苦手そうな由香里。隙あらば増え出す体重に悩む光と、女性らしい曲線に欠けているのが悩みの由香里――なにかにつけて対照的だが、ふたりの間には確かな友情が育っているようだ。

桃子がどこか遠くを見るような目で言う。

「大人になってもあんな友だちがいて、一緒に旅ができるなんて羨ましい……」

「意外だな」

章は、あっけにとられてしまった。

桃子はなんでもひとりで考え、さっさと決断する。悩みぐらいはあるのだろうけれど、相談相手はせいぜい母親、他人に相談したり、頼ったりしている気配はない。ビールの名前ではないが、独立『独歩』を地で行くタイプに見える。『猫柳苑』で働かせてほしい、とやってきたときも、母親にすら相談しなかったそうだ。

そんな桃子だから、旅行もひとりのほうが楽しめるだろうと思っていた。友だちとキャーキャー言いながら旅する姿は想像できなかったのだ。

驚く章に、桃子はへらっと笑って応える。

「基本的にはひとりのほうが気楽です。朝から晩まで他人と一緒にいるのって大変だと思ってたけど、あんなに自然体でいられる友だちとなら楽しいかもしれないなあ……って。とはいえ、母を置いていくのは気がかりですから、母以外との旅行は当分無理そうですけど」

「いや、二、三日ぐらい大丈夫だろ。行けばいいじゃないか、友だちと旅行」

桃子は目下、母親と一緒に住んでいる。だがそれは、母親の心情を気遣っているだけで、介護が必要というわけではない。娘が旅行をしたいと言っても、母親が反対するとは思えなかった。

「うーん、旅行できる友だちかあ……」

そこで桃子は考え込んだ。頭の中で友だちリストでもめくっているのだろう。

だがしばらくして、あきらめたように言った。

「仲のいい友だちはいますけど、結婚してて子どもが三人もいるんです。旦那さんも仕事が忙しいみたいだから、家を空けるなんて無理。旅行は難しいでしょうね」

「そうか……残念だね」

「そういう年代ですから、仕方ないですよね。彼女ほど仲がよくない友だちにしても、大半は子育て真っ最中です」

それきり桃子は黙り込み、光たちが使った皿やグラスを洗い始めた。

友だちと旅行できないことが寂しい以上に、『そういう年代』のステレオタイプ、すなわち『子育て中で家を空けられない。友だちと旅行する暇などない』に当てはまらない自分を嘆く気持ちがあるのだろうか。

独身なのは章も同じだが、桃子は女性だから、家庭を持っていないことに対する思いが男の自分とは異なる気がする。とりわけこの町は古くから続く温泉町で、考え方も価値観も保守的な人が多い。

ジェンダー論などどこ吹く風で、『早く結婚してお母さんを安心させてやれ』なんて、世話を焼く人が山ほどいる。

桃子同様独身の章も、そういったお節介《せっかい》に辟易《へきえき》させられているが、桃子は自分の比ではない気がする。しかも、そういう人に限って、結婚したら婚家に尽くすのが当たり前、夫の親と同居上等という姿勢で、残された桃子の母親がどうなるか、なんのためにに桃子がこの町に戻ってきたのか、なんて考えもしないのだろう。

――大変だな、桃ちゃんも。たまには息抜きできるといいのになあ……

由香里の仕事ぶりを確かめたわけではないが、人となりを見れば想像はできる。おそらく誠心誠意勤めていることだろう。桃子は由香里ほど文句屋ではないにしても、一生懸命に仕事をしてくれているし、責任感も強い上に親孝行と来ている。日頃の暮らしぶりを見ても、自分より母親を優先していることは明らか。毎日明るい笑顔を見せてくれるから気にしたこともなかったけれど、性格によっては由香里以上の文句屋になりかねない環境なのだ。

母親が頼りにしていることは言うまでもなく、『猫柳苑』にとっても、『ヒソップ亭』にとっても、桃子はなくてはならない人だ。気持ちよく働いてほしいし、できる限り幸せでいてもらいたい。

桃子にも、光と由香里のような楽しい一時を過ごしてほしい。そのために自分にできることがあるだろうか……

黙々と洗い物を続ける桃子の横顔を見ながら、章はそんなことを考えていた。

桃子の気がかり

「大将、私、やっぱりこのままじゃ、ちょっとまずいんじゃないかなって思うんですけど……」

桃子が、ぞんざいにマフラーを外しながら言った。

冬至も間近、午後五時半ともなれば日はとっぷりと暮れ、冷え込みが一段と増している。外にいるときにはありがたいマフラーであっても、暖かい店内ではまさに無用の長物。さっさと取り去りたい一心だったのだろう。

桃子は、『猫柳苑』と『ヒソップ亭』の両方で働く従業員だが、チェックアウトの客が一段落したあといったん帰宅し、母親と遅めの昼食を取ってから『ヒソップ亭』の夜の部の開店に合わせて戻ってくる。

父親が亡くなってひとりになった母親を気遣ってのUターンだったため、早朝から働く桃子が少しでも休息でき、かつ母親と過ごせるよう配慮した形ではあるが、昼食を取るために自宅に帰り、また戻ってくるのはかえって大変ではないかと章は思っている。

実際に、たまには母親を呼んで、『ヒソップ亭』で一緒に昼食を取ってはどうか、どうせ章自身も食べるのだから、ふたりの分も一緒に用意するよ、と提案したこともある。それでも、桃子は遠慮するし、母親も家のほうが気楽らしく、やむなく今の形を取っている。

だが、そんな生活もそろそろ二年、桃子も四十代に近づいている。体力的にも辛くなってきたのだろう。ここはひとつ、対策を考えなくては……と章は桃子に向き直った。

「そうだなあ……。桃ちゃんも、ここで働いたあと家にすっ飛んで帰って飯を食って、また戻ってきて働く、じゃなあ……」

ところが、章の言葉に桃子は、なんだか申し訳なさそうに言った。

「いや、私のことじゃなくて……」

「違うの？　じゃあいったい……」

「私が『このままじゃ、ちょっとまずい』って言うのは、『猫柳苑』のことです」

「ああ、そっちか……。なにか気になることでもあるの？」

訊ね返しながら、自分でも愚問だなと思う。

気になることはあるに決まっている。桃子は毎日、考えなしに働いているわけではない。常に問題点を探し、少しでも改善できないかと頭を捻ってくれている。『特製朝御膳』に添えるデザートのことや膝掛け毛布や荷物籠を置いてはどうか、といった提案もしてくれ、章は大いに助けられているのだ。

それにしても、戻ってくるなりこの台詞である。外でなにかそれを思わせることに出くわしたのだろうか、と章は桃子の言葉を待った。

桃子は、暖簾の隙間からちらりとフロントのほうを窺い、なおかつ声を潜めて言う。そんなふうに覗いてみたところで、『ヒソップ亭』からフロントは見えない。どちらかというと、偶然勝哉か雛子が通りかかるのを心配してのことだろう。

「駅前で、以前よく来てくださっていたお客さんを見ました。しかも今日、『猫柳苑』にその方の予約は入っていません」

「もしかして、佐竹さん？」

かつては『猫柳苑』の常連だった佐竹という客が、近頃他の旅館に乗り換えたらしい、という話は歴史好きの浅田から聞いていた。その佐竹を桃子も見かけたのだろうか、と思ったが、桃子は少し厳しい顔になって否定した。

「私、佐竹さんの顔なんて知りません。それに、佐竹さんだったらそんなに心配はしませんせん。逃げた魚がどこで泳いでいようが、一匹は一匹です。でも問題は、他にも逃げた魚がいたってことです」

「他にも……というと？」

「堂島《どうじま》さんです。正確に言えば、堂島さんご一家」

「え……」

　思わず言葉を失った。

『堂島さんご一家』というのは、十年以上『猫柳苑』に来てくれている常連だ。当然のことながら、章が彼らを知ったのは『ヒソップ亭』を開いてからになるが、その時点で、年に二度は必ず、どうかすると三度、四度と季節が変わるたびに泊まりに来てくれる常連中の常連だった。

　勝哉の話では、最初に来てくれたときは幼稚園児だった上の子どもが、今は大学生だそうだから、少なく見積もっても十三年、大学卒業間近だとしたら十五年以上来てくれていることになる。

　そんなに長い間常連だった一家が鞍替《くらが》えをしたとあらば、桃子でなくても動揺するに決まっていた。

「見間違いってことは？」

「ありません。毎年毎年二度、三度と拝見してれば、お顔は忘れっこありません。それに、大人四人であんなに仲良さそうに歩いているなんて、堂島さんご一家ぐらいのものです」

「そうか……。うちに予約が入ってないってのも間違いない？」

一縷《いちる》の望みを抱いて訊ねてみたが、桃子の答えは無情だった。

「ありません。私も、もしかしたら急に思い立ってやってきて、途中で予約したせいで、予約リストに名前がなかったのかもしれないと思いたかったんですけど、一家揃って『紅葉館《もみじかん》』に入っていかれました」

「『紅葉館』か……。そいつはまた……」

『紅葉館』は『猫柳苑』と目と鼻の先にある旅館で、宿泊プランは一泊二食付き、素泊まりは受け入れていない。しかも『紅葉館』では夜中過ぎから早朝にかけて浴場を閉鎖するため、深夜にふと目覚めて一風呂……ということもできない。

温泉好きなら、一晩中入り放題の『猫柳苑』のほうがいいに決まっている。以前は料金もどっこいどっこいだったが、素泊まりにしたことで『猫柳苑』はぐっとリーズナブルになった。そもそも『猫柳苑』は源泉掛け流し、大規模旅館で循環式にせざるを得ない『紅葉館』に後れを取るはずがない、と勝哉は常々胸を張っていた。

だが、家族揃って温泉が大好きで、あれほど『猫柳苑』を気に入ってくれていたはずの堂島家が、『紅葉館』に泊まっているとしたら、勝哉の自信は根拠のないものだった、ということになってしまう。

「もうね、見た瞬間『裏切り者！』って……」

「桃ちゃん、まさかそれ……」

「言ってませんよ。でも、本当は大声で叫びたい気分でした。だって、ひどいじゃないですか。長年の常連さんだったからこそ、うちだって精一杯サービスしてたのに。空きがあれば広めのお部屋にお通ししたし、お茶菓子だって普通なら一種類なのに二種類お出ししたり、冷蔵庫にサービスでミネラルウォーターを入れておいたりしたこともあります。それなのにあの人たちときたら……。もうこれから一生、自販機の欲しい飲み物が売り切ればっかりになっちゃえ！」

「微妙に嫌だな、それ。でも堂島さんたち、なんでまた……」

謎《なぞ》の呪いに苦笑しつつも、首を傾げる章に、桃子はあきらめたように言った。

「たぶんですけど、あのご一家は、『温泉旅館に泊まること自体』を楽しんでいらっしゃるんだと思います」

「泊まること自体？」

「はい。端的に言えば、上げ膳据え膳です。だってあのご夫婦は共働き、しかもかなりの激務らしいじゃないですか」

「そういや女将がそんな話をしてたな……。まあ、それぐらいじゃないと年に何度も温泉旅行なんてできないよな」

「でしょ？　日頃から一生懸命働いて、疲れたなーと思ったら温泉に来て寛ぐ。それで元気を取り戻してまたバリバリ……。そんなご夫婦にとって上げ膳据え膳って必須なんじゃないですか？　もっといえば部屋食必須」

せっかくの旅行だから、とことんのんびりしたい。ゆっくり温泉に浸かって、美味しいものを食べて、好みの酒を呑んで、そのまま寝てしまう。目が覚めたらまた温泉に入って、さっぱりしてもう一眠り……それが堂島一家の『温泉旅行』だとしたら、『外で好きなものを自由に食べられる』というのはデメリットにしかならない。

長年通い慣れているし、支配人夫婦ともそれなりに人間関係ができている。それもあって夕食なしになってからもしばらくは我慢して使ってくれたけれど、とうとう耐えられなくなって至れり尽くせりの『紅葉館』に鞍替えしたのではないか、と桃子は推察した。

「そこまでわかってるなら、あんなに文句を言わなくてもいいだろう」

「理性と感情は別なんです！」

「わかった、わかった。でも『紅葉館』って、そんなに至れり尽くせりなのか？　あの温泉好き一家が、源泉掛け流しじゃなくてもいいと思うほど？」

章は、他の旅館に泊まったことなんかない。『猫柳苑』ですら、客として訪れたことはないのだから、他の旅館がどういうサービスをしているかなんて、せいぜい口コミサイトか他の従業員たちの噂話でしか知らないのだ。

それでも、乏しい情報の中に『紅葉館』のサービスは特筆すべき、というものはなかった。

桃子は、これまた『さもありなん』の表情だった。

「『紅葉館』は最近、代替わりしたんです。社長で支配人だったお父さんが引退して、息子さんが跡を取られました。それでサービスについても、根本的に変えたみたいです。今まで以上に清掃を重視して、お手洗いは洗浄便座完備。備え付けのシャンプーやボディソープ、寝具まで含めてワンランク上のものに替えたそうです」

「よくそんな金があったな……」

「今まで少しずつ蓄えてた分を一気に使ったって話です。とにかくお客様の満足度を上げたい。温泉地なんだから、お風呂がいいのは当たり前。温泉の癒やし効果だけに頼ってないで、あらゆるサービスでお客様を癒やせるようにしたい、って、従業員教育や意識向上にも頑張ってるみたいです」

「正しすぎてなにも言えないな……」

温泉の癒やし効果だけに頼らない、というのは本当に素晴らしい考え方だと思う。よほどの偏屈、あるいはアレルギー体質でもない限り、温泉なんて見たくもないという人はいないだろう。食欲も増進させてくれるし、美肌効果もある。温泉に入ったあとは熟睡できるという人もいる。

なんだか気持ちがすっきりして、さあ頑張るぞ、と前向きになれる。温泉は身体ばかりか、心まで回復してくれる。だからこそ、人はこぞって温泉を訪れるし、一度に止まらず、二度三度と湯に浸かる。それほど、温泉というのは魅力の宝庫なのだ。

にもかかわらず、温泉旅館は温泉があるだけで十分、放っておいても客は来るとあぐらをかくことなく、あらゆるサービスの質を上げる。その姿勢は、同じ接客業として見習うべきものだった。

「私も、素晴らしいと思います。代替わりで経営者が若い人になったとたんに合理化一直線、シンプルなサービスって言えば聞こえはいいですが、温かみが失《う》せてがっかり、ってことも多いのに、『紅葉館』はまったく逆ですからね」

「うちの支配人には耳が痛い話だな」

『猫柳苑』は、代替わりでサービスのシンプル化を目指した典型例である。料金を下げることでリピーターを増やすという作戦には頷けるものもあったし、上げ膳据え膳の宿とは住み分けが可能だと思っていた。現に、経営が悪化したという話は聞いていない。それでも、佐竹や堂島一家のような長年の常連が離れつつあるのは心配だ。桃子が眉《まゆ》を顰《ひそ》める理由は頷けるものだった。

さらに桃子は、昨今の客の定着率についても触れる。

「支配人は、お値打ち価格でリピーターを増やす、って目論見《もくろみ》だったと思うんですけど、私が見たところ、リピーターが増えたとは思えないんです」

桃子は人の顔を覚えるのが得意で、よほどでない限り一度会った人は忘れない。特に客の顔はしっかり覚えていて、再訪に感謝する言葉を添えて挨拶をする。『いらっしゃいませ』のあとに、名前が続くかどうかは、客の印象を大きく左右する。通り一遍の挨拶とは異なり、『自分自身』を歓迎してくれている、と感じられるからだろう。挨拶に名前を添えるのは、客の心理というものを、桃子がきちんと理解している証だった。

桃子はいつも、そんなの大したことじゃない、と謙遜する。宿泊予定者一覧にはリピーターかどうかが明記されているし、客の名前も書いてあるのだから難しいことではない、むしろ客商売をしているのにそれぐらいできなくてどうする、と言うのだ。

その桃子が、『増えたとは思えない』と言うのであれば、それは事実なのだろう。

「それについて支配人はなにか言ってた？」

顔を覚えているか否かにかかわらず、名簿を見ればリピーターが増えているかどうかは一目瞭然だ。勝哉のことだから、事実は認識しているに違いない。対策を立てているのか、それとも放置か。そもそも問題視していない可能性もある。いずれにしても、章も気になるところだった。

「この話を支配人としたことはありません。佐竹さんの話を聞いたときも言いませんでしたし、堂島さんご一家については今さっき見てきたばかりですから」

たとえ見てきたばかりではなかったとしても、『逃げた魚』の話なんてできない。日中はそれぞれの仕事に忙しくて親しく言葉を交わす暇などないし、昼食時間になると桃子は帰宅する。偶然話す機会があったとしても、年下の桃子が、親の代から世話になっている経営者夫婦を捕まえて、店の問題点を指摘するのは難しいはずだ。

その点、章とは毎日狭い店内で一緒に仕事をしているし、客が途切れればいろいろな話をする。『ヒソップ亭』は『猫柳苑』とは形式上別の店ということもあって、経営に触れる話題であっても持ち出しやすかったのだろう。

「そうか……。実は俺も、最近知らない客ばっかりが来るなあ、とは思ってたんだ。この間来てくれた由香里さんたちみたいに、リベンジしてくれる客はレアだし、初めての客を惹《ひ》きつけられないってのはまずい。その上、昔からの常連さんまで離れていくとしたら、お先真っ暗だ」

「丸田さんや浅田さんは相変わらずご贔屓にしてくださってますから、お先真っ暗とまでは言い切れませんけど、先細りになりそうな気はします」

「丸田さんや浅田さんはもともと『おひとり様』だからな。とはいえ、いくら支配人の狙いが『おひとり様』だといっても、その『おひとり様』の常連だった佐竹さんはよそに流れた。やっぱり問題だよな……一度、支配人に話してみたほうがいいかな

「できれば……というか、おふたりの関係に支障が出ないなら」

章と勝哉、そして雛子が幼なじみだということは、桃子も知っている。職場を失うのは困るし、『猫柳苑』の将来は気になるけれど、長年の付き合いを壊すのはためらわれる。そんな桃子の気持ちが、章は手に取るようにわかった。

「大丈夫だよ。それぐらいで壊れるぐらいなら、とっくに俺たちの仲は終わってる。勝哉はものすごく友だち思いだし、雛子はそれに輪を掛けたようなお人好《ひとよ》しだ。多少厳しいことを言ったところで、どうってことないさ」

「だといいんですが……」

なおも心配する桃子に、まあ任せとけ、と胸を叩き、章はその話題を終わりにした。

「リピーターであろうがなかろうが、部屋が埋まってる限り問題ない。誰が払おうが、一室あたりの料金に違いはない。夕食をやめたことで浮いた人件費だってある。利益率を考えたら、前よりよくなってる。第一、これは『猫柳苑』の問題だ」

経営に口を出すな、とまでは言われなかった。

だが、限りなくそれに近い言葉が勝哉の口から出てきて、章はあっけにとられた。

桃子の話を聞いてから三日後、『ヒソップ亭』を閉めて帰宅しようと玄関に向かった章は、勝哉がひとりでフロントにいるのに気付いた。

勝哉は通常、夜間はフロントの奥にある事務室兼支配人室にいることが多い。わざわざ入っていくのは面倒だったが、フロントにいるなら話は別だ、ということで、章は勝哉のところに行き、佐竹や堂島一家が『猫柳苑』からよその旅館に乗り換えたらしいことを伝えた。

その上で、素泊まりの客を受け入れるのはいいにしても、夕食付きを全廃する必要はなかったのではないか。以前だって、両方のプランを用意して、客に選んでもらっていた。このままでは、かつての常連客がどんどんよそに流れてしまう。自分もできる限り協力するから、夕食提供、しかも部屋食の復活を検討してみてはどうか、と提案したのである。

勝哉のことだから、桃子や自分の心配を聞いてもただ困り果てるのではなく、冷静に問題解決に向けて動くだろうと考えていたのだ。こんなふうに、切り捨てられるとは思いもしなかった。

一瞬黙り込んだものの、ここでやめるわけにはいかない。章は、必死に反論した。

「いや勝哉、それは違う。『猫柳苑』の客が減ればうちの客だって減る。死活問題だ」

「だから、客の数は減ってないって言ってるだろ！　それに、『ヒソップ亭』は外からの客も使える店だ。うちとは関係なしに、客を呼べるんだ。『猫柳苑』のリピーター数なんて気にしてる暇があったら、どうやったらうちに泊まってない客を誘い込めるかを考えろ」

そう言うなり、勝哉は帳簿だか宿帳だかに目を落とし、それきり章がなにを言っても返事をすることはなかった。

――どうしちまったんだ、あいつ……。他のやつなら、虫の居所でも悪かったのか、と思うところだけど、勝哉に限ってそれはない。特に仕事に関わることで、気分や個人的な事情でどうこうって男じゃないんだ。いやでも……あいつだって人間だ。もしかしたら他に悩み事でも抱えてるのかもしれない。それが大問題すぎて、俺の言うことにかまってる余裕がないとか……

どうかそうであってくれ、と思う半面、幼なじみかつ恩人である勝哉にそんな大問題は抱えてほしくないという思いもある。

どうしたものか、と悩んだものの、とりあえず章はその場を離れた。これ以上留まっていても、問題が解決に向かうどころか、自分たちの長年の友情まで損《そこ》ないかねない。まさか、桃子の心配が本当になるなんて思ってもみなかっただけに、ショックは大きかった。

腑に落ちない思いのまま夜を過ごし、翌日早朝章は『猫柳苑』に向かった。向かったとは言っても、章の住むアパートと『猫柳苑』は目と鼻の先、通勤にかかる時間はおよそ三分である。

本来なら、朝の営業を終えたあと帰宅してもいいし、実際に洗濯や掃除のために帰ることもある。

だがその際、自宅で食事をすることはない。わざわざ自宅で食材や調味料を揃えて料理するよりも、『ヒソップ亭』で済ませたほうがずっと楽だし、仮眠や休憩のためなら『猫柳苑』の従業員用の休憩室の利用が認められているからだ。しかも、章はそれすらろくに利用せずに、時間があると港に行ったり、蔵元や調味料の製造元を訪ねたりしている。

これほど外で過ごす時間が長いのなら、自宅は必要ないのではないか。いっそ住み込みにしてはどうか、と勝哉に言われたこともあるが、さすがにそれは嫌だった。それまで住み込みだった従業員が、夕食提供をやめたことで通いとなり、部屋が余っていたにしても、章とて人間、ひとりになりたいときもある。やはり、独自の住まいが欲しかったのだ。

そんな章のために、この部屋を見つけてきてくれたのは勝哉だ。

この町は観光地なので、旅館やホテルはたくさんあるが、賃貸物件は意外と少ない。急に思い立って探してもなかなか見つからないし、見つけたとしても日当たりが悪かったり、静かとは言いがたかったりする。そんな中、勝哉は知り合いの不動産屋に頼み込み、退去が決まっているもののまだ一般に情報を公開する前の物件を押さえてくれた。

六畳一間に形ばかりのキッチン、風呂もトイレと一体型のユニット形式だが、日当たりだけは抜群で、ひとり暮らしで留守が多い章にとってはなによりの物件だ。なにせ、以前の職場にいたときは日当たり最悪のアパートで、換気もろくにできず、忙しさのあまり布団も敷きっぱなしにして黴《か》びさせてしまった。こまめに洗濯や掃除、時には布団を干しに帰れるばかりか、留守の間に勝手に日光消毒される部屋は、ありがたいとしか言いようがない。見つけてくれた勝哉に足を向けて寝られない状況なのだ。

なにからなにまで世話になりっぱなし。なんとか恩返しがしたくて頭を悩ませてきたが、これまでは自分が役に立てそうなことなどなかった。だが、今は違う。『猫柳苑』に夕食付きプランを復活させることで、離れた客を呼び戻せるなら、なにをおいても協力する。それなのに、勝哉はまともに取り合ってくれない。章は虚しくてならなかった。

気持ちは重かったが、幸か不幸か『特製朝御膳』の予約は入っていなかった。客と面と向かう必要がないことに安堵しつつサービスの朝食の支度《したく》をし、後片付けも終えた。

雛子が『ヒソップ亭』に入ってきたのは、夜の分の仕込み前に一休みしようとしていたときだった。


「章君、今大丈夫？」

礼儀上とりあえず訊ねはするが、否定の返事は認めないといった様子で、雛子はカウンターの椅子を引いて腰掛ける。

「忙しいところごめんなさい。仕込みをしながらでもいいからちょっと聞いてほしいの」

忙しいところ、とはよく言ったものだ。今はまだ午前中、正確に言えば午前十時半だ。

『ヒソップ亭』は、ランチタイムは店を開けないし、夜の営業は午後六時から。あらかじめできる仕込みは昨日の夜のうちに済ませてある。この時間が一番手空きなことぐらい、雛子は先刻ご承知のはずだ。

第一、今までわざわざ『ヒソップ亭』に入ってきて、しかも腰掛けて話をしたことがあっただろうか。たいていは通りすがりに呼び止め、そのまま立ち話で終わらせてきた。

座るということは、それなりに落ち着いて話したい内容だろうし、時間がかかることを予想しているのかもしれない。もしや、昨夜の勝哉の態度に関わりがあるのだろうか。ちょうど休憩のために淹れようとしていたお茶の湯飲みをふたつに増やし、章は雛子の話を待つ。

雛子は軽い会釈のあと熱いお茶を一口飲み、カウンターの中にいる章を真っ直ぐに見た。

「うちの人となにかあった？」

「なにかって……どうして？」

「昨日、っていっても日付はもう変わってたから正確には今日だけど、勝哉さん、なんだかすごく不機嫌だったの。どうしたのって訊いてもろくに返事もしてくれなかった。まあ、なにか気に入らないことでもあったんだろうと思ってたんだけど……」

従業員の前では、雛子は勝哉を『支配人』、章を『大将』と呼ぶ。だが、章しかいないときは『勝哉さん』と『章君』になる。この呼び方は、子どものころからのものだが、『さん』と『君』の違いが、三人の序列というか力関係を表しているような気がする。

確かに三人でいるとき、リーダーシップを取るのは勝哉だったし、生活、勉強を問わず散々世話になった。四十をすぎても『君』呼びされるのはちょっと……と思う日もあるが、このふたりにとって自分は、相変わらず『面倒を見てやらなければならない人間』ということなのだろう。

情けない話だ、と軽く落ち込みつつ、章は何食わぬ顔で応えた。

「どうせまた、客が変なことでも言ったんだろう。あいつは昨日、夜勤だっただろ？　客が夜中にフロントに来るのって、たいていなにか問題があるときじゃないか。問題っていうより文句？　こっちの落ち度ならまだしも、どうしようもない難癖《なんくせ》をつけられることもある。たぶん、それなんじゃねえの？」

自分の提案を即座に却下されたことは悔しかったし、面白くもなかった。ちょっとぐらい考えてくれても、という気持ちも強い。ただ逆に、だからこそ雛子には知られたくない。告げ口して、加勢してもらいたがってると思われるのは心外だった。

曖昧にごまかそうとする章を見透かすように、雛子はふふんと笑った。

「そう。だったらいいんだけど……って、よくはないか」

客商売をしている以上、どんな客であっても満足して帰ってもらえるように努めるべきだ。難癖だからと切り捨てるのはよろしくない、と正論中の正論を吐いたあと、雛子はまた訊ねた。

「本当になにもなかった？」

「なんでそんなにしつこいんだよ。ってか、なんで俺に訊きに来た？」

「だって昨夜、あの人の寝言に章君の名前が出てきたんだもん」

「あいつ、寝言なんて言うのか？」

「ばりばりよ」

勝哉は、普段から寝言は多いほうだそうだ。気にかかることがあると、ストレートに寝言で呟いたりする。誰かの名前を呼んだのも初めてではないし、以前、知らない女性の名前が出てきて問い詰めたら行きつけのバーの『お気に入り』だったこともあるらしい。だが、気に掛けていたのは勝哉のみ、相手は客のうちのひとりとしか思ってくれなかったため浮気には至らなかったという。

そんなこんなで雛子は普段から勝哉の寝言には気をつけているそうだ。とはいえ、雛子のことだから、大半は勝哉に大きなストレスがかかっていないか心配してのことだろうけれど……

とにかく、夜中から早朝にかけてフロント業務に就いていた勝哉は、雛子と交替で支配人室に戻り仮眠を取った。仮眠スペースは支配人室のさらに奥に設けられているため、勝哉の寝言は事務を執っている雛子にも聞こえてくる。その中に、『章の馬鹿野郎。人の気も知らねえで！』という言葉があったそうだ。

「人の気も知らねえで……？　それはいったいどんな『気』なんだよ。さっぱりわからない」

「やっぱりそうか……。でも、話を聞いても驚かないところを見ると、思い当たることはあるのね？」

「まあ……その……仕事上がりに客のことでちょっと話したかな」

「お客様のこと？　具体的には？」

真正面から訊ねられ、章はやむなく、桃子の不安も含めて昨夜の成り行きを話した。ろくに相手にされなかったとはいえ、『馬鹿野郎』呼ばわりされる原因はそこにしかないと思ったし、このまま雛子が引き下がるとは思えなかったからだ。

「そうか……佐竹様も、堂島様も最近お顔を見ないと思ってたら、よそに行かれてたのね。でもお元気ならなにより」

ご病気とか、懐具合が急変して旅行どころではなくなったわけじゃなくてよかった、と安心するところが、いかにもお人好しの雛子らしい。だが、『猫柳苑』で生まれ育った雛子は、勝哉以上に常連との付き合いが長い。寂しさを覚えないわけがなかった。

「いや、雛ちゃん。そんなに安心してる場合じゃないだろ。長いこと来てくれてた客が来なくなったんだぞ。もうちょっと危機感ってものを……」

「わかってるけど、勝哉さんは私以上に気にしてるのよ」

「え？」

昨夜の態度を見る限り、とてもそんなふうには思えない。誰が払おうが金は金だ、といわんばかりだったのだ。

雛子は、不満そうな章の顔を見て軽くため息をついた。

「あの人はたぶん気付いてるわ」

「気付いてるって、常連客がよそに流れてることにか？」

「そう。佐竹様のことも、堂島様のことも、もしかしたら他にもいるかもしれない『鞍替え』したお客様のことも……。その上で、私に対してものすごく申し訳なく思ってる。利益率は上がってるし、毎日の空室の割合も変わってないけど、客単価が下がれば売上自体が下がって収入が減る。その上、長年の常連を何人も失うことになった。全部、自分が経営方針を変えたせいだって思ってる……」

「なんでわかる？」

「寝言で章君の名前を呼んだのは初めてだけど、それ以上に、ずっと前からしょっちゅう聞く言葉があるのよ」

そこで雛子は、いったん言葉を切った。しばらく自分を鼓舞するような沈黙を続けたあと、再び話し始める。

「『ごめん、雛子。俺のせいだ』。それから『望月さん、申し訳ない』」

勝哉が『猫柳苑』に就職したのは、雛子の父、望月恭治《きょうじ》の熱心な勧誘によるものだ。ただ、その前提として、彼は勝哉に大学進学をすすめたらしい。

高校卒業後、章は専門学校に入って調理師の免許を取った。もともと料理に興味を持っていたし、勉強は大の苦手だったため、大学に行くよりも腕一本で生きていける料理人になりたいと思ったのだ。

だから、勝哉が大学に行くと聞いたときは驚いた。自分と同じぐらい勉強が嫌いだったから、てっきり勝哉はそのまま『猫柳苑』に就職するか、旅行業に関わる専門学校に行くものだとばかり思っていたのである。雛子の父のすすめだと聞いたが、それでも納得できなかった。回り道をせず、さっさと『猫柳苑』に入ればいい。雛子が母親について『女将修業』をするのだから、勝哉も雛子の父に仕込んでもらえばいいではないか。あえて進学をすすめるのは、実は勝哉が気に入らなくて、少しでも先送りにしてふたりが別れるのを待っているのではないか、と邪推したのである。

ところが、そんな章の意見を聞いて、勝哉は激怒した。

「ふざけたことを言うな！　親父さんは俺のことを考えて言ってくれてるんだ！　いずれ『猫柳苑』は雛子と俺に譲る。雛子は社長なんてまっぴらだって言ってるし、表向きの経営者は俺ってことになる。いろんな集まりに出なきゃならないし、よその経営者連中と付き合っていく上で、大学に行ってないってのはハンデになる、って親父さんは言うんだ」

経営に必要な知識云々《うんぬん》だけではなく、経験を作るために進学したほうがいい。それに、今は男の四割は大学に行く時代だ。これからはもっと大卒が増える。『猫柳苑』の従業員はもっぱら高卒だけど、先々大卒の従業員を使う時代が来るかもしれない。勉強なんてどこででもできるし、学歴が人間の価値を左右しないことなどわかっていても、大学って世界を知らないことで卑屈になる日が来ないとも限らない。現に自分にも、そんな日があった。だから、できれば進学して、自分が教えられない専門的な知識や、いろいろな人たちの考え方を学んできてほしい。将来の集客にも、きっと役立つことだろう――雛子の父は、そんなふうに語ったそうだ。

「そこまで言われたら、やるしかないじゃないか。俺は負けん気も強いけど、その裏返しで劣等感も強い。親父さんは、俺のそんな性格まで見越してるんだと思う」

そして勝哉は、大学に進んだ。しかも、経済学部経営学科に、である。

雛子は高校卒業後、そのまま『猫柳苑』に就職することが決まっていたし、彼女と離れたくない勝哉にとって、他に選択肢がなかったのだろう。なにせ、家から通えて経営を学べるのはそこだけだったのだ。さもなければ数学が大の苦手だった勝哉が、あえて数学が必須となっている大学を受験するわけがない。

勝哉は苦手な数学の壁を乗り越え、なんとか合格。経営について、四年間しっかり学んだあと、『猫柳苑』に就職した。

現在、男子の大学進学率は五十パーセントを超えたそうで、雛子の父が予測したとおり、『猫柳苑』にも大卒の従業員が増えた。彼らの大半はアルバイトだが、若いだけに学歴を絶対視する者もいる。卑屈になることもなく経営者としての立場を貫《つらぬ》けているのは、雛子の父のアドバイスのおかげなのだろう。

『猫柳苑』に入ったあとは言うまでもなく、入る前から勝哉は雛子の父の世話になっていた。その雛子の父、そして雛子自身が大切に守ってきた常連客たちが、離れていく。しかも、自分がやり方を変えたがために……

勝哉の心中は想像に難くない。申し訳なさ、不甲斐《ふがい》なさで満ち溢れているに決まっている。だからこそ、寝言で詫び続けているに違いない。

「寝言ってのは切ないな……」

「でしょ？　面と向かって謝ってくれれば、許しようも、慰めようもあるのに……。というか、許すようなことじゃないのよね。夕食の提供をやめようっていうのは、勝哉さんがひとりで決めたことじゃない。ふたりで相談して決めたことなの。ひとりで背負い込むのはおかしいのよ」

「とはいっても、言い出したのはあいつだったんだろ？」

「まあね……。でも、あの人は責任感が強いから……」

「それはわかる。でも、うなされるほど申し訳なく思ってるんなら、元に戻せばいい。よそに客を取られた原因がわかってるのに、手をこまねいてることないだろ」

桃子の父親が引退して、『猫柳苑』は料理人不在となってしまった。そこに人手不足も重なって『素泊まりの宿』を目指したのだろうけれど、今は章がいる。無料提供の朝食の評判だって悪くないのだから、夕食提供を復活させてはどうかという章の意見を、素直に受け入れればいいではないか。

「それがねえ……」

そこでまた、雛子は沈黙した。今度はさっきの倍ほど黙り込んだあと、雛子は意を決したように言った。

「うちの人、それでは章君が大変すぎると思ってるんじゃない？」

「大変すぎる？」

「だって、桃ちゃんは料理人じゃないでしょ？　桃ちゃんに任せて章君が休むわけにはいかない。『ヒソップ亭』は実質ひとりでやってるようなものじゃない。サービスの朝食だけでも大変なのに、夕食までとなったら、章君はお休みなしになっちゃう」

「今だって同じようなものだ」

『ヒソップ亭』は木曜日の夜が定休になっている。サービスの朝食の支度は休めないにしても、夜の営業がなければ、朝食の片付けを終えてから翌日の朝食までは自由に過ごせる。だが、章はその時間を使って、酒蔵や調味料の製造元を訪ねることも多いため、完全に自由時間とは言い切れない。ほぼ休みなし、といっていい状況だった。

「休みなしには慣れてる。そんな心配、ご無用だ」

「だからよ。桃ちゃんのお父さんもずっと、俺は大丈夫だって言い続けてた。でも、引退して一年で亡くなっちゃった……。あれはきっと、うちで働いているときの無理がたたったんだ、申し訳なさすぎる。もう誰にもそんなことになってほしくない、特に章には絶対、って勝哉さんは言うのよ」

「……それはなんとも言えないな。病気の原因なんて特定できるものじゃないし、ひとつとも限らないだろ」

「私もそう思う。気の毒だけど、そういう授かりだったんだ、って。でも、勝哉さんは違うの。いつだって章君のことをすごく心配してる」

「俺って、そんなに危なっかしいのかな……」

勝哉ではないが、不甲斐なさが寝言にまで溢れそうだった。

項垂《うなだ》れる章を、雛子は苦笑しつつ慰める。

「昔ほど危なっかしいってことはないわよ。ただ、勝哉さんは章君を心配する癖が付いちゃってて全然抜けないの。私もそういうところはあるけど、勝哉さんは筋金入り。章君が前の料亭を辞めたときは、そりゃあ大変だったんだから」

専門学校の校長から、章が首になった話を聞いた勝哉は『猫柳苑』に戻るなり、雛子のところにすっ飛んできたという。

「『章がヤバい！』って……。思わず私、言っちゃったわよ。『章君がヤバいのは今に始まったことじゃないでしょ』って」

「雛ちゃん、ひでえよ！」

「ごめん。でも、そのときのあの人、心底心配そうだった。どうしたらいいと思う？　俺になにができるかなって、その辺をうろうろ……。私が、『猫柳苑』の厨房を改装して、お店を開いてもらったらどう？　って言ったら、その日のうちに見積もりを取りに行っちゃった」

章にその気があるか、あったとしても、厨房は料理を作るだけの場所、客を受け入れる店舗とは違う。改築費用を『猫柳苑』で丸被《まるかぶ》りするわけにはいかないし、多少なりとも負担してもらうことになるが、章は用意できるのか。

考えなければならないこと、本人に確認すべきことはたくさんあった。

にもかかわらず、勝哉はすっかり『猫柳苑』に新しい食事処を作るつもりになっていた。章の意見なんて訊くまでもない。生まれ育った町で、しかも俺たちと一緒に働けるんだから断るわけがない、と決めつけたそうだ。

「費用なんて出世払いでいい、とまで言ったのよ？　『猫柳苑』だってそこまで余裕なんてないのに」

もしもあのとき、章がうんと言わなければ、どうなっていたことやら……と雛子は当時を振り返った。

「心配性でお節介、おまけにせっかち。本当に困ったやつだし、昔と全然変わってない。でもあいつは……」

「最高の友だち、でしょ？」

「そのとおりだ。だからこそ、俺だってあいつの役に立ちたい。雛ちゃんだって同じだ。雛ちゃんの親父さんやおふくろさんが大事にしてきた『猫柳苑』を、今度は俺たちで守っていきたいんだ。それに『ヒソップ亭』が一役買えるなら、言うことなし」

章は将来料理人になりたいという夢もあって、高校生時代から飲食関係の仕事をしてきた。その経験から考えても、飲食業界はかなりハードな職場が多い。アルバイトやパートならともかく、社員となれば六連勤、七連勤など当たり前で、名目上休みが入っていたとしても、研修やイベントに駆り出される。そんな業界に二十六年もいるのだから、そういう身体になっている、と章は主張した。

「そうか……そこまで言ってくれるなら、私からも勝哉さんに言ってみる。このままだと、どこかであの人がおかしくなっちゃいそうで怖いの」

勝哉は昔からずっと三人のなかの親分役だった。面倒見がよくて頼りがいがあるし、腕っ節も強かった。だからこそ雛子も勝哉に惹かれ、生涯をともにすると決めたのだろう。

それでも夫婦になってから既に二十年、庇《かば》われるだけの関係はお互いに思い遣る関係に変わったに違いない。勝哉が雛子を思う気持ちと同等、あるいはそれ以上に雛子は勝哉を心配している。

自分にもこんな相棒がいれば、人生はかなり違ったのかもしれない。ふたりの絆《きずな》の強さを見せつけられたようで、章は少し落ち込んでしまった。

「勝哉はそんなに柔《やわ》じゃねえ、って言いたいところだけど、あいつだって人間だ。へこたれた気持ちが寝言に溢れてるようじゃ、雛ちゃんが心配するのも当然。むしろ寝言を盾に取って、たまには章に甘えろ、ぐらい言ってやってくれよ」

「ありがと。受け入れるかどうかは別にして、とにかく話はしてみる」

そう言うと、雛子はきちんと椅子を戻して『ヒソップ亭』から出ていった。来たときよりもほんの少し明るい表情になったような気がして、章は嬉しかった。

雛子と話をしたあと、章は港にある『魚信』に向かった。

今日の献立はほぼ決まっていたが、なにか珍しい魚があればおすすめ料理に加えてもいい。なにより、久しぶりに章の師匠である店主と釣り談義をしたい気持ちが強かった。

『魚信』店主の名前は徳田《とくだ》信一《しんいち》という。言うまでもなく店名に入っている『信』は、信一の『信』で、初代信之介《しんのすけ》、二代目信治郎《しんじろう》、三代目信吾《しんご》と続いた四代目の店主である。

信一は章の顔を見るなり、歓声を上げた。

「『ヒソップ亭』じゃねえか！　なんていいところに来やがるんだ。明日の昼あたり、潮の具合がいい感じになりそうだ。久しぶりに船釣りに行こうと思ってるんだが、ひとりじゃつまらん。おまえ、行かねえか？」

「つまらないっていうよりも、奥さんにひとりじゃ駄目って止められたんでしょ？　何かあったときに大変ですからね」

「察しのいい男は嫌いだよ！　じゃあいい。別のやつを誘う」

核心を突かれたらしき信一は、ふてくされてそっぽを向く。そのタイミングで奥から出てきた信一の妻美代子《みよこ》が、にやにや笑いながら言った。

「別のやつなんていないくせに。あんたの釣り談義なら『釣り説教』に付き合ってくれるのは、章さんぐらいのものよ。ごめんね、章さん。時間があるようなら付き合ってやって」

そうしてもらえると私が安心なの、と美代子は軽く頭を下げた。

「全然です。むしろ誘ってもらえてありがたいぐらいです。俺を船に乗せてくれるのは師匠ぐらいですから」

「船に乗りたきゃ、漁師連中に言えよ。みんな人手不足で困り果ててる。おまえは立ち仕事で足腰も丈夫だろうから、さぞや喜ばれることだろうさ」

「嫌ですよ。俺は漁師になりたいわけじゃない。漁師が獲ってきてくれたものを料理して食わせるのが性に合ってるんです」

「たま——に、自分で釣った魚を出すこともあるんだろ？　漁師みたいなものじゃねえか」

「たま——にって……。とにかく趣味で行くのと、仕事は違いますよ。俺にとって釣りは息抜きです」

「息抜きにしちゃあ、ストレスが多そうだがな」

「どうせあんまり釣れませんよ！」

「船なら大丈夫だ。魚探フル稼働で、獲物の群れの中に突っ込んでやる。いくらおまえでも、ちったあ釣れるだろ」

「そこまで言わなくても……」

がっくりと頭を垂れた章を見て、『魚信』夫婦は大笑いだった。

この店主はとにかく口が悪い。妻はまだ言葉こそ選ぶけれど、似たり寄ったり。だが、ふたりとも根っから善人で、曲がったことが大嫌いだ。無条件で、この人たちならなにか困ったことがあったときは必ず助けてくれる、と信じさせるものがある。

だから、どんなに悪い言葉をぶつけられても嫌な気がしないし、誘われれば断らない。信一と並んで糸を垂らすひとときは、章にとって貴重なストレス解消の時間だった。

「ってことで、明日、朝の仕事が終わったら来い。そのあとは休みだろ？」

本当は朝一番、夜明け前から繰り出したいところだが、そっちの仕事があるから勘弁してやる、と信一は恩着せがましい言い方をする。それを聞くなり、美代子が呆れ果てた声を出した。

「なに言ってんだか。朝一から釣りに出られたら、こっちの商売があがったりでしょ。うちは休みじゃないんだから、ちゃんと店が開けられるようにしてから行ってよね！」

美代子は魚を売ることはもちろん、捌くこともできる。だがこの夫婦には高校生の子どもがいるため、朝の美代子は弁当を作ったり、寝起きの悪い息子をたたき起こしたり……と忙しい。当然、仕入れに行く暇はないし、行ったところで魚の目利きは信一に敵《かな》わない。

釣りに出るのはいいにしても、開店の準備万端、営業に支障がないようにしていってくれというのはもっともな意見だった。

「つたく、口うるせえ女だな。まあいい。とにかく明日、朝の仕事が終わったらすぐ来いよ。で、思いっきり釣りまくって、夜はそいつらを肴に一杯やろう」

「いいですねえ！　で、明日はなにを狙うんですか？」

「え、おまえ、狙って釣れるほどの腕だったか？」

「師匠……」

そういうことじゃなくて……と章は口の中でもごもご言う。

釣りは獲物によって竿《さお》も餌《えさ》も異なる。狙って釣れる腕じゃないからこそ、適正な道具を選ばなければ『ボウズ』一直線なのだ。それぐらいわかっているくせに、と恨みがましい目で見る章に、信一は呵々大笑《かかたいしょう》だった。

「俺は青物とイカを狙うが、おまえには難しいかもな」

「イカ！　いいなあ。俺も一度ぐらいイカを釣ってみたいです」

「じゃあ、明日はイカにもチャレンジしてみるか？　釣り立てのイカをそのまま醬油に突っ込んだ沖漬けは最高だからな」

「細切りにして卵黄を絡めても旨いですよ」

「それは飯が止まらなくなるやつじゃないか！　よーし、明日はなにがなんでもイカを釣るぞ！　ま、駄目でもアイナメかメバルぐらいは引っかかるだろうさ」

「刺身でも塩焼きでも煮付けでもいけますね。料理は任せてください」

「そうこなくちゃ！　美代子、酒を用意しておいてくれ！」

日本酒のいいやつ、あとビールな、と念を押され、美代子は笑顔で頷いた。さらに、章に向かって言う。

「章さん、売り損ねたビールがあったら引き取るわよ」

「お、そうだな。どうせおまえのことだから、あれもこれも仕入れまくって売れないままに期限切れになりそうになってるやつがあるんじゃねえか？」

夫婦揃って失礼極まりない。けれど、彼らの言うことは実は間違っていない。現に、『ヒソップ亭』の冷蔵庫には何種類もの地ビールが並んでいる。賞味期限切れはないにしても、仕入れてから日が経っているものもあるし、地ビールは劣化スピードが速い。さっさと呑むほうがいいに決まっている。それを買い取ってくれるというのだから、ありがたい話なのだ。

とはいえ、ではお願いします、なんて言えるわけがなかった。

「ビールは持ってきますよ。でもお代はけっこうです。船に乗せてもらうんですから。日本酒もご心配なく。料理に合いそうなやつを選んで持ってきます」

「いいとこあるじゃねえか、『ヒソップ亭』。じゃあ、明日な！」

信一は勢いよく章の肩を叩いて、そのまま奥に入っていこうとする。釣り竿の手入れでもするつもりかな、あるいはルアー……と考えながら見送ろうとした章は、そこではっと気付いて慌てて呼び止めた。

「いや、師匠！　俺、魚を見に来たんですけど！」

「なんだ仕入れだったのか。そこらの適当に持ってけ」

「適当に持ってけってことはないでしょ！　ほんとにあんたときたら……」

お楽しみで頭がいっぱいなんだから、と苦笑しつつ、美代子はショーケースからいくつかの魚をすすめてくれた。

章もプロの料理人だから、魚の料理法についてはよく知っているつもりだ。だが、魚屋はその日仕入れた魚の状態を一番よくわかっている。アジひとつとっても刺身、叩き、焼く、揚げる、揚げるなら唐揚げかフライか……と様々な料理法がある中で、どれが一番美味しく食べられるのかを熟知している。魚屋の意見は、プロの料理人であっても傾聴に値する。とりわけこの夫婦は経験が豊富だし、研究にも余念がない。テレビやインターネットで知った料理を作ってみて、自分なりのアレンジを加えた上で客に教えてくれることも多い。だからこそ『魚信』は客から圧倒的な支持を受けているし、章も足繁く『魚信』に通うのだ。

その日も、イカとキノコを炒めて大葉とレモンで仕上げる料理を教えられたあと、章は買った魚を抱えて『ヒソップ亭』に戻った。

早速教えられた料理を作ってみると、これが絶品。夜の営業がなければ、すぐさまビールを開けていたに違いない仕上がりだった。

プロなのに人から料理を教えてもらうってどうなんだ、と思わないでもないが、どんな人が考えたにしても、旨ければそれでいい。特に美代子の料理センスは抜群だから、参考にさせてもらうに越したことはない。学ぶべきは学び、一歩でも前へ。それが章の信条だった。


「予報どおりとはいえ、ここまで晴れ上がるとは思わなかったぜ」

ピクニックならまだしも、釣りでここまで晴れられるとなあ……と、信一は少々残念そうに言う。

釣りの場合、雨が降っているときのほうが、魚の食いつきがいいからだろう。

それはわかるが、彼はいつも一言多い。やっぱりここでも、よけいな一言が降ってきた。

「ま、『ヒソップ亭』は雨だからってものすごく釣れるわけじゃねえんだから、見渡す限り雲ひとつねえってほうが気持ちも晴れ晴れしていい。くっそ寒いのは玉に瑕《きず》だが」

「だから師匠……俺が下手くそだから船に乗せてくれるんじゃないんですか？　魚探を駆使して、魚の群れに突っ込んでくれるって言ってたじゃないですか」

「おお、そうだったな。ま、やるだけやってみるか。駄目なら夜まで引っ張って、ライトをばーっと当ててイカを……」

「駄目よ。章さんは明日も朝早くから仕事だし、あんたみたいに仕入れが終わったら私に任せて一眠り、なんてわけにはいかないんだから！」

美代子に鋭く突っ込まれ、章はほっとした。

「相変わらず口うるせえやつだ。『ヒソップ亭』、こんなやつほっといて、さっさと出かけよう」

いざ出陣、と信一は船の係留場所に向かう。

章は海が大好きだから、たとえまったく釣れなくても船に乗るのは楽しい。幸い船酔いもあまりしないタイプだし、信一の船である『魚信丸』は小さいながらも、屋根付きの船室やトイレはもちろん、必要な設備はすべて揃っている快適な船だ。天気がよくて穏《おだ》やかな海を、『魚信丸』で渡るのは、楽しみ以外の何物でもなかった。

「本当にいい天気ですね。こんなに海が静かなのは初めてかも」

「確かに。冬とは思えないぐらい日差しが強くなってきたし、おかげで寒さも和らいだ。前回と大違いだな。風は強いし、波は荒いし、おまえなんて船室で倒れてたじゃねえか」

「倒れてたんじゃありません。釣り場に着くまではすることがないから、休んでただけです」

「そういうことにしといてやるよ。とにかく今日は船酔いとは無縁そうだ」

あとは釣果だ、と信一は舵を取る手に力を込める。そして、ふと気付いたように章を振り返った。

「最近『猫柳苑』の調子はどうだ？」

「どうって言われても……」

「晩飯を出してたころは、納品ついでに支配人や女将と話すことも多かったが『ヒソップ亭』ができて仕事相手がおまえさんになったせいで、せいぜい挨拶をするぐらいになっちまった」

「すみません。『魚信』も仕入れ量がものすごく減ったんじゃないですか？」

厨房を抱えて宿泊者の夕食を賄っていたころと、外に食べに行くという選択肢がある今とでは、必要とする食材の量が全然違う。自分が『ヒソップ亭』を始めたことで、『魚信』と『猫柳苑』の取引はずいぶん縮小されたはずだ。それなのに信一は、『ヒソップ亭』の店主である自分に釣りを教えてくれたし、こうやって船にも乗せてくれる。それを思うたびに、章は申し訳なさでいっぱいになってしまう。

だが、信一はあまり気にしていない様子、それどころか逆に章に礼を言う。

「なに言ってるんだか。おまえが来なければ、『猫柳苑』との付き合いは終わってたんだぞ」

支配人も女将も、サービスで朝飯を出すつもりはあったそうだが、ふたりとも料理人じゃない。

『自分たちでできる範囲』となったら、せいぜい卵料理とみそ汁、ちょっとした和え物が関の山。もしかしたら握り飯とそこらで売ってるロールパンと飲み物だけということも考えられた。魚屋なんて出る幕なしだ。だが、『ヒソップ亭』ができたおかげで、朝食に使う干物やみそ汁に入れる貝も仕入れてもらえる。夜の営業で使う食材だって馬鹿にならない。

仕入れの量こそ減ったかもしれないが、章は損得度外視で質のいい食材を求める。要するに単価が高く、金額そのものは激減と言うほどではない、と信一は言ってくれる。

今回もひとしきりそんな説明をしたあと、再び彼は話を勝哉夫婦に戻した。

「最近、『紅葉館』の仕入れが増えてきた。あそこはもともと一泊二食付きだから、仕入れ量が増えたってことは客が増えたってことだ。それはめでてえことなんだが、その分どこかが減ってるんじゃねえかって気になってな」

統計なんて確かめたことはない。この町を訪れる人間自体が増えている可能性もあるが、なんとなく客の総数が増えた気はしない。となると、増えたところがあれば減ったところもあるはずだ、と信一は心配する。

「こう言っちゃあなんだが、旅館関係はうちから仕入れてくれてるところが多い。そのどこも『紅葉館』が増えた分ほど減っちゃいないんだ。となると、客が減ったのは……」

「『猫柳苑』なんじゃないか、って師匠は思ってるってわけですね」

「そうなんだ。実はこの間、銀行で支配人を見かけてね。町中ならともかく、そんな場所で声をかけるのもおかしなもんだし、なによりあっちは銀行のやつと話をしてたからそのまま帰ってきたけどな」

信一は売上を預けに行ったらしいが、そのとき勝哉は融資相談の窓口にいたそうだ。真剣そのものの表情で話し込んでいたから、なにかの融資を申し込むつもりだったのかもしれない。

銀行から金を借りなければならないような状況だとしたら、『猫柳苑』は相当ヤバいのではないか、と信一は真剣な眼差しで言った。

「融資……資金繰りがうまくいってないってことですか？　それはないと思います。つい最近、支配人と話したんですが、そのときだって『猫柳苑』の利益率は上がったぐらいだって……」

「珍しいな。おまえと支配人がそんな話をすることがあるのか？」

「まあ、成り行きで……」

「どんな？」

もしも一欠片でも『野次馬根性』的なものが窺えていたら、章は話をごまかしただろう。だが、信一があまりにも心配そうだし、話を打ち切るつもりもなさそうだった。そのため、とうとう章は『猫柳苑』の夕食提供を復活させてはどうかという提案をし、即座に断られたことを話さざるを得なくなった。

「……というわけなんです。俺も、夕食を出さなくなったせいで『猫柳苑』の客が減ってるんじゃないか、って心配で提案したんですけど、これは『猫柳苑』の問題だ、ってとりつく島もありませんでした」

「そうか……。リピーターが増えないって客商売としては致命的だと思うけどな。で、女将はなんて？」

「女将は、利益率は上がってても売上が減ってるって心配してました。自分の口から支配人に話してみるとは言ってくれましたが……」

その話をしたとき、章は微かな光明を見出《みいだ》した気がした。売上が落ちているのは心配だが、そこを突いた雛子の説得で勝哉が方針を変えるのではないか、夕食付きプランを復活させてくれるのではないかと期待したのだ。

けれど翌日になっても雛子からはなんの話もない。おしどり夫婦のこと、話を持ち出すこと自体ができなかったはずはないから、話はしたが芳しい返事が聞けなかったのではないかと章は思っている。あえて『どうなった？』と訊く気になれずにいた。

「女将も説得失敗か」

「はい。基本的には女将も、夕食を出すと俺が大変になりすぎる、前の料理長の二の舞にはさせられないって思ってるみたいです。それだと説得力だってありませんよね」

「夕食を復活させるとなると人手も必要になる。そのあたりも、ネックかもしれんな……」

信一は、しばらく考え込んでいたあと大きく息を吐いた。

「夫婦揃って自分たちの商売より幼なじみの心配をするなんて、本当にお人好しだな。まあ、無理もない。支配人は前の料理長の葬式のとき号泣してた。人目も憚らず『俺のせいだ！』って……。料理長のかみさんや娘さんはもちろん、周りみんなして、そんなはずねえ、って慰めたけど、全然聞き入れなかった」

あのときの支配人は見ていられなかった。もう三年も経つのに忘れられない。あんな思いは二度としたくないという気持ちはわからないでもない、と信一は勝哉夫婦の肩を持とうとする。だが、章にしてみれば、ちょっと待ってくれ、だった。

「ですが師匠、俺と前の料理長は違います。年だって全然……」

自分はまだまだ若い、働き盛りなんだ、と章は主張した。だが信一は、それまで以上に厳しい表情で応えた。

「『ヒソップ亭』、自分を過信するのはよくない。年を取れば体力は衰える。いつまでも若いころみたいにはいかねえ。それに気付かないまま無理をさせた結果が、前の料理長だって支配人夫婦は思ってる。同じ轍《てつ》は踏ませたくないんだよ」

俺は大人だ。体調管理だってできてるし、自分のことは自分で考える——とは言えなかった。

勝哉夫婦の気持ちはありがたいが、それ以上に、信一の表情から、少なからず彼も同じような心配をしていることが伝わってきたからだ。

「支配人夫婦がそう思ってるなら仕方ねえ。『猫柳苑』はあの夫婦のものなんだから、どう経営するかもあいつらの考えひとつだ」

「でも……やっぱり上げ膳据え膳が『選べる』って大事なことだと思いますけどね……」

「そりゃあそうだ。選択肢は多いほうがいいに決まってる。もっと言えば、本当は女将だって夕食付きに戻したがってるんじゃないかと俺は思ってる」

「なんでそう思うんですか？」

「これはうちのかみさんが言ってたことなんだが、上げ膳据え膳の価値は、男と女じゃ全然違うんだとさ。家事をやってる者にとって、上げ膳据え膳かどうかは、宿を決める上でかなり大事らしい」

普段から食事作りを担っている人間にとって、座っていれば次々料理が出てきて、後片付けも一切いらない食事は旅の最大の魅力だ、と美代子は断言したらしい。

「『最大の魅力』って言い切っていいのか……」

「いいかどうかは知らねえが、少なくともうちのやつはそう思ってるし、あいつの友だち連中も同じ意見だそうだ。そう考えると、これまで『猫柳苑』を贔屓にしてた家族連れがよそにいったのも無理はねえ。野郎なら、部屋食じゃなくても、旅館の外に食べに行くのでも気にならないかもしれない。男は、仕事から帰ってきたら自動的に飯が出てくるもんだろ？　でも、女は違うんだそうだ」

「よくわからない……どこが違うんですか？」

外に食べに行こうが、『ヒソップ亭』で食べようが、用意も後片付けもいらないという点では同じではないか、と章は思った。だが、信一は苦笑しながら答えた。

「実は俺も同じことを訊いて、かみさんにどやされた。同じだと思ってるところがあんたの駄目なとこよ！　って。あいつが言うには、店を選ぶ、入った店でなにを食べるか決める、もうそれ自体が面倒なんだってさ。毎日の献立を考えるだけでうんざりしてる。なーんにも考えず、ただ座って出されたものを食べたい。へえーこんな料理法もあるのね、なんて驚きながら、だとさ。ぐうの音も出なかったよ」

「それって、『猫柳苑』の女将も同じように思ってるんでしょうか……」

「似たり寄ったりだろうな。うちのかみさんも『猫柳苑』の女将も根っから働き者だし、普段は忙しくてろくに座ってる暇もねえって感じだから」

「じゃあなんで、女将は支配人に賛成したんでしょう？　その場で、夕食の提供をやめたら魅力が半減だ、って言えばよかったのに」

女性、特に家庭の主婦の意見は旅行計画を左右しがちだ。たとえ夫が計画を立てるにしても、よほどのワンマンでない限り妻の意見を訊くだろう。女性にとって魅力がない宿が選ばれるわけがない。

そのあたりをしっかり説明すれば、勝哉だって考え直したはずだと言う章に、信一は首を横に振った。

「ま、言えなかったんだろうな。実際問題、前の料理長が引退したがる気持ちもよくわかっただろうし、女将は『猫柳苑』で生まれ育ったんだから、愛着だって半端ない。中途半端な料理人を入れて『味が落ちた』なんて言われるぐらいなら、きっぱりやめちまおう……って思っちまったんじゃないのか？　そりゃあ今はちょっと後悔してるのかもしれない。それでも、おまえに無理をさせてまで夕食を復活させたいとは思えない。幸い、利益率は落ちてない。売上が減ったっていっても、やってけないほどじゃないいんだろう」

「いや、でもそれって今現在の話でしょう？　これから先どうなるかは……」

「先のことなんてわからねえ。たとえ売上が右肩下がりになったとしても、それはそれで仕方がない。さっきも言ったが、決めるのは支配人夫婦だ。それに、今のスタイルを喜んでる客がいないとは限らねえ」

おひとり様にしても客層が変わったのではないか。料金を下げたことで、利用者の中心がそれまでの中高年から若者に変わっていないか。泊まりで温泉を楽しみたいけれど予算的に厳しい、と考えていた人たちが、『猫柳苑』に来てくれるようになったのではないか、と信一は訊ねた。

「確かに、昔に比べて若い客は増えたみたいです」

「だろ？　若い客はそう簡単にリピートなんてしねえしな」

若い客は行きたいところも多い。同じ観光地に二度、三度と足を運ぶのは、あっちもこっちも行き尽くした中高年だからこそだ。新しい場所に行くよりも、勝手知ったる場所で寛ぎたいという気持ちが『定宿』という観念を生み出す。それでも、一度来てみていいと思えば、将来また『猫柳苑』を訪れる可能性はゼロではない、というのが信一の意見だった。

「ま、種を蒔《ま》いてるって考えればそれはそれでありだろ」

「種……芽が出るのに時間がかかりすぎませんか？」

「それでもやらねえよりマシだろ。それに、なにもそればっかりやってろって話でもない」

魅力的なサービスは、上げ膳据え膳だけではない。むしろあれこれ世話を焼かれず気ままに過ごせることを喜ぶ客だっている。若者に限らず、会社の出張や年金暮らしになってからの旅なら、宿泊代が安いことが最優先とされる可能性だってある。いろいろな形で、客の満足を引き出す方法を考えればいい、と信一は言うのだ。

「『猫柳苑』は温泉なのにひとりで泊まれる。それだけでも魅力だと思うぞ」

「確かに……。少しずつ増えてはきてますが、やっぱり『おひとり様お断り』の旅館は多いですし、温泉は特にひとりでは泊まりづらいみたいですね」

「宿にしたってコスパが悪いんだろうな。同じ一部屋でも、ひとりとふたりじゃ、入ってくる金が違う。どうせなら三人、四人と泊まってほしいって思うだろ」

家族連れを歓迎する宿が多い中、『猫柳苑』のようにひとりでも泊まれる温泉旅館が見つからなくて困っている客は少なからずいるだろう。そういう意味で『素泊まり』『おひとり様』にターゲットを絞るという支配人の作戦は悪くない、と信一は言った。

確かに先般二度目の訪問をしてくれた由香里にしても、最初は『ひとりで泊まれるところが他になかった』という理由だった。宿の特色としてそこをアピールすべし、というのが一般的な見解なのだろう。

「やっぱり、家族連れはあきらめたほうがいいってことでしょうか……」

「あきらめろとは言ってない。ただ『ひとりでも泊まれる温泉』はそれだけで魅力があるってだけだ。支配人もそれがわかってて、そっちに舵を切ったのかもしれない。夕食提供にこだわるのはおまえが料理人だからじゃないのか？　サービスにはいろんな形があるんだぜ？」

「それぐらいわかってますけど……」

「おまえがその分じゃ、支配人夫婦も相当悩んでるに違いない。だが、このままじゃ『猫柳苑』に入る金は減る一方だぞ。近頃は銀行も金が余ってばんばん貸してくれるらしいけど、返せるあてのねえ金を借りるのは危なすぎる」

「……ですよね」

「ま、とんでもない思い違いで、銀行に来てたのはまったく別な理由って可能性はあるがな」

「むしろそうであることを祈りたい気分です」

「まったくだ……おっと、そうこう言ってるうちに着いたな。よし、じゃあ、せいぜい旨い魚を釣って支配人夫婦に差し入れてやろう。そうすりゃあのしみったれた顔も、ちったあ見られるようになるだろ。どうせ俺たちの分を料理するんだから、あの夫婦分が増えたところでどうってことないだろ」

「もちろん。ただし、釣るほうは頼みますよ」

普通の料理人なら、せっかくの休みなのに結局料理をするのか、と思うところだろうけれど、章は別だ。大物をばんばん釣り上げる信一から譲り受け、幼なじみの喜ぶ顔が見られるならそれに越したことはない。せいぜい腕を振るい、ついでにそれにぴったりの酒も添えて届けてやろう。

ふたり揃っての晩酌《ばんしゃく》は望めないにしても、旨い料理で寝酒を呑めば、悩ましい寝言も少しは減るかもしれない。

「ってことで、釣るぞ！」

船のエンジンを止めた信一が早速釣り糸を垂らす。最新式の魚群探知機のモニターには、足下の魚の群れが浮かび上がっている。これで釣れないようなら、竿なんて売り払っちまえ！　と信一に発破をかけられ、章もお気に入りの竿をブンと振って、ルアーを海に投げ込んだ。

「いやー、釣った釣った！　まさかここまですごいとは……」

三十センチ未満のサバやアジといった小物だけで、クーラーボックスが満杯になった。その上、船に付いている生《い》け簀《す》にもカンパチやブリといった青物と、この季節になんでそんなものが引っかかった？　と仰天した五十センチ超えのタイまでいるし、イカは釣れる端《はし》から醬油に突っ込んだのと、やはり生け簀に泳がせたものを合わせて十二杯。

いくら魚探大活躍とはいえ、万年『ボウズ』の章はもちろん、普段からばんばん釣り上げる信一ですら、過去に記憶がないというほどの釣果だった。

「絶対美代子に疑われるな。本当は誰かに譲ってもらったんでしょ？　なんて言われたら堪ったもんじゃねえから、いっそ港まで呼ぶか？」

「真実はひとつです。それに『魚信』は営業中、店を閉めてまで来てもらう必要はありません」

「そう言われればそうだな。じゃあ、とっとと持って帰ってこいつらを肴に一杯やるか」

かくしてふたりは、港に停めてあった信一の軽トラックに獲物を移し、意気揚々と『魚信』へ。

普段の仕入れと変わらない量の魚を見て疑うかと思った美代子は、ただただ感心するばかりだった。

曰く、これだけの量をくれる人はいないだろうし、買ったにしては金額が張りすぎる。そもそもこれでも魚屋の端くれ、釣ったばかりか買ってきたものかぐらいはわかる、とのこと。言われてみればそのとおりだった。

その時点で時刻は午後六時。『魚信』は七時には店を閉めるから、その間に料理をすれば美代子も一緒に食事ができる、と信一は言う。気配りに富む発言のように聞こえるが、要するに自分はもう仕事をする気がないということだろう。それでも、美代子は笑っている。きっと、釣りに行った日は営業時間中に帰ってきても仕事はしないというのが慣例になっているに違いない。

「これだけあれば、明日は仕入れに行かなくていい。釣りは魚屋にはうってつけの趣味だな」

「なに言ってるの。いくらたくさんあっても、カンパチとブリとイカ、あとはアジとサバしかないのよ？」

「タイもあるぜ？」

「そのタイは夜のうちになくなるわ。あんたも私も、子どもたちだってタイは大好物。おまけに章さんが料理してくれるとなったら、朝まで残ってるわけがない。とにかく夜中呑んだくれて、明日の仕入れをサボる気かもしれないけど、そうは問屋が卸しません」

『魚信』も『ヒソップ亭』も明日は通常営業なんだから、さくっと呑んで、さくっと解散、と美代子にお尻を叩かれ、章と信一は店の奥にある階段から二階に上がる。

『魚信』の建物は、一階が店、二階と三階は住居という店舗併用住宅だった。

これまでに何度もお邪魔しているし、台所だってしょっちゅう借りている。まさに、勝手知ったる台所だ。信一は魚屋なのだから、鱗取りぐらいはやってくれるのではないか、という期待をよそに、彼はさっさと冷蔵庫からビールを取り出し、ソファにどっかと腰を下ろした。

「おまえも一杯やれよ、って言いたいところだが、おまえは酒を呑みながら包丁を振るったりしないよな」

「おっしゃるとおりです。俺は料理を仕上げてからいただくことにします。で、皆さん、タイが大好物っておっしゃってましたけど、なにかお好みの料理法がありますか？」

固い鱗をがしがし飛ばしながら訊ねると、信一は少し考えたあと、怒濤《どとう》の勢いで料理名を並べ始めた。

「まずは刺身。できればちょっとだけでも昆布で締めてくれると嬉しい。鯛飯《たいめし》もいいし、あっさり塩焼きも捨てがたい。あー寒いから鍋ってのもいいなあ……」

いくら五十センチ超えのタイでもそこまでは作れない。ひとりふたりで食べるなら、一品あたりの量は少なくて済むが、食べるのは五人となったらある程度の量が必要となる。自《おの》ずと品数は減ってしまう。今、信一が並べ立てたうちのいくつかはタイ以外の魚を使うしかなかった。

「昆布締めはやっぱりタイがダントツですからタイで。刺身と鍋はブリ、塩焼きはアジ、飯は……焼きサバとキノコの炊き込みってところでどうですか？」

「聞くだけで旨そうだ。あ、そうだ……タイの頭は……」

「ご心配なく。ちゃんと兜煮《かぶとに》にしますよ。でかいから食べ応えたっぷりでしょうね」

「そう来なくっちゃ！　じゃ、あとはよろしく！」

そう言うなり信一はビールを片手に、テレビを見始めた。どうやら時代劇の再放送らしい。

信一も、この土地の生まれで江戸っ子とはほど遠い。それなのに、この『べらんめえ調』はどこから来ているのか、とかねてから不思議だったが、どうやら時代劇の影響だったようだ。

頑固そのものに見えるのに、染まりやすいところもあるんだな……なんて思いながら、章は大ぶりのタイを三枚に下ろし始めた。

「ブリのしゃぶしゃぶって話には聞いてたけど、こんなにあっさりして美味しいのね！」

育ち盛りの子どもを抱えていると、鍋の具材も肉に傾きがちだ。特に、魚屋に生まれた子どもたちは、普段から魚ばっかり食べている。鍋ぐらいは肉にしてくれと頼まれ、水炊《みずた》きや豚しゃぶがもっぱらになっているという。ブリは刺身か焼き物がメインで、しゃぶしゃぶにしたことはないそうだ。

「これだけ脂が乗ってると、旨いのは旨いんだが量を食うのは辛い。その点、しゃぶしゃぶってのはいいなあ……よけいな脂がすっと落ちるし、ポン酢と大根下ろしを絡ませるとよけいにすっきり。いくらでも食える」

「本当ね。これなら子どもたちも喜んで食べるわ」

「え、あいつらの分はあるのか？　けっこう食っちまったが、大丈夫か？」

「大丈夫ですよ。ちゃんと取っておきましたから」

その子どもたちは、ひとりは部活、もうひとりは塾で、帰宅は八時をすぎるため、七時開始の宴会には間に合わない。途中参加か、酔っ払った大人が鬱陶しいと思えば別室で食事を取るのだろうけれど、子どもたちの分は別に確保してあるから心配はいらなかった。

章の言葉に安心したのか、信一はまた一切れブリを箸で挟んで鍋に入れる。

熱い出汁にくぐらせ、表面の色が変わるか変わらないかで引き揚げ、ポン酢に浸し、大根下ろしをたっぷり絡ませて口へ……

「くうーっ！　堪えられねえ！　刺身とはまた違った味わいだ」

「こっちの兜煮も美味しいわ。うちはどっちかっていうと味付けが濃いほうなんだけど、これぐらい薄味だとタイそのものの味がすごくよくわかる」

「そりゃそうだろ、なんてったって『ヒソップ亭』の売りは『素材を活《い》かした味付け』だもんな」

「これだけ素材が新鮮だと、生臭みを消す必要もないし、薬味も調味料も最小限で済みます」

「そりゃあ安上がりでいいな！」

がはは、と笑って信一は刺身の皿に目を細める。タイの昆布締めにブリ、カンパチ、イカの細作り、そしてアジの叩きまで盛り込んだ有田焼《ありたやき》の大皿は、口ばかりでなく目にもご馳走だった。

「こっちのご飯も美味しいわあ……。サバの炊き込みご飯って、缶詰を使うレシピが多いけど、釣り立てのサバを焼いて混ぜ込むなんてすごく贅沢。マイタケの香りも素敵だし」

「昨今、サバ缶も値上がりしてますからね。釣ってきたサバなら圧勝でしょうね」

「言われてみれば……」

大いに納得したらしき美代子は、炊き込みご飯の最後の一口を食べ、恨めしそうに炊飯器を見る。

「おかわりしたいけど、食べすぎよねえ……」

ご飯は美味しい。ブリしゃぶだって、兜煮だって、刺身だって美味しい。生きたまま醬油を吸わせたイカの沖漬けなんて語るまでもない。だからといって、食べたいだけ食べていては、体重計がとんでもない数字を示すことになる。ここは我慢だ、と美代子は茶碗《ちゃわん》を置いた。

「ほんと、嫌よねえ……。年を取るとすぐに太るし、なかなか痩《や》せない。おまけに肥満って、ストレートに病気に結びついちゃうし」

「確かに身体の心配は増える一方だ」

年は取りたくねえ、と呟いたあと、信一はさらにブリしゃぶを堪能。その後、『司《つかさ》牡丹《ぼたん》 船中八策』を冷やで呑み始めた。辛口ですっきりした味わいが、タイの昆布締めの上品な味わいをさらに引き立てる。米の味がしっかり感じられて旨い、と大喜びし、水かと思うような勢いでグラスを空にしていった。

料理が変わるたびに、酒も変わり、そのたび信一は、章の料理と酒の選び方を褒めてくれた。だが、その後、なんの脈絡もなく出てきた台詞に章は面食らった。

「でも、あれだ、もうひとりいればどうってことねえよな」

「は……？」

美代子が慣れきった様子で突っ込みを入れる。

「だから、あんたはどうしてそう唐突なの！　話の前と後が全然繋がってないじゃない！」

「お？　ああそうか、そうだったな。あれだよあれ、昼間途中になってた『猫柳苑』のこと」

いきなり『入れ食い』状態に突入したおかげで、話が中途半端になってしまった。てっきりそのまま忘れてしまったのだと思っていたが、そうではなかったのか、と章はほっとする。『猫柳苑』のためだけではなく『ヒソップ亭』の店主としても、もっと信一の意見を聞きたいのは山々だったが、改めて持ち出していい話かどうか判断に困っていたのだ。

そこで章は、怪訝な顔をしている美代子に大まかな説明をし、ふたりの意見を待った。

「女将さんが気の毒だわ……」

美代子は開口一番そう言った。

「親から譲り受けた『猫柳苑』も大事だし、従業員も蔑《ないがし》ろにできない。いわゆる家付き娘で性格がきついって思われがちだけど、女将さんはすごく心根が優しい人だから、さぞや悩んだことでしょうね」

前の料理長の仕事ぶりはよく知っていたし、今『猫柳苑』の食事提供を担っている『ヒソップ亭』の主は、四十年近い付き合い、しかも夫婦揃っての幼なじみだ。章に、夕食提供を復活させたら、と提案されたとき、飛びつきたいと思う半面、章に何かあったらどうしようという不安に襲われたのだろう。さぞや苦渋の選択だったに違いない、と美代子はため息をついた。

「苦渋の選択か……。支配人もそんなところだろうな。だから俺が言うんだ。もうひとりいればって」

「確かにそう言ってましたね。でも、もうひとりって？」

訊き返した章に、信一は考え考え答える。

「『ヒソップ亭』にもうひとり料理人がいれば、ってことよ。そうすりゃあ、交替で休みが取れる。のんびり釣りにだって行けるし、切り上げる時間なんて考えずに呑んだくれられる」

「呑んだくれたいのはあんただけでしょ！」

信一の肩をパシッと叩きつつも、美代子も夫の意見に賛成する。

「休みの日をどう使うかは別にしても、休みは必要よね。休みがあるっていっても、今みたいに朝ご飯の片付けを終えて、翌日の朝ご飯の準備までって状態じゃ、休んだ気がしないでしょう？」

「いや、それはもう慣れて……」

「だから、それは俺が昼間も言ったじゃねえか。いつまでも若いつもりでいるんじゃないって」

「そうよ。四十を超えたら体力は坂を転がるみたいに落ちていくのよ。どうにもならなくなる前に、自分でなんとかしなきゃ。そういう意味では『もうひとり』っていうのは大正解よ」

「そうは言っても……」

『ヒソップ亭』の経営は、ぎりぎり赤字を免《まぬが》れている状態だ。桃子の給料ですらやっとで、『もうひとり』なんて、口で言うほど簡単な話ではなかった。

そんな金は……と口の中でもごもご言っている章に、美代子が共感たっぷりの口調で言った。

「そうよね……。簡単に増やせるぐらいならとっくにやってるわよね。うちだって、もうひとりいればばっていつも思ってるけど、実際は無理。人件費はかかるし、なにより来てくれる人がいないのよ。うちは定休日がある分マシだけど」

「そりゃそうか……だが、『猫柳苑』の晩飯も丸ごと引き受けるとなったら、その分上がりだって増えるだろ？　それでなんとかなるんじゃねえのか？」

「それって、けっこう危険な賭《かけ》ですよね」

従業員が増やせなければ、夕食は引き受けられない。夕食を引き受けたところで『素泊まり』に魅力を感じる客が多ければ、夕食の需要は増えない。『ヒソップ亭』は『猫柳苑』の直営ではないのだから、収入は朝食同様、その日に用意する数次第となるだろう。

となると人を増やしたのに売上が増えず、経費倒れになる可能性は否めない。逆に勝哉夫婦は、章がしっかり休める態勢を整えない限り、夕食付きプランの復活を認めないはずだ。美代子が言うように、雇いたくても来てくれる人がいない可能性もある。それぐらいのことは、勝哉夫婦だってわかっている。だからこそ夕食提供をやめたし、章の提案をはねつけるのだろう。見切り発車はあまりにも危険だった。

「確かに、鶏が先か卵が先かって話になっちゃうわね」

「うまく行かねえもんだな」

信一夫婦はものすごく残念そうに章を見た。

「すみません。せっかく具体的なアイデアまで出してもらったのに……」

「こんなのはただの思い付きだ。実際に役に立たねえんだから意味がない。しかしなあ……なんとか『猫柳苑』にとっても、おまえにとってもうまく行く方法はないもんかねえ」

「それこそ、あったらとっくにやってる、ってやつでしょ」

「ですよね……」

そこでまた三人でため息をつき、グラスの酒を含む。入れ食い大漁のあとにしては、静かすぎる夜がふけていった。

差し込む光

「大将、ひとつ頼みを聞いてくれ」

勝哉がそんな声をかけてきたのは、年も押し迫った十二月二十七日午後五時半、章が『ヒソップ亭』の夜の営業に備えて、直前でなければできない仕込みをしているときだった。

先日の雛子に引き続き、わざわざ『ヒソップ亭』の中に入ってきてのこと、なにかとんでもない事態が持ち上がったのではないかと、包丁を持つ手に力がこもる。

だが、それに続いて勝哉の口から出てきたのは、それほど難しい頼みではなかった。

「今日、『しだれ柳の間』に若い客が入ってるんだが……」

旅館にはよくあることだが、『猫柳苑』では部屋ごとに名称がつけられている。『しだれ柳の間』もそのひとつだが、比較的狭い上に日当たりも景観も悪いため、満室にでもならない限り使われることがない部屋だった。

「あそこを使ってるってことは、今日は満員御礼《おんれい》なんだな。めでたいことだ」

「そういうわけじゃない。とにかく安い部屋がいいって言うから、『しだれ柳の間』に入ってもらった」

「ふーん……まあ、日当たりとか景観とか気にしない客もいるからな。で、頼みって？」

「無理なら無理で断ってくれてもいいんだが、その客、たぶん出前を取ることになると思う。できれば、『ヒソップ亭』から出前してやってくれないかな」

『猫柳苑』は夕食を出さない宿なので、外に自由に食べに行けるし、出前を取ることも可能だ。これまでも、少し離れた食堂から丼物や麺類を取ったり、デリバリーでピザを注文したりする客がいなかったわけではない。部屋でゆっくり食べられる上に、金額的にも安く済むため、出前利用者は徐々に増えてきていた。

ただ『ヒソップ亭』はもともと出前をする店ではないし、これまで頼まれたこともなかった。勝哉もそれはわかっているからこそ、こうやってわざわざ頭を下げに来たのだろう。

「一番安い部屋に出前か……。切り詰めまくりだな」

「まあな……。もしかしたら出前じゃなくて、飯抜きの可能性もある」

「よくわからんな……飯を食う金もないようなやつが、なんで温泉に来てるんだよ」

旅行というのは、あくまでも趣味のひとつだ。しかも、それなりに金のかかる趣味でもある。食事代に事欠くような若者が、わざわざやって来るのはあまりにも不自然だった。

だが勝哉は、ちょっと自慢そうに鼻を鳴らして言う。

「そこが『猫柳苑』のいいところだ。なんせ素泊まりならビジネスホテルと大差ない金額で泊まれるんだからな。とにかく『温泉に浸かりたい』ってだけなら、飯を我慢してでも……」

「若い客なんだろ？　そこまでするかね」

少なくとも自分が若いころは、食い扶持《ぶち》を削ってまで温泉に行こうなんて思いもしなかった。たとえ疲労困憊《ひろうこんぱい》していたとしても、世の中には銭湯というものがある。昔ながらの銭湯はめっきり減ったにしても、昨今はスーパー銭湯と呼ばれる、千円前後の値段で大きな風呂に入り放題できるところが増えてきた。若い時分の疲れなんてそれで十分癒やされる。それよりも旨い飯！　だった。

「まあな……俺もどっちかって言うとそんな感じだったが、『しだれ柳の間』の客にはちょっと違う事情があるんだ」

「というと？」

「役者なんだ」

「有名なのか!?」

思わず章は、勝哉に詰め寄ってしまった。

とはいえ、有名人がこの『猫柳苑』に来ることがあるのだろうか。今日はたまたまチェックインタイムにフロントあたりを通ったが、いつもと変わらない雰囲気だった。有名人が来るなら、ことさら念入りに掃除をしたり、建物に近づく人間に気を配ったりといった、特別な対応を取りたくなるものだろう。誰であろうと客は客、という平等主義はあるべき姿だが、勝哉夫婦がそこまで徹底するとは思えない。おそらく、テレビに頻繁に出るほど有名ではないのだろう。

そんなことを考えていると、勝哉が苦笑いで答えた。

「いや……もっぱら小劇場中心に活動してる舞台役者。その上、脇役ばっかりだ」

「なるほど。でもそれって、本人の方針じゃないのか？」

小劇場、いわゆるアングラ中心の活動をする役者は、あえてその規模を選んでいる人も多いらしい。いろいろな意味で自由に演じられて、放送禁止用語だの、未成年の鑑賞に不適切な表現だのを気にせずに舞台の上を生き生きと飛び回る。その醍醐味《だいごみ》に魅せられて、離れられなくなる。アングラにはそんな役者がたくさんいるそうだ。

そんな彼らにとって、大々的にマスコミに取り上げられるような大きな舞台は少々やっかい。今で十分とか、今こそ理想と思っている可能性もある。本業は他にあって、趣味で演じている人だっているはずだ。

勝哉は、それはそれでいいんだが……とため息をついた。

「舞台の規模はさておき、本人はなんとかこの道一本で食っていけるようになりたいって思ってる。だが、実際は金が足りなくてバイト三昧。仕方ないってわかってても、バイトをしてるとイライラする。そんな時間があったら演技の勉強をしたい、先輩役者の舞台を見学に行きたいって焦っちまうそうだ」

短時間で稼ぎたくて、時給の高いアルバイトばかり選んでいる。ここしばらくは深夜の道路工事現場に入っていたのだが、夜中はバイト、朝になったら舞台や稽古《けいこ》というこ とになり、満足に休むこともできない。騙し騙し続けてきたが、だんだん腰痛がひどくなって背中を真っ直ぐ伸ばすのも辛い状態になってしまった。

このままでは演技にも支障を来す、と病院にも通っているが、劇的な改善は見込めない。そんな折り、先輩役者から腰痛には湯治が一番と聞いた。次の舞台は一ヵ月先、とにかく少しでも腰痛を軽減して舞台に臨みたい。その一心で、安く泊まれる温泉旅館を探したところ、『猫柳苑』に行き着いた。

ここなら貸し切り風呂もあるから、人目にも触れにくくて好都合だったのだろう。出前を頼むか、晩飯抜きというのも、湯治に頼るほど腰が痛いならコンビニまで歩くのは辛いかもしれないと考えたからだ、と勝哉は説明した。

章は、『しだれ柳の間』にいる客についての勝哉の情報量に驚いてしまった。

「そんなことまでよくわかったな」

「実は俺、かなり前からのファンでね。彼は情報発信に熱心だから、SNSを追っかけてればたいていのことはわかるんだ」

今どこにいて、どんなことをやっているか。なにを食べて、どう感じたか、などに加えて、自分の夢、どんなふうになっていきたいのか、までつぶさに発信する。彼のことがわかって嬉しい半面、ここまで暴露して大丈夫なのか、と心配になるほどだそうだ。

「まあ……それが今風なんだろうな。役者なら、ファンサービスの側面もあるんだろうし」

「そうなんだ。実際俺も、彼が『温泉行きたーい！　でも先立つものがなーい！』なんて呟いてるのを見て……」

「おまえまさか……」

まじまじと章に見られ、勝哉は咄嗟《とっさ》に目を逸らした。

その反応から考えるに、この男はきっと若い役者のSNSに『猫柳苑』の名前を書き込んだのだろう。SNSにコメントするのに本名を書く必要はない。通りすがりのふりで、『猫柳苑』ってところなら素泊まりできて安上がりですよ、貸し切り風呂も

たに違いない。

に来てくれれば彼に会うことができるという気持ち、それらがごちゃ混ぜになってい

『猫柳苑』を宣伝したいという気持ちと彼の力になりたいという気持ち、『猫柳苑』

ありますよ、なんてさらりと書き込んだ。

「……やっぱりまずかったかな」

勝哉は心配そうにこちらを見てくる。

その様子が、いつも自信たっぷりの勝哉に似つかわしくなくて、章は思わず笑って

しまった。

「別にいいんじゃねえの？　本人だってそれなりに調べて、いいと思ったから来たん

だろうから問題ないよ」

「だよな。じゃあ、まあそれはいいとして、飯の話なんだけど」

「待て待て、皆まで語るな。要するにおまえとしては、日頃からろくなもの食ってな

いだろうから、飛び切り旨いものを差し入れしてやりたいってことだろ？」

『ヒソップ亭』の主として腕によりをかけて夕食を振る舞う。支払いは『猫柳苑』、

お安い御用だ、と章は胸を叩いて引き受けかけた。

だが、勝哉の頼みはどうやらそんな単純なことではないらしかった。

「差し入れを素直に受け取ってくれればいいんだが、それも難しい気がする。彼は彼

なりにプライドがあるっていうか……」

「施しは受けねえ、って啖呵《たんか》を切るタイプなのか？」

「じゃなくて、恐縮して受け取らない感じだな。出前でって頼んだのはそのせいだ」

『ヒソップ亭』に足を運んでもらえるなら苦労はない。だが、『ヒソップ亭』の品書きは『猫柳苑』の各部屋にも届けられているため、価格は一目瞭然。ものすごく高いわけではないが、食えない役者が手を出すには難しいだろう。

そこで勝哉は、『実は出前もやってます。それなら安く済みますよ』という案内をして、最低限の価格で食事を提供してやろうと考えたそうだ。

「なるほどねえ……そこまで気に入ってるんだ」

そもそも勝哉が演劇に興味を持っているなんて知らなかった。しかもそんなマイナーな役者に入れ込むなんて予想外もいいところである。

「演劇に興味があるんじゃなくて、『彼』に興味があるんだ。実はずっと前、もう五年ぐらい前かな。東京に行ったときに定食屋で相席になってね。大盛りの飯をばくばく食ってるくせに、妙に食べ方がきれいだった。食ったあとも、ちゃんと割り箸を袋に戻したりしてね。しかも箸袋をきれいに折ってあった」

使った割り箸をそのままにせず、袋に戻す。使用済みとわかるように、袋を半分ぐらいのところから折り返す。外食時における気遣いのひとつだが、章が知る限り、実践しているのは年配者がほとんどで、若い男性がやっているのを見たことはなかった。

「ちゃんとしてるんだな」

「だろ？　その上、なんともほのぼのした感じの子でさ。どうやらその店の常連らしくて、店の女将さんと話すのを聞いてるうちに役者だってわかってね。金を払おうとレジに行ったら、舞台のチラシが置いてあった。その隅《すみ》っこに、その子の写真が載ってたんだ」

テレビに出ている芸能人はもちろん、舞台に出ている役者にも会ったことはなかった。興味津々で覗き込んでいたら、女将が気付いて話しかけてきたそうだ。

「時間があるなら観てやってくれないか、って頼まれたんだ。女将さん、彼から何枚かチケットを買ったそうで、明日の分が手元にある。空席にするのはしのびないから、誰もいなければ自分が行くつもりだったけれど、実はもう何度も観ている。すごくいい芝居だし、ひとりでも多くの人に観てほしいから、って」

「で、時間はあった、と」

「そういうこと。俺は翌日の昼に人に会って、そのあと帰るつもりにしてたんだけど、電車の時間までは決めてなかった。舞台は昼一だったし、これもなにかの縁だと思って観に行ったら、これがまあすごくよかった」

『ちょい役』と言っていいほど出番は少なかった。でも、舞台に出てくるたびに目を引かれた。とにかく一生懸命で、舞台に立てる喜びに溢れていた。観ているだけで元気をもらえそうだった、と勝哉は当時を語った。

「もっともっと舞台に立たせてやりたい。この若者の舞台をもっと観たい、って思ったんだ。それ以来、ずっと注目してたし、東京に行くときはできる限り観に行くようにもしてた」

冷静に考えれば、そこまですごい役者じゃないのかもしれない。なにそこまで惹きつけられるのかわからない。相性がいいだけかもしれない。さもなきゃもっと売れてるだろう、と苦笑いしつつ、勝哉は頭を下げた。

「コンビニの弁当か、定食屋の日替わりぐらいの値段で、飛び切り旨いものを食わせてやってくれないか。もちろん、差額は俺が払う」

栄養があって若い胃袋がしっかり満足できる料理を届けてほしい。テイクアウトが店で食べるより割安なことは多い。たとえ格安料金だったとしても、いつもその値段でやってます、と言い張ることも可能だろう、と勝哉は言う。

「できれば、ちょっとお得だったな、程度。間違っても、この値段でこんな料理が出るわけがない、とは思わせないようにしてほしいんだ」

「なんでそこまで……」

「恩着せがましいのは嫌いなんだよ。だからこそ、予約してきたときも『しだれ柳の間』をすすめた。本当は普通の部屋を安く使ってもらいたかったんだけど、それだとバレバレだし……」

「セール中だとでも言えばよかっただろうに……。ま、いかにもおまえらしいけどな」

言うは易《やす》くおこなうは難し、の典型のような話だった。それでも勝哉の、若い役者を応援したいという気持ちがしみじみ伝わってくる。

しかも、一般的に料理屋というのは、常々リーズナブルな素材を豪華に見せる努力をしているところだ。今回はその真逆の要請で、非常に興味深い。ある意味、挑戦状を突きつけられたような気分になってしまった。

「上等の素材でコンビニ弁当に見えるような料理を作れってことか」

「なんて言い方をするんだ！　……でもまあ、当たってる」

「だろ？　まあいい、わかった。今聞いた限りじゃ、普段はろくなものは食ってないだろ。高級料亭とかも無縁っぽいし、いい材料を使ったところで気付かない可能性は高い」

「俺もそう思う。彼はまだ若い。とにかくいい飯を食ってうちの温泉に入れば、腰痛なんてぶっ飛ぶさ」

「わかった。頑張る若者は嫌いじゃない。俺も一肌脱ぐ」

「おまえならそう言ってくれると思ったぜ！」

勝哉は満面の笑みで握り拳《こぶし》を突き出してくる。同じく拳を突き出し、軽くタッチさせたあと、章は弁当の内容を考え始めた。

勝哉によると、その客は今日明日と連泊するらしい。朝食はサービスで付いているから、今晩と明日の昼夜、合わせて三食の出前が必要とのことだった。

冷蔵庫を開けて食材を確かめていると、母親と食事を取るために自宅に帰っていた桃子が戻ってきた。

コンビニ弁当に見えるような弁当を作らなければならなくなった、と聞いた桃子は首を傾げたが、経緯を話すと俄然《がぜん》勢いづいた。どうやら、勝哉が入れ込んでいる役者を、彼女も知っているらしい。しかも、既に宿泊者名簿で確認済みだった。

「川西泰彦《かわにしやすひこ》ですよね！　てっきり同姓同名だと思ってたんですけど、本人だったなんて！　うわあ、嬉しい！」

半ば叫ぶように言った桃子の目は、これまで見たこともなかったほど輝いていた。

「桃ちゃんも知ってるの？　支配人の話だとそんなに売れてないみたいだけど……」

「前に友だちに誘われて観に行った舞台に出てました。独特の空気を持ってて、一度見たら癖になるっていうか、ついつい応援したくなっちゃう子なんです。友だちはその舞台に出てた別の役者さんのファンで、私に『布教』するつもりだったんですけど、私がすっかり川西くんにはまっちゃったせいでぷんぷん怒ってました」

「それは気の毒だったね」

「本当に。それにしても、バイトで腰を痛めるなんて気の毒すぎます。しっかり食べて、お風呂に入って、早くよくなってもらわなきゃ！　本当にいいんですよ、川西くんの演技」

「それはともかく、今は弁当なんだ。遅くても七時、いや六時半には部屋に届けられるようにって、支配人にも頼まれてる」

「そうですよね。早めにお夕食を済ませれば、のんびりお風呂にも入れるし、睡眠時間もたっぷりとれます」

「で、弁当のことなんだけど……」

どこまでも脱線していきそうな桃子の意識を連れ戻し、章は吊り棚の扉を開ける。

そこには、かつて『猫柳苑』の厨房で使われていた弁当箱が入れてある。

なんでもかつての『猫柳苑』では、客の注文に応じて昼用の弁当も作っていたそうで、弁当箱はその名残《なご》りだ。『ヒソップ亭』開店に向けて改築したときに、廃棄するかどうか迷ったが、まだまだ使えそうだったため、いくつか取り置いたのだ。

木製蓋《ふた》付き、外は黒、中は朱色に塗られた松花堂用の弁当箱なので、それだけでコンビニ弁当よりも遥かに高級そうに見えてしまうが、プラスティックの使い捨て容器を使う気にはなれないし、買いに行く時間もない。それに、同じ料理でも盛り付ける器によって高級感が増し、美味しく感じることもある。『しだれ柳の間』の若い役者が、こんなに旨いと思うのは高級そうな弁当箱のせいだ、と勘違いしてくれるかもしれない。

章が取り出した弁当箱を、桃子はひどく懐かしそうな目で見た。

「これ、覚えてます」

そう言いながら弁当箱を手に取り、洗い始める。

たとえ忙しくても道具類の扱いが乱暴になることはないが、今日はことさら丁寧なところをみると、この弁当箱を大事に使っていたに違いない父親のことを思い出しているのだろう。

「もしかして、残り物を詰めて持って帰ってくれたとか？」

一般客を受け入れる店と違って、旅館の厨房ではその日の客の数がわかっているため、基本的には料理が余ることはない。それでも飛び込みの客に備えて少し多めに作るし、盛り付けの具合によってほんの少し残ることもある。日持ちのしない料理については、賄いで消費することが多いが、桃子の父親は、家族に食べさせたい一心でそんな料理をこの弁当箱に入れて持ち帰ったのではないか――

だが、桃子の答えは、章の想像とは全然違うものだった。

「違うんです。ずっと前に、私が作った料理を入れるのに、このお弁当箱を借りたことがあるんです」

「っていうと？」

「一時期、料理にすごく凝ったことがあったんです。中学生ぐらいのころだったかな……。それで、母の誕生日に私が作った料理を食べてもらおうと思ったんですけど……」

桃子の母の誕生日は一月四日で、桃子はちょうど冬休みだった。こっそり用意して驚かせようと、前日の夜中に台所に行ったところ、そこには既に彼女の父親がいて料理をしていたという。

「やっぱり親子ですよね。考えることは同じ。父も母のために夕食を用意してたんです。しかも、母が大好きな牛スジの煮込みとか、野菜の含め煮とか……。太刀打ちできませんでした」

桃子は父親の料理が大好きだったが、休みの日にまで料理をしたくないとのことで、滅多に台所に立たない。その父が料理をしているのだから、普通なら大喜びしそうなものなのに肩を落とした。そんな桃子を不審に思ったのか、父親は理由を訊ねたそうだ。

手作りの料理をプレゼントするつもりだった、と聞いた父親は、それは申し訳なかったと謝ると同時に、昼食用にお弁当を作ることを提案した。ついでに弁当箱も貸してやるから、と……

「その足で『猫柳苑』に車を飛ばして持ってきてくれたのが、このお弁当箱でした。そんなの借りてきて大丈夫なの？　って心配したら、使って減るものじゃないし、一日で返すから大丈夫だって。それに、これなら仕切りもあって盛り付けしやすいぞ、って」

無断借用はなんとかなるにしても、この立派なお弁当箱に私の料理を入れるの？　と怖《お》じ気《け》づく桃子に、彼女の父親は不意に料理長の顔になって言ったそうだ。

「おまえはいつか料理人になりたいんだろ？　練習だと思ってやってみろ、って……」

そんなこと言われてもねえ、と桃子は苦笑した。だが、章が仰天したのは無断借用とか、練習以外の言葉だった。

「桃ちゃん、料理人になりたかったの!?」

「え？　ああ、昔のことです」

「昔って……いつごろまで？」

「高校を卒業するころまでかなあ……。私も父みたいに美味しいものを作って人を笑顔にする仕事がしたいなあって思ってました」

「なんで……その……あ……」

そこで章は口ごもった。なんとなく『あきらめた』という言葉を口にしたくなかったからだ。

だが桃子は、章の言葉の続きを察し、あっさり言った。

「将来の夢なんて、実現しないのがほとんどです。私も大将みたいに、高校を出たあと料理の専門学校に行こうと思ってたんですけど、先生に大学進学をすすめられて。こう見えて私、成績よかったんですよ」

高校に進む時点で、進学校に入れるぐらいの成績だった。そのときは深く考えずに受験して、運よく合格したからそのまま進学してしまったけれど、あれは失敗だったかもしれない、と桃子は言う。

「進学校から専門学校に行くのってかなりレアなんですよ。先生だっていい顔しないし……。お父さんが料理人だから料理人になりたいっていう気持ちはわかるけど、大学に行ってからだって遅くないだろうって」

「遅くはないよ、確かに。寿命だって延びてるんだし」

「先生も同じこと言ってました。女性は特に、人生九十年の時代だって。でも、大人しく大学に行って卒業するときに気がついたんです。私もう二十二歳なんだ、って……。専門学校の生徒って十八とか、十九とか、もっと若い子もいます。そりゃあ、年上もいないわけじゃないですけど、大半が十代。それにまじってやってけるの？って……」

昔から年上相手のほうが話しやすかった。クラスでもなんとなく『浮いた』存在で、校外学習のグループ作りをするとひとりだけ余ることが多かった。同世代でもそんな状況なのに、四歳も年下の子たちとうまくやっていける気がしない。学校に通い続ける自信がない、というのが、桃子が料理人をあきらめた理由だったそうだ。

「いやそれって、入っちゃったらなんとかなったんじゃないの？　専門学校って技術を習得するところで、『友だち作り』とか『共同生活を学ぶ』なんて言われないし」

「そうなんですよねー。でも、それは大将が実際に通ったからわかったことでしょ？私には『学校のひとつ』としか思えなかった。なにより、そんなことで二の足を踏んだ時点でアウトです」

心底料理人になりたいと思っていたら、周りから浮いたらどうしようなんて考えもしないし、専門学校に行く以外にも方法はあっただろう。だが桃子は高校の先生に言われるままに進学し、同級生たち同様、会社説明会やセミナーを経て飲食関係ではない会社に就職した。料理人になりたいというのは、父親が料理人でそれ以外の職業を知らなかった故の、漠然とした『子どもの夢』にすぎなかったのだ、と桃子は少々シニカルに笑った。

「そうか……。でも、今はどう思ってるの？」

大学を卒業したあと就いた仕事は、この町に帰ってくるために辞めた。桃子の父親は病気が見つかってから一年足らずで亡くなってしまったという。桃子があらかじめ心の準備をする暇があったとは思えないし、母親の下に戻ることに関してはもっと考えていなかっただろう。

にもかかわらず、桃子は父親の葬儀が終わって一ヵ月もしないうちに『猫柳苑』を訪れ、勝哉に仕事の相談を持ちかけたらしい。結果、『猫柳苑』に採用されることになり、翌月末には『猫柳苑』で働き出したが、正社員として勤めていた仕事を一日二日で退職できるわけがない。引き継ぎやらなんやら考えると、桃子が前の職場の退職を申し出たのは、葬儀が終わるか終わらないかのうちではなかったかと章は考えている。

ちょうど人間関係がうまくいっていなくて辞めたかったから、と本人の口から聞いたこともあるが、もしも桃子がその仕事にやり甲斐《がい》や充実感を覚えていたら、そんなにあっさり手放せただろうか。しかも『猫柳苑』での仕事はパート待遇だったのだ。もしも章だったら、自分の下に母親を呼んだだろう。正社員の仕事を捨てて、郷里に戻るという選択はしなかったに違いない。

自覚があったかどうかはわからない。だが、心の奥底で桃子は前の仕事に不満を覚えていた。辞める機会と理由を探していたところに母親がひとりになり、言葉は悪いが『これ幸い』と郷里に戻った。

そして今、彼女は毎日のように料理人である章の仕事を目にしている。いわゆるホールスタッフ、料理や飲み物を運ぶ仕事ではなく、作る側になりたいという気持ちはないのだろうか。

章はそれが気になってならなかった。

「今、ですか？」

桃子は質問の意味がわからない、というふうに小首を傾げた。章は、改めて問い直す。

「料理を作るほうをやりたいって思わない？」

「……たとえ思ったとしても、食べてくれる人がいません。お世辞じゃないですけど、大将のお料理はすごいです。専門学校で技術をしっかり学んだ上に、有名料亭でずっと修業したんでしょ？　うちの父のお料理もすごく美味しかったですけど、すごく教科書どおりで面白みにかけるところがありました。でも、大将は基本を踏まえた上で、流行《はや》り廃《すた》りもちゃんと調べて、新しいものも取り入れてます。アレンジも豊富だし。そんな人が目の前にいるのに、私が出る幕なんて……」

「ってことは、やってみたい気持ちはあるってことだね」

「え？」

開口一番で『食べてくれる人がいない』という台詞が出てくるのは、食べてくれる人がいるなら作りたいと思っているからではないか。

確かに、目の前に熟練の料理人がいて、しかも店のオーナーだったら、中途半端に『猫柳苑』と『ヒソップ亭』を行ったり来たりしている自分はお呼びではないと思うだろう。だがそれは、あくまでも今現在の話で、将来の可能性を摘むものではない。もしも桃子が料理人になりたいのであれば、『ヒソップ亭』を修業の場にすればいい。章は全力で後押しするし、勝哉夫婦だって協力してくれるに決まっている。

ところが話を聞いた桃子は、呆れたように言った。

「大将、私は今年三十八歳、来年は数えで四十です」

「四十の手習いって言葉があるじゃないか」

「『四十の手習い』って映画の主人公が使ったせいで一般的になっちゃってますけど、本来は『六十の手習い』です」

「どっちだっていいだろ。とにかく、なにかを始めるのに遅すぎることはないって意味じゃないの？」

「勉強や趣味を始めるのに年齢は関係ない、ってことです。勉強や趣味と仕事は違います」

「昔の六十と言えば老後もいいところ、暇を持て余した隠居が習字でも始めるなら年齢は関係ないが、仕事に結びつく修業を始めるには遅すぎる、と桃子は言う。

高校の先生に大学進学をすすめられるほど優秀だったというだけあって、桃子は言葉の間違いを正しつつ反論してくる。ここまで本人が思い込んでいるなら、説得は難しいだろう。

「桃ちゃんがそれでいいならいいんだけど……」

「心配してくださってありがとうございます。でも、私はこれでいいんです。父がずっとお世話になった『猫柳苑』で働けるし、母の側《そば》にもいられます。パートで心配だったけど、『ヒソップ亭』でも働けるようになったおかげで収入も安定しました。年金や保険とか、福利厚生面だってずいぶんよくしていただいてるんです。支配人は、将来、母に介護が必要になったときはそちらを最優先にしていいとまでおっしゃってくださってます。これで昔の夢なんて持ち出したら罰が当たります」

「それは……そうかもしれないけど」

曖昧な同意に困惑がこもる。本当にそれでいいのか。自分で自分を納得させようとしているのではないか。そんな疑問が湧いてくる。おそらく今、自分は泣き笑いみたいな表情になっているだろうな、と思っていると、案の定、桃子がなにかを吹っ切るように言った。

「なんて顔してるんですか。夢が叶う人なんてほんの一握り。それ以外の人は夢なんて叶わなくても普通に生きてます。私だって大丈夫。さ、こんな話をしてる暇はありません。お弁当を作らなきゃ！」

そして桃子は、コンビニ弁当の定番と言えば揚げ物、あとは焼き肉、栄養を考えたら野菜も入れなきゃ、さあ大将、なにが作れますか？　と章をせっついた。

無理に笑う桃子の様子を見て、こんな話題を持ち出すのではなかったと後悔した。だが、時間を逆戻りさせることはできないし、いったん口から出た言葉を取り消すことも不可能。このまま彼女の空元気に乗って、弁当を作るしかなかった。

「揚げ物っていうと、やっぱり定番は唐揚げかな？」

「とんかつって手もあります。あ、そうだ、どうせならうんと豪華にビーフカツとかどうです？」

「そうだな、昨日仕入れた松阪牛《まつさかうし》があるし……」

「松阪牛！　それならステーキ弁当のほうがよくないですか？」

「ステーキ弁当だと値段をごまかすのが難しい」

「確かに……いいお肉がどーんと載ったら、さすがにバレますね」

「だろ？　それよりはビーフカツに唐揚げを添えたほうがいい。車エビがあるからついでにエビフライも入れてミックスフライ弁当ってのはどうだ？」

「めちゃくちゃコンビニっぽいです」

「よし、あとは有機野菜の含め煮と、漬け物は京都の老舗のやつをぶち込もう」

「原価だけでもすごい値段になりそう……。あ、でもいいか。どうせ支配人のお財布ですもんね！」

「そうそう、痛むのは勝哉の懐だけ」

「支配人じゃなくて『勝哉』……こんなときだけ幼なじみ扱いですか？」

「『ヒソップ亭』はテナントだし、相手はオーナー。普通ならこんな横暴は許されないけど、幼なじみなら話は別だ。もともと、あいつの私情がらみの頼みだしな」

「うわあ、大将ひどーい！」

「最初に言ったのは桃ちゃんだろ。なにより、あいつの要望はコンビニ弁当に見える豪華弁当。そのとおり作るんだから文句のつけようなし、ってことで、製作開始」

「了解！」

おどけて敬礼したあと、桃子は洗った弁当箱を拭き始めた。

やれやれ……と安堵し、章は上等の松阪牛に塩胡椒を振り始めた。本当は少し室温に馴染ませたほうがいいのだがそんな時間はない。せめて揚げ物を最後にすることで時間を稼ぐつもりだった。

「ごちそうさまでした」

午後八時、暖簾をかき分けて入ってきた若者がぺこりと頭を下げた。片手に松花堂用の弁当箱、もう片方の手にはバスタオルを持っている。弁当の出前は『ヒソップ亭』からだと知らされているはずだから、風呂に入りに行くついでに返しに来てくれたのだろう。

足取りはゆっくりだったが、特に腰を庇っている様子はない。チェックイン直後にゆっくり入浴して、少しは楽になったのかもしれない。食べたあとは、そのまま部屋に置いておいてくれれば部屋係が回収するのに、ここまで返しに来たところを見ると、彼は相当律儀な性格に違いない。

「わざわざ持ってきてくださったんですか。申し訳ありません」

深々と頭を下げながら桃子が弁当箱を受け取った。

ワーともキャーとも言わないところはさすがだったが、カウンターからすっ飛んで出た速さと微かに上気した頬が、彼女の興奮を物語っている。できればサインのひとつもねだりたいぐらいなのだろうな、と苦笑しつつ、章は川西泰彦に目を向けた。

年齢は二十八、九のはずだと聞いたが、童顔な上に色白できめの細かい肌をしているせいか二十代前半、いや十代終わりでも通る感じがする。これなら学生から中年ぐらいまでの役柄《やくがら》なら、難無くこなせることだろう。

真っ直ぐに章の目を見て礼を言ったことにも好感が持てた。

「お口に合いましたか？」

「はい。とても美味しかったです。でも……」

「もしかして、嫌いなものでも入っていましたか？」

雛子が弁当の注文を取りにいったときに、好き嫌いがないことは確認したはずだ。だが、それまでは食べたことがなかったものの、いざ食べてみたら苦手だったということもあるはずだ。

真剣そのものの表情を見て慌てたのか、川西は大急ぎで付け加えた。

「嫌いなものなんてひとつもありませんでした。ただ、このお弁当をあの値段でいただいちゃって本当に大丈夫なのかな、と心配になって……。だってカツは豚肉じゃなくて牛、しかも相当いいお肉ですよね？　エビだってブラックタイガーなんかじゃなくて車エビだし、唐揚げに使ってある鶏も嚙み応えがしっかりしててブロイラーとはほど遠い。たぶんあれ、地鶏《じどり》ですよね？　漬け物も京都の有名店のだし……」

「お詳しいですね……というか、フライになってるエビの種類や、漬け物がどこのものかまでわかるなんてすごいです」

時代劇好きの信一なら、『おみそれしやした』なんて言いかねない。それぐらい川西の分析は見事だった。桃子も驚きのあまり言葉を失っている。

ふたりの反応はまさに『感嘆』、それなのに川西はむしろ恥ずかしそうに応える。

「先輩方のおかげです。実は俺、舞台に出てるんです。大した役者じゃないですけど、器用にいろんな役をこなすらしくて、先輩方の舞台に出してもらえることが多いんですよ。売れっ子の先輩になると、お稽古のときからお弁当もすごく豪華だし、差し入れもすごい。先輩方は俺がろくなものを食ってないのを知ってるから、稽古や舞台のあと、飯に連れていってもらうこともしょっちゅうです。おかげで旨いものにあり付く機会がけっこうあって。で、旨いものを食ったときは、産地や調理法が気になって訊かずにいられなくなっちゃうんです。ただの食いしん坊ですよね」

自分の力では食べられないご馳走を、先輩役者のおこぼれでいただく。情けないと思う一方で、いつか自力で……と励みにもなる。その日のために、『美味しいもの』の素性はちゃんと訊いて、記憶に留めるようにしているのだ、と彼は言った。

「勉強家なんですね……」

ため息まじりに桃子に言われ、川西は大仰に手を左右に振った。

「だから、ただの食いしん坊……いや卑しん坊です。先輩方もきっと、食い物についてそんなに訊きまくるのは卑しいって思ってるんじゃないかな」

「そんなことはないと思いますよ。自分が振る舞ったものを喜んでくれて、質問しまくるほど興味を持ってくれるのは嬉しいはずです」

桃子の言葉に、章も即座に同調した。

「店の者にしても、料理についての質問は嬉しいです。中には、料理法を訊ねられて言葉を濁す料理人もいますが、俺はどんどん教えるほうです」

「企業秘密です、とか言わないんですか？」

「言いません。秘密にするようなことはひとつもありませんし」

そこでいきなり、桃子が噴き出した。もちろん川西はきょとんとしている。

ひとしきり笑ったあと、桃子は川西に詫びつつ、理由を説明した。

「ごめんなさい。うちの大将は『どんどん教える』のは間違いないですけど、ものすごく不親切なんです」

「というと……？」

「たとえば、このお弁当に入ってたビーフカツだったら『肉に衣をつけて揚げるだけ』、エビフライは『エビに衣つけて揚げるだけ』、唐揚げは……」

「鶏に衣をつけて揚げるだけ？」

「そのとおり。そんなの誰だって知ってますよね」

そんな説明で『どんどん教える』って胸を張られても、と桃子は章を軽く睨《にら》んだ。

「だってそれ以上説明することなんてないし……」

「あるでしょ？　ビーフカツはまあいいにしても、エビフライのタルタルソースはなにを入れるとか、唐揚げの下味はどうつけるとか！」

「そんなものはあれだ。そこらにある卵を茹でて潰して、調味料をばばーっと混ぜて……」

「ばばーってどれぐらい？」

「ばばーっは、ばばーっだよ。大さじいくつとか、何ミリリットルとかはわからない。客によっても変わるし」

いちいち量っているわけではないから、具体的な数字を訊かれても困る。それにたとえレシピがあったとしても、客の様子を見て配合を変えることも多い。決まった分量などないに等しかった。

桃子は相変わらず不満そうにしているが、川西は大いに納得したように言った。

「『客によっても変わる』ってよくわかります。役者も似たようなところがありますから」

「え……役者さんもそうなんですか？　っていうか、お芝居にそういう『匙加減《さじかげん》』が入り込む余地ってあるんですか？」

章の質問に、桃子は呆れ顔だった。

「テレビドラマや映画と違って、舞台は生き物です。台詞の調子はもちろん、台詞そのものを変えちゃうこともあるんですよ。『アドリブ』こそが、舞台の醍醐味だって公言して憚らない人もいるぐらいですから」

桃子の説明に、川西は大きく頷いた。

「そうなんですよ。だからこそ、同じ芝居を何度でも観に来てくれる。そして、同じ舞台を何度も観てくれる人のことを考えて、役者のほうも少しでも前と違う場面を作る努力をする。もちろん、作品を壊さない程度にですけどね。売れてる先輩方は、そういう舞台作りがすごくうまいんです。見習わなきゃって思います」

いわゆる売れっ子の先輩を羨むわけではなく、素直に尊敬し、あとを追おうとしている川西の姿には好感を抱かずにいられなかった。

彼の舞台を観たわけではないが、きっとこんな性格が演技に溢れているのだろう。勝哉や桃子が惹きつけられるのも無理はなかった。

一方川西は再び、わざわざ弁当箱を返しに来た理由を持ち出した。

「女将さんから聞いた値段じゃ絶対収まらないと思います。でももう食っちゃったし、それなら本来の代金をお支払いしなきゃ、って思って。でも、女将さんに言っても取ってくれそうもありません」

「どうしてそう思われるんですか？」

きょとんとする章に、川西は理由を説明してくれた。

「支配人さん、ちょくちょく俺の舞台を観に来てくださってます。女将さんも一度ご一緒にいらっしゃいました。もしかしてご夫婦かな？　きっと俺のこと応援してくださってるんだと思います。だからこんないいお弁当を、あんな値段で出してくれたんでしょう。お気持ちはありがたいんですが、さすがに申し訳なさすぎて。だからお弁当を作ってくれた『ヒソップ亭』さんに直接ご相談しようと思って来たんですが……」

「ですが？」

「それもちょっと無理かなーって心配してます。だって……」

そこで川西は、桃子に目を向けた。

「いつも来てくださってますよね。しかも、こちらの支配人さんたちよりも前から」

「……よくご存じで」

桃子はただでさえ上気していた頬を、今度は真っ赤に染めてぺこりと頭を下げた。いつも飛び出すよけいな一言も鳴りを潜め、本当にファンなんだ、と痛感させられた。

川西はにっこり微笑《ほほえ》んで言う。

「舞台から客席って案外見えるんですよ。俺が出るのは席が少ない小屋が多いし、終演後の挨拶のときに客席を明るくすることもあるので。舞台からお顔を拝見しては、また来てくださってるなあって喜んでます」

　いつも力をいただいてるんですよ、と川西は深く頭を下げる。そして、しばらくそのままでいたあと、頭を上げて言った。

「『猫柳苑』さんも『ヒソップ亭』さんも俺のご贔屓さん。しかもただの差し入れじゃなくて、大特価のお弁当。俺の気持ちもちゃんと考えてくださってのことだから、差額を払わせてくれっていうのは、皆さんのお気持ちを無にするようなものです。だから、ありがたくご馳走になります」

「そう言っていただけると助かります。じゃないと、俺が支配人にこっぴどく叱られます」

『コンビニ弁当みたいな出前』は大失敗だった。その上、差額まで受け取ったとしたら、勝哉はどれほど怒るだろう。長年の友情が危ぶまれる事態になりかねない。

　桃子は桃子で、背の高い彼を上目遣いで見ながら言う。

「支配人と女将、それから私があなたのファンだってことは間違いないですが、今日のお弁当は『支配人』のお気持ちだそうです。私はなんにもしてません。だから、せめて一杯ご馳走させていただけませんか？」

「桃ちゃん、それは俺の台詞だよ。川西さん、見たところ今から風呂でしょう？　ゆっくり入って帰りに寄ってください。じっくり温まって軽く呑んで布団に入る。もう、朝までぐっすりですよ」

「腰が痛いのもどっかに行っちゃいますよ」

「お好きな飲み物を一杯、つまみを一皿。それ以上はお出ししません。それぐらいならいいでしょう？」

最初は遠慮していたものの、交互にふたりに誘われた川西はとうとう根負け。必ず寄ると約束して、風呂場に向かった。

　小一時間後、戻ってきた川西を待っていたのは章と桃子だけではなかった。

「お帰りなさい。お風呂はいかがでした？」

満面の笑みで勝哉が訊ねる。隣では雛子が、せっかく温めたのだから冷やしてはいけません、なんて膝掛けを差し出す。ふたりとも『猫柳苑』のフロント業務を放り出してここにいるのだ。

　川西が去ったすぐあと、勝哉がやってきた。どうやら彼が『ヒソップ亭』に入っていくのを見ていたらしい。駆け込むように入ってくるなり、川西の反応を確かめた勝哉は、バレバレかあ……と苦笑した。そして、入浴後川西がここに戻ってくると聞いてフロントに逆戻り、御用の向きは『ヒソップ亭』まで、と張り紙をして、夫婦揃ってカウンター席に陣取ったという次第だった。

「いろいろとお心遣いいただいてありがとうございます」

川西は勝哉夫婦に礼を言いつつ、カウンターに向かう。勝哉夫婦が俺の隣だ、いや私よ、と大騒ぎをした挙げ句、川西はふたりの真ん中に席を占めた。独立した息子が帰省したときの両親さながらのちやほや具合に、桃子も章も笑いを抑えられなかった。

「お飲み物は生ビールでよろしいですか？」

ジョッキは霜が降るほど冷やしてある。風呂上がりには最適だろうと桃子にすすめられ、川西はちょっと考え込んだ。

「ビールは大好きなんですが、あんまりお腹が空いてないし……」

豪華な弁当を食べたあとだけに、空腹は感じていない。風呂に入ったことで少しは胃袋に余裕ができたとはいえ、ジョッキのビールは辛い、ということだろう。

食後と言えばウイスキーかな、ハイボールでもいただこうか。でもやっぱり炭酸系はなあ……なんて呟いている川西に、桃子が訊ねた。

「川西さん、日本酒は召し上がりますか？」

「日本酒は大好きです。幅が広いっていうか、全国にいろいろな銘柄があって、呑んでも呑んでも知らない酒が出てきます。知らないお酒に出会って、それが自分が好きな味だったりすると小躍りしたくなっちゃいます」

「小躍りしちゃうんですか？」

桃子と雛子が顔を見合わせてクスクス笑う。この大柄な若者が、酒が旨くて小躍りするなんて微笑ましすぎる、とでも思っているのだろう。

ともあれ、川西が日本酒を嗜むことはわかった。それでは、ということで、桃子が冷蔵庫から冷酒の小瓶を取り出した。

「こちらはいかがですか？　炭酸は入ってないのでお腹に溜まりませんし、生酒で口当たりもいいですし、アルコール度数も低め。すいすい呑めちゃいますよ」

「生酒はいいですね！　へえ……『いそのさわ』。それってどこのお酒ですか？」

「『いそのさわ　吟醸生酒』。福岡県のお酒です。名水百選にも選ばれた『清水湧水《ゆうすい》』を使った、ちょっと辛口の香りのいいお酒です」

「じゃあ、それをいただきます」

軽く頷いたあと、桃子が冷酒グラスと『いそのさわ』の瓶を川西の前に置いた。すかさず雛子が手を伸ばし、小瓶のキャップを開ける。

「いいなあ……この『キリリ……』って音」

酒そのものではなく、瓶を開ける音を褒める人は珍しい。役者というのは、そういう効果音的なものにも注意を払うんだな……なんて感心しつつ、章はつまみの皿を出す。

「いやこれ……」

川西が唖然としている。当然だ。確かに、『つまみを一皿』とは言ったが、その皿になにを載せるかまでは約束していない。『たまたま』使った皿が大きく、何品も盛り込むことができただけで、一皿は一皿だった。

「お約束どおり『一皿』です。いろいろ載ってますが、どれも大した量じゃありません。酒と一緒にちびちびやってください」

「いいなあ……大将、俺にも酒！」

皿の上に目を走らせた勝哉が、羨ましそうに言う。

おまえはまだ仕事中だろうに、と雛子に目をやると、彼女はあきらめきった表情で言った。

「しょうがないわねえ……。大将、あとのフロント業務は私が引き受けるから、この人にも呑ませてあげて」

「女将、そんなに甘やかしていいんですか？」

「滅多にあることじゃないし、この人、川西様がいついらっしゃるかわからないからって、朝からずっと待機してたの。チェックインは三時からだから、それより早くはいらっしゃらないはずだって言っても、荷物だけ預けて観光に行くかもしれないって……」

腰痛を抱えて湯治に来る人間が、荷物を預けて観光に行くわけがない。冷静に考えればそれぐらいのことはわかりそうなものだが、それもできないほど勝哉は浮き足立っていたのだろう。

さらに雛子は言葉を足した。

「しかもね、万が一にも他のお客様からクレームが入って、川西様をお迎えできなかったら大変だって、全部のお部屋を念入りにチェックしたのよ。普段からチェックはしてるんだけど、いつも以上に念入りに。フロントとお部屋を行ったり来たり、コマネズミみたいだったわ」

「おまえは馬鹿か」

章が思わず漏らした一言に、桃子と雛子、そして川西までが大笑いする。憮然《ぶぜん》とするかと思った勝哉は、むしろ嬉しそうに答えた。

「馬鹿でけっこう。それぐらい嬉しかったんだ。とにかく俺は、今日の分はしっかり働いた。だから呑ませろ」

「わかった、わかった」

章の返事とともに、桃子がもう一瓶『いそのさわ』を出す。カウンターに置かれるか置かれないかのうちに、瓶を手に取り蓋を開けた。

「せっかくだから乾杯しましょう」

なにが『せっかく』なのかさっぱりわからないが、勝哉は川西と冷酒グラスを合わせている。川西は自分のグラスをわずかに勝哉よりも低い位置にもっていく。本当にちゃんとしてるんだな……と改めて思いながら、勝哉用のつまみを拵える。

先ほど川西に出したのと同じものも用意できる。だが、同じものを出すのも芸がないし、勝哉は酒のつまみには温かい料理を好む。そこで章は、出汁巻きを作ることにした。

溶きほぐした卵に作り置きの出汁を入れ、砂糖と醬油で味を調える。醬油は風味を増してくれるし、薄口を使えば仕上がりの色を損ねることもないのだが、勝哉の好みは昔から『薄茶色に染まった出汁巻き』だ。見た目より本人の嗜好、ということで、章は本来なら使う塩を控え、濃い口醬油で味をつけた。

「お、『醬油の玉子焼き』だ！」

「『出汁巻き玉子』って言ってくれ！」

「玉子焼きは玉子焼きだろ。いいから早く寄越せ」

勝哉が、包丁を入れる間も惜しいと言わんばかりに催促する。いっそ切らずにどかんと出す、あるいはわざとゆっくり切って冷ましてやろうかと思うが、さすがに料理人の矜持《きょうじ》が許さない。いつもどおりに手早く切り分け、大葉を敷いた皿に載せた。普段なら大根下ろしを添えるが、この醬油山盛りの『玉子焼き』には不要だろう。

「ほらよ。さっさと食いやがれ」

ぐいっと皿を突き出す章に、川西が目を見張っている。食事処の主と旅館の支配人のやりとりではないと思っているのかもしれない。見かねたのか、雛子が説明を始めた。

「このふたりは幼なじみなんですよ。それなりに礼儀正しく振る舞おうとはしてるみたいですが、ついついこんな感じになっちゃうことも多くて」

「幼なじみですか、道理で。いいですよね、幼なじみって」

川西はなぜかそこでため息をついた。そして、彼自身の幼なじみについて語り始めた。

「俺にも幼なじみがいました。生まれたときからの付き合いだそうです」

本人同士に記憶があるわけではないが、親から聞いたところによると同じ病院で生まれ、新生児室でも隣り合わせに寝かされていたらしい。住所も近所だったため母親同士は当然顔見知り。お腹の中にいるころからの付き合いと言っていいほどだったそうだ。

幼稚園も小学校も中学校も同じ、さすがにここからは別れるだろうと思われた高校も同じ、それどころか大学も学部まで同じだったという。

「そこまで同じだと逆に疎遠になったりするんですけど、そういうこともなく卒業まで仲良くやってました」

『仲良くやってました』という言い方に引っかかりを覚えた。もしかして、仲違《なかたが》いでもしたのだろうかと思っていると、案の定、卒業寸前に喧嘩別れをしたきり連絡を取っていないとのことだった。

「喧嘩別れ？　そんなに仲がよかったのに？」

勝哉が不思議そうに訊ねた。子どものころならともかく、大人になってから連絡を取らなくなるほどの喧嘩をするのは珍しい。勝哉と章も喧嘩はするが、いつもなんとなく仲直りできたし、大人になってからは喧嘩そのものをした記憶がない。いったい何があったのだ、と気になって仕方がない。それはその場にいた彼以外の人間共通の思いだったようで、みんなが黙って川西の言葉を待った。

「食えない役者になった俺と違って、その友だちは大学を出たあと普通に就職しました。かなり大きな会社で、給料も相当よかったし、福利厚生もしっかりしてました。でも、俺にはそいつが挫折《ざせつ》したように見えてならなかったんです」

両親は公務員で、考え方も堅実そのものだった。だから、大学を卒業したらできれば公務員になってほしい、それが無理でも普通の会社に就職するのが当然という姿勢で、それ以外の道など考えもしなかった。だから、その友だち自身は子どものころからなりたいものがあったにもかかわらず、いわゆる大手企業に就職し、地元の営業所に配属されたそうだ。

「たぶん、親御さんに反対されたんだと思います。日頃から散々、そんな不安定な仕事はやめてくれ、って言われてました。それで、進路の話になるたびに『泰彦はいいなあ……』って……。うちの親は、やりたいことはやれって人たちでしたから、羨ましかったんでしょうね」

百人中五人ぐらいしか成功しなくても、その五人におまえが入らないとは限らない。やらずに後悔よりやって後悔、というポリシーで、川西の両親は息子の夢を応援してくれた。それは今も続いていて、どうしても駄目なら帰ってこい、衣食住の心配がなければ芝居だって続けられるだろうと言ってくれるそうだ。

「そんな両親だから、よけいに迷惑かけちゃ駄目だって思っちゃいます。結果、無理なバイトをして腰を痛めちゃったんだから、元も子もないですけどね。でもやっぱり応援されてるって大きいです。今だって、こうやって俺を応援してくださる皆様のご厚意に甘えてる。本当に幸せなことです。でも俺、昔はそのありがたみがわかってなかったんです。だから……」

そこで川西は言葉を切り、一瞬ぎゅっと目を瞑《つぶ》った。さらに、自分を責める口調で続ける。

「俺、幼なじみに言っちゃったんです。本当にやりたいことなら、誰に反対されても続けるはずだ、親の意見でやめられるのは本気じゃないからだって……」

自分の環境の緩《ぬる》さを棚に上げ、本当にやりたいこと、進みたい道を捨てた幼なじみは意気地なしだとストレートに告げてしまった。生まれたときからの付き合いで、お互いに一番の理解者だと思っていた。進路選択にあたってもそうあるべきだったのに、正論中の正論を振りかざした。

その時点ではよかれと思っていたし、自分の指摘によって発憤してもらいたい気持ちもあった。だが、その話をした直後から、幼なじみからの連絡が途絶えた。就職して忙しくなったことに加えて、大学卒業後、川西自身が上京したことにも原因があったのかもしれないが、手紙やメールはもちろん、ＳＮＳのメッセージひとつ送られてこなくなったのだそうだ。

「冷静に考えたら、そりゃあ頭にきますよね。自分は親の反対もなく、ぬくぬくと好きなことやりまくってるくせに。第一、役者こそ『不安定な仕事』です。あのとき幼なじみみたいに頭ごなしに反対されてたら、この道に進めてたかどうか……」

世の中には、反対されてなにクソと頑張る人もいるだろうけれど、自分はそういう質ではない。自分の選んだ道を認めてほしいし、応援もしてほしい。反骨精神なんてないに等しかった。

そのことに、最近になってようやく気付いたのだ、と川西は恥ずかしそうに語った。

「本当に馬鹿ですよね、俺。自分なら、親の反対ぐらいじゃやめないと思ってたんです。それぐらい芝居が好きだったから……でも、それってただの思い込みでした」

「思い込みとは言い切れないでしょう。だって実際に家から出て、生活費はアルバイトで稼いでたんですよね。そりゃあ、ご両親のご理解はあったかもしれないけど、口で言うほど楽じゃないですよ。舞台や稽古の合間を縫ってバイトなんて、生活そのものは反対されて家を飛び出した人と同じだと思います」

堪り兼ねたように勝哉が口にした言葉に、川西は大きく首を左右に振った。

「全然違います。ここまで頑張ってこられたのは、どうにもならなくなったときは帰れる場所がある、と思ってたからです。甘ちゃんもいいところです。むしろ、幼なじみのほうがずっと強かった……」

「というと？」

隣から覗き込むように訊ねる勝哉に、川西は大きなため息を返した。

「これは別の友だちから聞いたんですが、その幼なじみ、新卒で入った会社を三年で辞めてました。やっぱりいやいや就職したから続かなかったんだな、って最初は思いました。でもそうじゃなかった。そいつ、金を貯めてたんです。その金で外に部屋を借りて、専門学校に入りました。もう親の世話にはならない。その代わりに好きな道に進むって……」

　将来就きたい職業があったとはいえ、大学で勉強したのは全然違う分野だった。その道で食べていくには専門的な勉強も訓練も必要だとわかっていた幼なじみは、とりあえず就職し、学費とその間の生活費を稼いだ。自立できれば、親の反対も気にせずに済むと考えたに違いない。

「親に反対されたから家を出るってよくある話ですよね。役者にもそういうやつはたくさんいます。無理がたたって身体を壊して潰れるやつも少なくない。幼なじみは、そんなことにならないように、準備を整えてから家を出た。絶対にやり遂げるって信念があったんだと思います」

　今すぐやりたいことを我慢して会社に勤める。それは口で言うほど簡単なことではない。その幼なじみは、親との折り合いがあまりよくなかったせいか、大学を卒業したらすぐに家を出たいと言っていた。にもかかわらず実家に留まった。必要な金を最速で貯めるためだったに違いない、と川西はやるせなさそうに言った。

「いずれ反対された道に進むことを前提に、準備を整えようとしたんです。それなのに俺は、親の意見でやめられるのは本気じゃないからだ、なんて言った……。最低です」

一番自分をわかってくれていると信じていた幼なじみに理解されなかった。どんなに辛かったことか。しかも言ってる本人の親は理解たっぷり……。悔しさのあまり、自分の計画を説明する気もなくなったのだろう。連絡を絶たれるのは当たり前だ、と川西は頭を垂れた。

「それはお辛いですね……」

勝哉はそれだけ言うと、川西の前にあった酒の小瓶に手を伸ばした。静かに酒を注ぎ、空いている手をかざして呑むように促す。ついでに出汁巻きもすすめられた川西は、一切れ食べてグラスに口をつける。とりあえず呑もう、としか言いようがない雰囲気が漂う中、唐突に口を開いたのは桃子だった。

「つかぬ事をお聞きしますが……」

半分ほど減ったグラスをカウンターに戻し、川西が桃子のほうを見る。

「なんでしょう？」

「あの……その幼なじみの方がやりたかったことって……？」

そこまでして進みたかった道とはいったいなんなのか。ここまで事情を聞いたら気になるし、答えにくい質問ではないと桃子も思ったのだろう。

ところが、川西はなぜかそこで周りを見回した。周りというよりも、目を留めた時間の長さから考えて、おそらくは章の顔を……

そのちょっと気まずそうな顔を見ているうちに、章はそれがどんな道だったか気がついてしまった。

「もしかしたら、料理に携わる仕事だったんじゃないですか？」

川西は再び章の顔に見入り、それからコクンと頷いた。

「すみません。実はそのとおりです。散々『不安定な仕事』なんて言ったせいで、言いづらくなっちゃって……。言い訳になっちゃいますけど、これはあくまでも幼なじみの親の意見で、俺自身はそんなふうには思ってませんから！」

だんだん早口、しかも声がだんだん大きくなっていく。かなり気まずいんだろうな、とかわいそうになるほどだった。

「お気遣いなく。実際、不安定な仕事に違いありません。そういうふうに言われることには慣れてますし、大して気にもしてません。正真正銘、水商売ですしね」

「不安定じゃない人だってたくさんいます。俺の幼なじみだって、性格は真面目だし、職場にさえ恵まれれば堅実に生活していくと思います」

「その方、今はどうされてるんですか？」

「働いてるみたいです。でもなかなか正規になれなくて苦労してるそうです」

「こんなに人手不足なんだから、どこでも雇ってくれそうなものですけど……」

「働きたい店と雇ってくれる店の落差が大きいんじゃないかと思います。昔から、いつかは自分の店を出したいって言ってたから、そのノウハウを学べるところがいいと思っても、求人が出てくるのはチェーンのキッチンばっかり、とか……」

個人経営のしっかりした居酒屋で、仕入れから食材の管理、従業員の雇用まで含めたマネジメントを学びたい。いい加減な店ではすべてが杜撰《ずさん》にされていそうだし、チェーンの居酒屋でキッチンに入るだけではマネジメントは学べない。自分で店を経営していく助けにはならないと考えているのだろう、と川西は少し遠い目になって言った。きっと、学生時代に幼なじみが語った夢を思い起こしているのだろう。

「なんか……大将と似てますね」

「そうなんですか？」

呟くような桃子の言葉に、川西が即座に反応した。

やれやれこんなところで俺を持ち出さないでくれ、と思ったものの、あまりにも川西が真剣だったので、章はやむなく桃子の言葉を引き取った。

「似てるっていうか、ほぼ同じですね。たぶん料理人の半分は同じようなことを考えてると思います。まず基礎的な技術を身につけて、免許が取れれば取って、堅い店に勤めながら経営を学ぶ。そしていつかは一国一城の主に、って感じでしょう」

「大将はそれがうまくいったんですね……」

「おかげ様で。でもそれも、こいつの助けあってのことです」

そう言いながら目を勝哉に走らせる。ついでに怪訝な顔をしている川西に、『ヒソップ亭』開業の経緯を簡単に話すことにした。

「そうだったんですか……」

話を聞いた川西は、それまで以上に辛そうな表情になった。

昔から変わらぬ友情を育てているふたりを目の前にして、幼なじみとの喧嘩がさらに悔やまれるのだろう。

ぎゅっと目を瞑った表情から、なんとか仲直りしたいという気持ちが伝わってくる。誰もがかける言葉を失う中、口を開いたのは雛子だった。

「そんなに気になっているなら、今働いているお店に行ってあげればいいじゃないですか」

「でも、あんなひどいことを言っておいて、どの面下げて……」

「わざわざ働いてるお店に来てくれたら、それぐらい自分のことを気にしてくれてるんだってわかりますよね。悪い気はしないんじゃないかしら」

「確かに。俺も友だちが店に来てくれると嬉しかったなあ……。板長も、お、友だちか？　なんて少しおまけしてくれることもありました。それを、俺が日頃から頑張ってる証拠だぞ、なんて自慢げに差し出したりして……」

よく考えたら恥ずかしい話です、と章は苦笑した。だが川西は、そういうものですか……でもやっぱり、なんて逡巡している。業を煮やしたのか、勝哉が引導を渡した。

「くよくよ考えてないで、行っちゃえばいいんですよ。男なんて単純なんだから、顔を見せて、あのときはごめん、って謝っちゃえばそれで終わりです」

「男ならそうでしょうけど……」

「へ？」

勝哉の目がまん丸になった。勝哉だけではなく章も、雛子も桃子も同様だ。

幼なじみが同性とは限らない。雛子という例もあるのに、てっきり男だと思い込んでいたのだ。啞然としている一同を見て、川西はようやく少しだけ笑った。さもありなん、という顔をしているから、今までにも同じような勘違いをされてきたのだろう。

「すみません。実は女です。でも、女だってわかるとどうしても恋愛がらみの想像をされちゃって面倒なんで、極力性別には触れないようにしてたんです」

「確かに面倒くさいでしょうね。本人はまったくその気はないのに、しつこく騒がれたら」

桃子の言葉に、川西は苦笑しつつ頷いた。

「そのとおりです。でもまあ幸か不幸か、どれだけ騒がれても幼なじみはまったく気にしてませんでしたけどね。めちゃくちゃさばさばした性格なんです」

「さばさば……？」

「はい。自分で『さばさばしてる』って言う人って意外とそうじゃないことのほうが多いんですけど、あいつの場合は本当に『さばさば』。文字どおり『我が道を行く』でした。どうせカップルだろ、男と女の間に友情なんて育たない、って言われても、言いたい人には言わせとけ、って笑ってました。むしろ、俺のせいで彼氏もできないんじゃないか、って心配する俺に、そんな心の狭い彼氏なんていらないとか……。そのくせ俺に彼女がいるときは、焼き餅を焼かせるとかわいそうだからって、ちゃんと距離を取ってくれました。いいやつなんです」

「確かにいいやつ……っていうか、うん『男前』ってやつだ」

勝哉は感心しているし、褒めているつもりだろうが、女性なのに『男前』と言われるのはいかがなものか。大して嬉しくないのではなかろうか。

そんなことを章がぼんやり考えていると、川西が不意にこちらを見た。目が合ったのを確認して、丁寧に頭を下げる。

「とにかく今日の弁当、すごく旨かったです。素材がいいのはもちろんですが、それを活かした味付けが見事でした。今まで散々先輩方に旨い飯を食わせてもらった俺が言うんですから、間違いないです。俺の幼なじみも、大将みたいな人に仕込んでもらえたらいいのにって思います」

「は……？」

川西の目には、幼なじみを心配する気持ちが溢れていた。早く仲直りすればいいのに、と思わずにいられなかった。

勝哉も同感らしく、まいったな、と呟いたあと、川西に問いかけた。

「その幼なじみの人は、今どこにいらっしゃるんですか？」

「上京してきたって聞いてます。専門学校も東京のほうが多いし、親からも離れられるからって」

「働いてるのはどんな店ですか？　やっぱりチェーン？」

「店の名前を聞いて調べてみたんですが、かなり大きなチェーン店でした。鶏専門みたいだから、料理の幅も狭いでしょうね」

「休みとかは？　正規じゃないってことは、シフトも多少は都合を聞いてもらえるんでしょうか？」

「そこまでは……」

なぜそんなことを訊くのだろう、と不思議に思っていると、勝哉は唐突に章に言った。

「大将、おまえ川西さんと一緒にその店に行ってみないか？」

「なんでだ！」

幼なじみの仲直りに自分が必要とは思えない。仲介役なら勝哉か雛子のほうがずっと向いているだろう。ところが勝哉の狙いは、川西と幼なじみの仲直りではなく、幼なじみ本人だった。

「会ってみてよさそうな人だったら、『ヒソップ亭』の助っ人に来てもらえよ。正規で働いてないなら、週に一日か二日ぐらいこっちに来てもらえないかな。住み込みの従業員用の部屋が空いてるから、泊まりだってかまわないし」

「だからなんで！」

「なんでって……おまえは本当に頭が悪いな。その人が来てくれれば、おまえだって休みが取れる。たとえ『猫柳苑』の夕食を再開しても、料理長が過労で倒れるなんて羽目にはならないだろ？」

最初から正社員にして採算割れするのは怖い。けれどパートで様子を見ながらであれば、なんとかならなくもない。シフト制で働いているとしたら、一日や二日『ヒソップ亭』に来てもらうこともできるのではないか、と勝哉は言うのだ。

「いずれ自分の店を開きたいって人なら、『ヒソップ亭』はいい修業の場になると思うけどな」

「どうだろ……。おまえの身贔屓《みびいき》じゃないのか？」

「おまえなんか贔屓してどうするんだ。で、どう思います、川西さん？」

固唾《かたず》を呑んでふたりのやりとりを聞いていた川西は、即座に頷いた。

「喜ぶと思います。部屋にあったメニューを拝見しましたが、魚料理もたくさんありますよね。今が肉料理中心の店なら、魚の扱いも勉強したいはずです」

「それは保証できますよ。海が近いし、いい魚屋もありますから、目利きも習える。無理やり船に乗せられないように気をつける必要はありますけど」

「船？」

「釣り船。俺は好きだからいいけど、嫌いなら逃げの一手です」

「それはプラス要素でしかないですね。前から釣りはやってみたいって言ってました。新鮮な魚を手に入れるには、自分で釣るのが一番だって」

「うってつけだな……。その人さえ来てくれれば、みんなが助かる。そうだ、いっそ俺も一緒に行こうかな」

「おまえはただ呑みに行きたいだけだろ！」

「失礼な」

また言い合いを始めたふたりに雛子がぐさりと釘を刺す。

「だからやめなさいって！　それに、どやどや押しかけたらお仕事の邪魔になるでしよ」

「邪魔なんかしないよ。俺や章は黙って呑んでるだけだ」

「必要ありません。頑張ってひとりで行くべきです。そんな男前な性格をしているなら、仲直りに助っ人を連れてきたのか、って思われちゃいますよ？」

それでもいいんですか？　と雛子に子どもに説教をする母親みたいな顔で言われ、川西は人差し指で頬を掻いた。

「そう……ですね。俺はなんと思われても今更ですが、そもそもあいつが初対面の人を前にプライベートな話をしたがるとも思えません」

「でしょ？　しかも相手は仕事中、プライベートであろうとなかろうとゆっくり話なんてできないと思います。大将は朝が早いから、彼女の仕事が終わるのを待っている時間もない。だったら、まずは川西さんに話を通してもらって、その上でこちらに来てもらったほうがずっといいと思います」

「でも、それだと、ここで働いてもらうのが前提になるぞ」

会いもしないで決めるのは……と勝哉は心配そうに章を見る。けれど、雛子は自信満々に言い切った。

「お話を聞いただけで十分。夢の実現のためにしっかり計画が立てられて、しかも気に染まない仕事を三年も続ける忍耐力もある。それに、川西さんの長年のお友だちならいい人に決まってます。むしろ、あちらが『ヒソップ亭』を気に入ってくださるかどうかのほうが心配よ」

理の通った意見だった。

古い温泉町の古い旅館。その中にある小さな食事処で働く気になるかどうか。なんせ都内には星の数ほど飲食店があるのだ。その気になれば、魚料理や目利きを学べる店を探せないはずがない。週に一日や二日ならなおのことだろう。

明らかに納得した様子の章と勝哉を見て、雛子は念を押すように言った。

「だから、むしろこちらに来てもらうべき。来てくれるってことは、少しは興味を持ってくれてるって証拠になります。ってことで川西さん、このお話を幼なじみさんに伝えていただけますか？」

「もちろんです。ただ、あいつが来てくれるって確約は……」

「それはそれで仕方がないです。ご縁がなかったってことですから」

「うーん……せっかく仕事を口実に都内で一杯やれると思ったんだけどなあ……」

残念無念と言わんばかりの勝哉に、周りが一斉に笑う。

そして川西は、深々と頭を下げて言った。

「本当にありがとうございます。おかげであいつのところに顔を出しやすくなります。こんなことを言ってはなんですが、手ぶらじゃやっぱり行きづらくて……」

「なるほど……確かに格好の手土産だな。そうだ、もういっそ話を逆にしてしまうってのはどうです？」

「逆というと？」

「湯治に来たらそこの食事処が人手不足で悩んでた。週一か二で来てくれる人が欲しいって聞いて、おまえを思い出した、とかなんとか」

「勝哉さん、それはどうかしら……。なんで料理人になったことを知ってるのよ！ってならない？」

「それはないだろ。友だちの話を他から聞かされるなんてよくあることだ。周りだって、川西さんとその方がずっと仲良しだったって知ってるだろうし、『そういえばあいつ……』ってなったって不思議はない」

雛子の疑問をあっさりかわし、勝哉は川西の顔を覗き込んだ。

「ね、そうしたらどうですか？　こっちも口裏はちゃんと合わせますし。な、章？桃ちゃんも」

「それがいいですね！　むしろ喧嘩別れをしたのに、自分のことをずっと気にしてくれてたんだってわかって嬉しいと思います。ただし開口一番、あんなこと言って悪かった、って謝るのが前提ですけど」

「それはもちろん！　俺、本当に後悔してるし……」

「じゃあ大丈夫。きっとうまく仲直りできますよ」

桃子が、握り拳の親指だけ立てて請け合う。川西は同じ女性の意見に安心したように頷くと、残った酒をグラスに注いだ。

川西が帰ってから半月後、年も改まった一月半ば『ヒソップ亭』にひとりの女性客が現れた。

地元では見かけない顔だし、泊まり客でもない。よそに泊まっている客が、飲み足りずにやってきたのかな、とカウンター席をすすめたが、彼女は座ろうとしなかった。

店の中、そしてカウンターの向こうにいる章と桃子に順繰りに目をやり、最後にぺこりと頭を下げて名乗った。

「沢木《さわき》安曇《あずみ》と申します。川西泰彦から、こちらで人を探していると聞いて参りました」

「幼なじみさん!?」

桃子が上げた素っ頓狂な声に、安曇は笑顔で頷いた。

「はい。生まれたときからの腐れ縁です。てっきり腐りきって切れたかと思ったら、まだ続いていました。おかげでこちらのことを知りました。まだ探していらっしゃいますか？」

一息にそれだけ言うと、安曇は章に目を向けた。

ものの数分、二言三言交わしただけで、彼女の真っ直ぐな性格がわかった。わざわざ行くまでもない、という雛子の言葉は大正解だった。腐れ縁についての語り口は、まさに『男前』。こういう人柄なら、性別を超えた友情が育つのも無理はない、と素直に思えた。

「探してます、探してます。ね、大将？」

「ええ。こんな半端な店ですから、なかなか来てくれる人がいなくて……」

「半端なんてことはないでしょう？　泰彦が絶賛していました。特に出汁巻きが美味しかったって」

「よりにもよって……」

がっくり頭を垂れたくなった。

あんなに茶色い出汁巻きなんて一流料亭ではあり得ないし、普段なら『ヒソップ亭』でだって出さない。相手が勝哉だったからこそ、適当に作って出したのだ。

正直、高級素材を使った力作の弁当を差し置いてあれを褒められるなんて……だった。

安曇は複雑な表情になった章に気付いたのか、慌てて付け加えた。

「お弁当もとても美味しかったって言ってました。でも、そのお弁当の中に入っていた出汁巻きよりも、お店でいただいた出汁巻きのほうが気に入ったみたいです」

「弁当に入れたほうが、本来のうちの味なんですけどね……」

「どちらもこちらの店長さんが作られたものでしょう？　あとは本人の嗜好の問題です。ご面倒をおかけしました。泰彦、ご馳走になった上に、打ち明け話までしたんですってね」

「まあ、その……えっと、とりあえずおかけになりませんか？」

桃子が困ったような顔で椅子をすすめた。打ち明け話の中身は幼なじみとの喧嘩、そしてその幼なじみは目の前にいる安曇だった。

安曇は、今度は素直に腰掛け、ククク……と笑いながら言った。

「私の話をしていたそうですね」

「お聞きになったんですか？」

「もちろん。泰彦って昔から隠し事が苦手というか、隠す気もないみたいで、なんでもかんでも私に報告するんです。出来の悪い弟みたいなものです。あいつが来たのはすごく忙しいときで、話してる時間はないって言ったら、終わるまで待ってるからって……。おまけにこっちの事情は全部知ってるし、まるでストーカーですよね」

「ストーカーって……」

章は唖然としてしまった。

川西は仮にも役者である。熱心なファンだっている。どちらかといえば自分がストーカーになるより、ストーカーに悩まされるほうの立場だろう。にもかかわらず、あっさりストーカー認定するのだから大したものだった。

安曇は、ストーカーは言いすぎでした、第一、何年も会いに来ないストーカーなんていませんよね、と謝ったあと、川西との再会について語った。

「店が終わってからですから、日付は変わってたと思います。近所のファミレスに行って、座るなり平謝りでした。倍速再生かと思うぐらいのスピードで散々謝ったかと思ったら、こっちが許すともなんとも言ってないのにあっさり話を変えて、今度はこちらにお邪魔したときのことをダーッと……。端役《はやく》ばっかりの役者にしては台詞が多すぎる！　って怒ったら絶句してました」

「えっと……それで沢木さんとしては、昔のことは……」

あまり気に入る謝り方ではなかったようだ。結局、この人は川西を許したのだろうか、と心配になって訊ねてみると、安曇はあっさり答えた。

「もちろん水に流しました。というよりも、あの時点では泰彦の言うとおりだったんです。あいつはいろいろいいほうに解釈したみたいですけど、本当は私、ずっとあの会社に勤めるつもりだったんです」

「金を貯めて辞めるつもりじゃなかったってことですか？」

「はい。だって本当にいい会社だったんです。たぶんご存じだと思うんですけど……」

その前置きで安曇が口にしたのは、全国優良企業トップテンの常連と言っていいほどの会社だった。

業績はもちろん、従業員待遇も言うことなしのホワイト企業で、入社倍率もものすごいと聞く。あの会社を辞めて、まったく違う道に飛び込むなんて愚の骨頂と言われそうだった。

「……私なら辞めないかも。でも、辞めたんですよね？　なにか理由というか、きっかけがあったんですか？」

桃子がため息まじりにした質問に、安曇はこれまたきっぱりと答えた。

「先駆者に会っちゃったんです」

「先駆者？」

「ええ。取引先の方なんですけど、私が勤めていたのと同じぐらいの優良会社にいた人が、私が決心する三年ぐらい前に退社されたんです。新人だったころにすごく親切にしてくださった方で、仕事が合わないって感じでもなかったし、人間関係が大変なようにも見えなかったから、結婚でもされたのかなと思ってました。寿退社なんてしそうにないタイプでしたけど、もともと遠距離恋愛で、旦那さんのところに行っちゃったら続けられないってこともありますから。でも違いました。その方、看護師になるために学校に入り直してたんです」

取引先を辞めた人にばったり出会った。今から三年前、ショッピングセンターの中のコーヒーチェーンに並んでいたら、すぐ前にいたのだという。

お互いに連れはいなかったため、偶然を喜びつつ一緒にコーヒーを飲んだ。そこで彼女が、看護師専門学校に入るために退社し、三年の勉強を経て看護師資格を取得、ショッピングセンター近くの病院に勤め始めたことを知ったのである。

「すごい……。看護師さんの仕事っていろいろ勉強しなければならないし、体力的にもすごく大変なのに……」

「ですよね。その方も子どものころから看護師になりたかったのに、大人になるにつれて大変な仕事だとわかってきて、一度は断念したようです。ご両親にも反対されたっておっしゃってました。でも、会社に勤めているうちに、やっぱり違うなって感じて、一念発起したそうです」

「ちゃんとした会社で働いてるのに、それを辞めてってなかなかできるものじゃないですよね」

「でしょう？　で、その方が看護師を目指そうと思ったのは三十四歳のときだったそうです。それから二年で、学費と生活費を貯めて三十六歳で退社、国家試験に合格したのが三十九歳。看護師として勤め始めたのは四十歳の誕生日の目前だったんですって。それを聞いたとき、私にだってできるかもしれないって思ったんです。幸い、仕事が忙しくて使う暇がなかったせいでお金はありました。親に反対されるのはわかってましたけど、家から出ちゃえば関係ないだろうって。そのあたりは泰彦の言ったとおりですが、大学を卒業したときから計画してっていうのは大間違いです」

「そうだったんですか……でも、やり遂げたんだから、それだけで十分すごいです」

「そう言っていただけると嬉しいです。三十四歳で方向転換した人がいるなら、自分にだってできるかもしれない。しかも調理師の専門学校は長くて二年、看護師よりも一年も短いんです。ずっと『もう』二十五歳だしなあ、って思ってたけれど、『まだ』二十五歳だった。それに気付かせてもらいました。私が踏み切れたのは、取引先の方のおかげ。すごく感謝しています。それに心のどこかで、やっぱり泰彦の言葉が引っかかってたんだと思います」

「本当にやりたいことなら、ってやつですよね。でも、状況的に無理なことってやっぱりあると思いますよ……」

「もちろんそうでしょう。でも、私の場合、本当に無理だったのかすごく疑問です。親にあれこれ言われたくない気持ちが強くて、逃げちゃった気がします。ただ、『本当にやりたいことなら』ってあいつの言葉はいつも頭にありました。料理番組や雑誌を見ては、自分だったらここをこうする、そのほうがずっと美味しくなるはずなのに、って思うんです。で、あとで作ってみて、やっぱりね、なんて悦に入って……。そんなとき、私はこんなにもお料理が好きなんだなあって痛感してました」

安曇の話が止まらない。話しているうちに、次から次へと思いが溢れてくるのだろう。

桃子は手早く淹れたお茶を出し、適度に相槌《あいづち》や質問を入れては話を続けさせている。なかなかの『語らせ上手』だな、と感心してしまった。

アレンジ料理の例を出した安曇に、桃子は一際目を輝かせて賛同する。

「あーそれ、すごくわかります！　なんかレシピどおりに作るのがつまらないっていうか、一手間加えたくなるんですよね！」

「そうなんです！　それで美味しかったりすると、すごく嬉しくなって、たとえばメイン料理ならこれに合う副菜は……とか、汁物は……とか、どんどん作りたくなっちゃいます。でも、仕事がなければ一日中料理のことを考えていられるのにってもどかしくなります。でも、いつもそこで泰彦の言葉が浮かんで、料理の道へ進むほどの強い意志なんてなかったくせに、ってなっちゃってました」

会話はすっかり安曇と桃子のものになっている。ただ黙って聞きながら、章は考えていた。

安曇は全然違う仕事に就いたことで、本当に自分がやりたいことに気付けたのかもしれない。あきらめたはずの夢が、勝手に育っていく。それでも状況や年齢を理由にねじ伏せようとしていた。そのタイミングで、取引先の人間の転身を聞かされた。今ならできる、それだけの気持ちがある。そう確信して、足を踏み出した。その根っこにあったのは、かつての幼なじみの言葉だった——つまりそういうことなのだろう。

強い意志は初めからあるとは限らない。寄り道によって育つこともある。少なくとも安曇はそうだった。きっと彼女は折に触れ、川西の言葉を思い起こしては自分に問うていたのだろう。本当にこの夢を捨てられるのか、捨てていいのか、と……

「夢を追いかけ始めるのにも、時間が必要なことってあるんですね……。ものによっては年齢や学歴に制限があることも多いですけど、私の場合そうじゃなかったのがラッキーでした」

晴れ晴れとした顔でそう言ったあと、安曇は章に向き直って訊ねた。

「つまらない話を、長々とお聞かせしてすみませんでした。こんな私ですが、もしよかったらこちらで勉強させていただけますか？」

「もちろんです、と言いたいところですが、その前になにか召し上がりませんか？うちの料理が全然口に合わない可能性もありますし」

工夫はしても、味付けそのものを大きく変えるつもりはない。自分が美味しいと思わない料理を作るのは苦痛だろう。まずは体験してから……とすすめる章に、安曇はあっさり首を横に振った。

「お料理についてはなんの不安もありません。泰彦が絶賛したのだから間違いないはずです。今日だって、一緒に来たがって大変でした」

そういえば安曇はひとりで現れた。川西なら、一緒に来たがりそうなものなのに……と思っていると、安曇が理由を説明してくれた。

「泰彦の休みを待っていられませんでした。あいつが店に来てくれてから、初めての休みが今日なんです。もたもたしているうちに他の人に決まっちゃうかもしれない、って気が気じゃなくて」

そこまで急がなくても、他の人に決まるなんてあり得ない。これは、川西と喧嘩別れをした幼なじみありきの話なのだ。だが、そんな事情を語るわけにはいかない。それはそれは……なんて、適当な言葉を返し、章は再び料理をすすめた。

「いずれにしても、せっかく来てくださったんですから召し上がっていってください。なんなら『猫柳苑』に言って、部屋も用意させますよ」

ところが安曇は、そんな章の言葉にとんでもないといわんばかりだった。

「泰彦が散々お世話になったのに、その上私までご迷惑をかけるわけにはいきません」

「迷惑もなにも、どうせ空いてる部屋です。なんなら、住み込みの従業員が使っていた部屋も空いてます。ちゃんと掃除もして、いつでも使えるようにしてあるはずです。今後使うかもしれないし、下見がてら泊まってみても……」

「そうですよ。あ、そうだ！　ここがだめなら私のうちに来てください。古い家だけど、部屋はたくさんありますし」

桃子は愛想もいいし、学生時代と違って今は友だちも少なくはないようだが、どこか一線を引いてそれ以上相手に踏み込ませないところがある。自分は親友だと思っていないのに、勝手に親友認定されやすいタイプだとも言っていた。その桃子がこんな申し出をするのだから、よほど安曇が気に入ったのだろう。

本人の性格や技量はもちろんのことながら、同僚とうまくやれるかどうかというのは気になるところだ。この分だと心配はいらなそうだ、と思いながら、章は料理を作り始める。

時刻は七時を過ぎた。どのみち食事時だ。あとの話は飲み食いしながら、電車がなくなるようなら泊まりで……という章の言葉に、安曇は嬉しそうに頷いた。

結局、安曇は帰っていった。

昨夜は客が少なく、桃子はほとんど安曇に張り付きっぱなし。ずっと話していて別れがたくなったのか、しきりに泊まっていくようすすめたが、支度もなしに一泊するのは辛いと言われて泣く泣くあきらめた。

それでもぎりぎりまで話し込み、最後は桃子が車で駅まで送ってなんとか最終電車に飛び乗った。いずれにしても、あらゆる意味で『めでたしめでたし』だった。

勝哉は、昨日の経緯を聞くなり不機嫌になった。

あのときは成り行きで川西の幼なじみを雇ってはと言ったものの、いざ決まったとなると、『ヒソップ亭』はそれで立ち行くのか……とか気になることが出てきたのだろうか、と心配した。だが、彼の口から出てきたのは『なぜ俺を呼ばなかった』という台詞。昨夜は商工会議所の定例会議でいなかったくせにどの口が言う、だった。

それでもなお『電話一本くれれば飛んで帰ってきたのに』と口を尖らせるから『おまえは議長じゃないか、途中退出したら困るだろう』と黙らせた。現に、フロントにいた雛子に訊ねたところ、絶対抜け出そうとするから言わないでくれ、と頼まれた。安曇が『ヒソップ亭』で働いてくれるなら、話す機会はこれからいくらでもある、というのはもっともな話。これまた結果オーライだった。

そんな中、章が唯一気になったのは、桃子のことである。

あまりにも楽しそうにしていたからすっかり忘れていたが、彼女もかつては料理人になりたいという夢を持っていたはずだ。しかも、安曇と同じように就職にあたって断念している。

安曇が夢を叶えた話を聞いて、桃子はどう思っているのだろう。ふたりは昨夜、長々と話し込んでいた。あの楽しそうな姿は嘘ではないと信じたいが、やるせない思いを抱えていたのではないか。

桃子のことだから、安曇に辛く当たるなんてことはあり得ないけれど、どこかで無理をしながら働くことになるかもしれない。それは章にとっても、勝哉夫婦にとってもできれば避けたい事態だった。

他人の心を推し量るのは難しい。これは訊いてみるしかない、と考えた章は、朝食の後片付けを終えて一段落したところで、桃子に話しかけた。

「なあ桃ちゃん、本当に安曇さんに来てもらって大丈夫？」

「大丈夫ってどういう意味ですか？　大歓迎に決まってますよ」

昨日なにを見ていたんですか？　大将の眉毛の下に付いているのは目じゃないんですか？　とまで言われ、章は鼻白む思いだった。

「人がせっかく心配してやってるのに……」

「心配？　なにを？」

「だから……ほら、安曇さんはいったん他の仕事について、それから料理人になったわけだろ？　桃ちゃんだって……」

反対されたわけではないが、専門学校で年齢差のある同級生と学ぶことに二の足を踏んだ。目の前のハードルを越えられなかったという意味では同じではないか。それを飛び越えた安曇に思うところはないのか。

章はもともと弁が立つほうではない。考え、考えそんなことを話す章に、桃子はなるほど、という顔で答えた。

「そのことですか。でも、大丈夫です。むしろありがたいぐらいです」

「ありがたい？」

「はい。私にもいつか、思い切ってやってみよう、と思えるときが来るかもしれない。安曇さんに言われて気がついたんです。調理師資格って年齢学歴不問なんです。もっといえば、調理師免許がなくても料理の仕事はできますもんね」

自分の気持ちが固まって、年齢なんて関係ない、専門学校は勉強するところで周りから浮こうが沈もうがどうでもいい、と言い切れる。そんなときが来たら専門学校に行くなり、章に教えを請《こ》うなりする、と桃子は言う。

「私は大丈夫です。安曇さんが川西さんの言葉で自分の気持ちを測っていたように、私は安曇さんの姿を見ながら自分の気持ちを確かめることにします。だから大将も、安曇さんと私の基本的な能力差については触れないでくださいね！」

彼女には敵わないかもしれないけど、極力考えないようにしますから、と桃子は笑う。いつもと変わらぬ口調、周りまで明るくするような笑顔、無理をしているような様子は少しも見られなかった。

「そうか……ならよかった」

彼女が安曇の存在をプラスと考えるなら、なんの心配もない。安曇に刺激されて料理人への道を歩み始めるのもいいし、今のままで満足ならそれもいい。彼女が幸せでありさえすればいいのだ。

しばらく様子を見て、大丈夫そうなら『猫柳苑』の夕食復活についても検討する、と勝哉は言っている。その『様子を見て』がどれぐらいの期間かはわからないけれど、勝哉のことだから的確な判断を下すだろう。雛子だって付いている。

勝哉は、勝ち気な上に面倒見がいい。だがそのせいで、子どものころはしょっちゅうとんでもない方向に突っ走っていた。昔からずっとそんな勝哉に寄り添い、細やかな気配りで支えてきたのが雛子だ。あの夫婦がいる限り『猫柳苑』は大丈夫だと章は思っている。

これまでずっと『猫柳苑』は『ヒソップ亭』にとっての補助輪だった。なんとか勝哉夫婦の助けを借りずに済むようになりたいと思いながらも、章を気遣うふたりのために功を奏しなかった。

だが、安曇が来てくれれば章にも余裕が生まれる。食材の調達にも力が入れられるし、もっともっと料理の質を上げることができるかもしれない。たとえ夕食提供が復活しなかったとしても、『ヒソップ亭』を理由に訪れる客が増えれば、『猫柳苑』の収益も少しは上向く。勝哉だって、苦虫を嚙みつぶしたような顔で『利益率は上がってる』なんて言わずに済むようになるだろう。

とはいえ、安曇と引き合わせてくれたのは川西だ。川西が『ヒソップ亭』を訪れたのは、『猫柳苑』に泊まりに来たからだし、彼が『猫柳苑』を選んだのはおひとり様歓迎、なおかつ料金が格安だったからだ。そして、素泊まりにして気楽に泊まってもらえる宿を目指すと決めたのは勝哉なのだ。

勝哉の顔を思い浮かべながら、章は軽いため息をつく。

ちょっと進むたびに、実はまだ補助輪が付いていたことに気付かされる。それでも、頑張って進むしかない。幼なじみがおまえを呼んでよかったと言ってくれる日まで……

章がそんなことを考えていると、桃子が声をかけてきた。

「大将、ぼんやりしてないで、港に行って来たらどうです？　今日は、丸田さんがいらっしゃるんでしょう？」

「そうだった！　よし、早速竿を持っていってこよう」

「もうすぐ潮止まりの時間だから急がないと……って、関係ないか。どうせ……」

「なにを言うんだ。この間は爆釣だったんだぞ！」

「それは耳にたこができるほど聞きました！　でも、それって『魚信』の信一さんと魚群探知機のおかげでしょ？　今日は援軍なしなんですから」

「そんなことは……俺だって……」

「はいはい。信一さんと美代子さんによろしくお伝えくださいね！」

いつもどおり、釣れない前提の桃子の言葉に送り出され、章は『ヒソップ亭』をあとにする。

美味しいものを食べれば、人は優しい気持ちになる。湯に浸かれば、緊張が解ける。ここに来れば気持ちが晴れ晴れして、自然と笑みが浮かぶ——『ヒソップ亭』と『猫柳苑』をそんな場所にしたい。

勝哉夫婦や桃子、そして安曇……みんなで助け合えば、きっとできるはずだ。

大きな目標を達成するには、日々の積み重ねが大事。まずは今夜来てくれる客に満足してもらうことからだ。

気合いで魚を釣り上げるもよし、『魚信』で料理の相談をするもよし。定番料理だって工夫次第でさらに美味しくできるかもしれない。日々鍛錬、そして挑戦心をなくさないようにしよう。

そんなことを自分に言い聞かせつつ、章は港への道を辿った。

この作品は二〇二〇年五月に小社より単行本として刊行されました。

|著者| 秋川滝美　2012年4月よりオンラインにて作品公開開始。同年10月、『いい加減な夜食』（アルファポリス）で出版デビュー。著書に『居酒屋ぼったくり』『きよのお江戸料理日記』『深夜カフェ・ポラリス』（以上、アルファポリス）、『放課後の厨房男子《チューボー》』『田沼スポーツ包丁部！』（ともに幻冬舎）、『向日葵《ひまわり》のある台所』『おうちごはん修業中！』『ひとり旅日和』（以上、KADOKAWA）、『ソロキャン！』（朝日新聞出版）、『幸腹《こうふく》な百貨店』『マチのお気楽料理教室』（ともに講談社）などがある。

湯《ゆ》けむり食事処《しょくじどころ》　ヒソップ亭《てい》

秋川滝美《あきかわたきみ》

2022年5月13日第1刷発行
2024年7月16日第4刷発行

発行者──森田浩章
発行所──株式会社　講談社
東京都文京区音羽2-12-21　〒112-8001
電話　出版（03）5395-3510
　　　販売（03）5395-5817
　　　業務（03）5395-3615

Printed in Japan

講談社文庫

定価はカバーに
表示してあります

KODANSHA

デザイン─菊地信義
本文データ制作─講談社デジタル製作
印刷───株式会社KPSプロダクツ
製本───株式会社KPSプロダクツ

ISBN978-4-06-528004-1

講談社文庫刊行の辞

二十一世紀の到来を目睫に望みながら、われわれはいま、人類史上かつて例を見ない巨大な転換期をむかえようとしている。

世界も、日本も、激動の予兆に対する期待とおののきを内に蔵して、未知の時代に歩み入ろうとしている。このときにあたり、創業の人野間清治の「ナショナル・エデュケイター」への志を現代に甦らせようと意図して、われわれはここに古今の文芸作品はいうまでもなく、ひろく人文・社会・自然の諸科学から東西の名著を網羅する、新しい綜合文庫の発刊を決意した。

激動の転換期はまた断絶の時代である。われわれは戦後二十五年間の出版文化のありかたへの深い反省をこめて、この断絶の時代にあえて人間的な持続を求めようとする。いたずらに浮薄な商業主義のあだ花を追い求めることなく、長期にわたって良書に生命をあたえようとつとめるところにしか、今後の出版文化の真の繁栄はあり得ないと信じるからである。

同時にわれわれはこの綜合文庫の刊行を通じて、人文・社会・自然の諸科学が、結局人間の学にほかならないことを立証しようと願っている。かつて知識とは、「汝自身を知る」ことにつきていた。現代社会の瑣末な情報の氾濫のなかから、力強い知識の源泉を掘り起し、技術文明のただなかに、生きた人間の姿を復活させること。それこそわれわれの切なる希求である。

われわれは権威に盲従せず、俗流に媚びることなく、渾然一体となって日本の「草の根」をかたちづくる若く新しい世代の人々に、心をこめてこの新しい綜合文庫をおくり届けたい。それは知識の泉であるとともに感受性のふるさとであり、もっとも有機的に組織され、社会に開かれた万人のための大学をめざしている。大方の支援と協力を衷心より切望してやまない。

一九七一年七月

野間省一

講談社文庫　目録

講談社文庫　目録

青木祐子　コーチ！〈はげまし屋・立花ことりのクライアントファイル〉
秋《あき》保《う》水《すい》菓《か》　コンビニなしでは生きられない
相沢沙呼　medium《メディウム》 霊媒探偵城塚翡翠《じょうづかひすい》
相沢沙呼　invert《インヴァート》 城塚翡翠倒叙集
新井見枝香　本屋の新井
碧野　圭　凛として弓を引く
碧野　圭　凛として弓を引く〈青雲篇〉
碧野　圭　凛として弓を引く〈初陣篇〉
赤松利市　東京棄民
五木寛之　ソフィアの秋
五木寛之　狼のブルース
五木寛之　海峡物語
五木寛之　風花のひと
五木寛之　鳥の歌(上)(下)
五木寛之　燃える秋
五木寛之　真夜中の望遠鏡〈流されゆく日々'78〉
五木寛之　ナホトカ青春航路〈流されゆく日々'79〉
五木寛之　旅の幻燈
五木寛之　他　力

五木寛之　こころの天気図
五木寛之　新装版 恋　歌
五木寛之　百寺巡礼 第一巻 奈良
五木寛之　百寺巡礼 第二巻 北陸
五木寛之　百寺巡礼 第三巻 京都I
五木寛之　百寺巡礼 第四巻 滋賀・東海
五木寛之　百寺巡礼 第五巻 関東・信州
五木寛之　百寺巡礼 第六巻 関西
五木寛之　百寺巡礼 第七巻 東北
五木寛之　百寺巡礼 第八巻 山陰・山陽
五木寛之　百寺巡礼 第九巻 京都II
五木寛之　百寺巡礼 第十巻 四国・九州
五木寛之　海外版 百寺巡礼 インド1
五木寛之　海外版 百寺巡礼 インド2
五木寛之　海外版 百寺巡礼 朝鮮半島
五木寛之　海外版 百寺巡礼 中　国
五木寛之　海外版 百寺巡礼 ブータン
五木寛之　海外版 百寺巡礼 日本・アメリカ
五木寛之　青春の門 第七部 挑戦篇

五木寛之　青春の門 第八部 風雲篇
五木寛之　青春の門 第九部 漂流篇
五木寛之　親鸞 青春篇(上)(下)
五木寛之　親鸞 激動篇(上)(下)
五木寛之　親鸞 完結篇(上)(下)
五木寛之　五木寛之の金沢さんぽ
五木寛之　海を見ていたジョニー 新装版
井上ひさし　モッキンポット師の後始末
井上ひさし　ナ　イ　ン
井上ひさし　四千万歩の男 全五冊
井上ひさし　四千万歩の男 忠敬の生き方
井上ひさし・司馬遼太郎　新装版 国家・宗教・日本人
池波正太郎　私の歳月
池波正太郎　よい匂いのする一夜
池波正太郎　梅安料理ごよみ
池波正太郎　わが家の夕めし
池波正太郎　新装版 緑のオリンピア
池波正太郎　新装版 殺しの四人〈仕掛人 藤枝梅安(一)〉
池波正太郎　新装版 梅安蟻地獄〈仕掛人 藤枝梅安(二)〉

池波正太郎 新装版梅安最合傘〈仕掛人・藤枝梅安(三)〉
池波正太郎 新装版梅安針供養〈仕掛人・藤枝梅安(四)〉
池波正太郎 新装版梅安乱れ雲〈仕掛人・藤枝梅安(五)〉
池波正太郎 新装版梅安影法師〈仕掛人・藤枝梅安(六)〉
池波正太郎 新装版梅安冬時雨〈仕掛人・藤枝梅安(七)〉
池波正太郎 新装版忍びの女(上)(下)
池波正太郎 新装版殺しの掟
池波正太郎 新装版抜討ち半九郎
池波正太郎 新装版娼婦の眼
池波正太郎 近藤勇白書(上)(下)〈レジェンド歴史時代小説〉
井上 靖 楊貴妃伝
石牟礼道子 新装版苦《く》海《がい》浄《じょう》土《ど》〈わが水俣病〉
いわさきちひろ ちひろのことば
いわさきちひろ 松本 猛 いわさきちひろの絵と心
いわさきちひろ 絵本美術館編 ちひろ・子どもの情景〈文庫ギャラリー〉
いわさきちひろ 絵本美術館編 ちひろ・紫のメッセージ〈文庫ギャラリー〉
いわさきちひろ 絵本美術館編 ちひろの花ことば〈文庫ギャラリー〉
いわさきちひろ 絵本美術館編 ちひろのアンデルセン〈文庫ギャラリー〉
いわさきちひろ 絵本美術館編 ちひろ・平和への願い〈文庫ギャラリー〉

石野径一郎 新装版ひめゆりの塔
今西錦司 生物の世界
井沢元彦 義経幻殺録
井沢元彦 光と影の武蔵〈切支丹秘録〉
井沢元彦 新装版猿丸幻視行
伊集院 静 乳房
伊集院 静 遠い昨日
伊集院 静 夢は枯野を〈競輪躁鬱旅行〉
伊集院 静 野球で学んだこと ヒデキ君に教わったこと
伊集院 静 峠の声
伊集院 静 白秋
伊集院 静 潮流
伊集院 静 冬の蜻《とん》蛉《ぼ》
伊集院 静 オルゴール
伊集院 静 昨日スケッチ
伊集院 静 あづま橋
伊集院 静 ぼくのボールが君に届けば
伊集院 静 駅までの道をおしえて
伊集院 静 受け月

伊集院 静 坂の上のμ〈野球小説アンソロジー〉
伊集院 静 ねむりねこ
伊集院 静 新装版三年坂
伊集院 静 お父やんとオジさん(上)(下)
伊集院 静 ノボさん(上)(下)〈小説 正岡子規と夏目漱石〉
伊集院 静 機関車先生〈新装版〉
伊集院 静 ミチクサ先生(上)(下)
伊集院 静 それでも前へ進む
いとうせいこう 我々の恋愛
いとうせいこう 「国境なき医師団」を見に行く
いとうせいこう 「国境なき医師団」をもっと見に行く〈ガザ、西岸地区、アンマン、南スーダン、日本〉
井上夢人 ダレカガナカニイル…
井上夢人 プラスティック
井上夢人 オルファクトグラム(上)(下)
井上夢人 もつれっぱなし
井上夢人 あわせ鏡に飛び込んで
井上夢人 魔法使いの弟子たち(上)(下)
井上夢人 ラバー・ソウル
池井戸 潤 果つる底なき

講談社文庫　目録

稲葉博一　忍者烈伝ノ続
稲葉博一　忍者烈伝ノ乱〈天之巻〉〈地之巻〉
伊岡　瞬　桜の花が散る前に
石川智健　エウレカの確率〈経済学捜査と殺人の効用〉
石川智健　60《ロクジュウ》〈誤判対策室〉
石川智健　20《ニジュウ》〈誤判対策室〉
石川智健　第三者隠蔽機関
石川智健　いたずらにモテる刑事の捜査報告書
井上真偽《まぎ》　その可能性はすでに考えた
井上真偽　聖女の毒杯〈その可能性はすでに考えた〉
井上真偽　恋と禁忌の述語論理《プレディケット》
泉　ゆたか　お師匠さま、整いました!
泉　ゆたか　お江戸けもの医　毛玉堂
泉　ゆたか　玉《たま》の輿《こし》猫〈お江戸けもの医　毛玉堂〉
伊兼源太郎　地検のS
伊兼源太郎　Sが泣いた日〈地検のS〉
伊兼源太郎　Sの幕引き〈地検のS〉
伊兼源太郎　巨悪
伊兼源太郎　金庫番の娘
逸木　裕　電気じかけのクジラは歌う
今村翔吾　イクサガミ　天
今村翔吾　イクサガミ　地
今村翔吾　じんかん
入月英一　信長と征《ゆ》く　1・2〈転生商人の天下取り〉
磯田道史　歴史とは靴である
石原慎太郎　湘南夫人
井戸川射子　ここはとても速い川
五十嵐律人　法廷遊戯
五十嵐律人　不可逆少年
五十嵐律人　原因において自由な物語
一色さゆり　光をえがく人
石沢麻依　貝に続く場所にて
一穂ミチ　スモールワールズ
伊藤穰一　〈増補版〉教養としてのテクノロジー〈AI、仮想通貨、ブロックチェーン〉
市川憂人　揺籠《ゆりかご》のアディポクル
五十嵐貴久　コンクールシェフ!
内田康夫　シーラカンス殺人事件
内田康夫　パソコン探偵の名推理
内田康夫　「横山大観」殺人事件
内田康夫　江田島殺人事件
内田康夫　琵琶湖周航殺人歌
内田康夫　夏泊殺人岬
内田康夫　「信濃の国」殺人事件
内田康夫　風葬の城
内田康夫　透明な遺書
内田康夫　鞆《とも》の浦《うら》殺人事件
内田康夫　終幕《フィナーレ》のない殺人
内田康夫　御堂筋殺人事件
内田康夫　記憶の中の殺人
内田康夫　北国街道殺人事件
内田康夫　「紅藍《くれない》の女《ひと》」殺人事件
内田康夫　「紫《むらさき》の女《ひと》」殺人事件
内田康夫　藍色回廊殺人事件
内田康夫　明日香の皇子
内田康夫　華の下にて
内田康夫　黄金の石橋
内田康夫　靖国への帰還

2024年6月14日現在